Serenada
czyli moje życie niecodzienne

W serii

Babie lato

Małgorzata Gutowska-Adamczyk

Serenada
czyli moje życie niecodzienne

Wydawnictwo
Nasza Księgarnia

Layout okładki *Olga Reszelska*
Zdjęcia na okładce:
© Andrey Kiselev - Fotolia.com (dziewczyna)
© Billnoll/iStockphoto.com (tapeta)
© Sashkinw/iStockphoto.com (taśmy)

Zdjęcie autorki: *Robert Bąka*

*Magdzie Hennig-Rosieckiej z podziękowaniem
za przyjaźń, wiarę, inspirację.*

1

Jestem wściekła. Na maksa. Nieludzko, pieruńsko, cholerycznie wściekła! Siedzę już drugą godzinę w korytarzu jednego z pawilonów Wytwórni Filmów Fabularnych przy Chełmskiej i pod drzwiami z napisem *ŻYCIE CODZIENNE – CASTING* czekam na swoją kolej.

Moje szanse oceniam na zero koma zero. Patrzę ku schodom prowadzącym do wyjścia i mam ochotę z nich skorzystać. Nie wierzę, że mogłabym dostać rolę w serialu, który każdego dnia ogląda dziesięć milionów telewidzów! Jeszcze bardziej boję się kompromitacji. Jeśli mi się nie uda, a wiem, że tak właśnie będzie, zdołuje mnie to na długie tygodnie. A przecież nie potrzebuję kolejnego powodu do załamania. I tak mam ich aż nadto!

Więc tkwię na niewygodnym krześle pośrodku korytarza, trzymam w dłoni krótki fragment tekstu i zastanawiam się, co ja tu w ogóle robię. Wokół siedzą, stoją i przechadzają się aktorki z nazwiskami i dorobkiem; znam ich twarze z telewizji. Ja jedna jestem osobą znikąd. Gdyby nie on, dawno bym uciekła.

Jak to się dzieje, że dla faceta zawsze zrobisz więcej niż dla siebie samej? Do głowy by mi nie przyszło zgłosić się na ten casting. I pomyśleć, że znam go dopiero od trzech dni! Spotkaliśmy się w bardzo dziwnych okolicznościach. Ale zacznijmy od początku.

Nazywam się Kaśka Zalewska. Mam trzydzieści lat i jestem aktorką.

„Być aktorem – to głupie, aktorką – idiotyczne!" – mawiała moja babcia i jak zawsze miała rację. Dlaczego akurat teraz mi się to przypomniało? Może dlatego, że dopiero dziś ją rozumiem. Bo oczywiście wcześniej nie wierzyłam. Nie posłuchałam babci i nie nauczyłam się żadnego porządnego zawodu. Nie zostałam nauczycielką, pielęgniarką ani księgową. Zdawałam za to na Wydział Aktorski i ku rozpaczy większości rodziny, nie wyłączając mnie samej, przyjęto mnie. Czemu rozpaczałam? Bo mimo wszystko moja decyzja wynikała z tchórzostwa. Zamiast skoczyć na głęboką wodę, spróbowałam zaledwie brodzenia w strumyku. Dostałam się nie do Krakowa, Warszawy czy Łodzi, ale do Białegostoku. Wiecie, co to znaczy? Ano to, że po czterech latach nauki miałam szansę zostać aktorką w teatrze lalkowym. Tego już nikt nie mógł zrozumieć, nawet ja.

I mogłoby być fajnie, gdyby wszystko ułożyło się jak w tandetnej bajce: główne role, wywiady w miejscowej prasie, potem angaż w Warszawie i tak dalej, aż do Oscara. Ale się nie ułożyło. Przepracowałam w Złotej Ważce parę ładnych sezonów i jakoś ciągle nie zasypywano mnie propozycjami, nie zagrałam żadnej głównej roli. Na ogół bywam: Wróżką Trzecią lub Świnką Drugą, Wiatrem Północnym, Polnym Kamieniem, Złą Siostrą Kopciuszka albo Piekarczykiem i nie mówię więcej niż pięć zdań. Nigdy nie udawałam optymistki. Okazało się, że słusznie.

Wcielać się w różne postaci, przeżywać ich wzloty i upadki, zgłębiać psychologię, cóż może być bardziej ekscytującego? Aktorstwo to życie zwielokrotnione, przygoda, jakiej niewiele osób ma szczęście zaznać. Nie wiem tylko, czy marzyłam akurat o rozgryzaniu subtelności charakteru Wierzby Rosochatej, Porcelanowej Lalki i Zaczarowanej Kredki. Chodziło mi chyba o coś innego.

W dodatku nigdy nie próbowałam wyrwać się z tego marazmu. Czułam jakąś sadystyczną przyjemność, widząc, jak z roku na rok staję się coraz mniej zdolna do jakiejkolwiek decyzji. Zresztą, co niby miałabym zrobić? Nauczyć się księgowości póki czas? Z moją awersją do cyferek? Nie sądzę też, żebym nadawała się na pielęgniarkę. Wyciągnąć komuś krew z żyły, przy okazji samemu nie mdlejąc? Zdecydowanie ponad moje siły. No i zawsze pozostawała praca w szkole. Taaak… Fascynujące zajęcie.

Aktorstwo miało swoje dobre strony. W Złotej Ważce nie przepracowywałam się. Częściej siedziałam na widowni, niż stałam na scenie. Nasz dyrektor, ze swym szczególnym darem do pozyskiwania natchnionych fantastów zamiast reżyserów fachowców, był poniekąd odpowiedzialny za to, że spektakl ostateczny kształt zyskiwał dopiero na próbie generalnej, jeśli nie podczas premiery. Skąd on brał tych wszystkich frustratów niewyżytych w teatrze dramatycznym? Bóg jeden raczy wiedzieć. Prawda jest taka, że z dwojga złego wolałam układać w garderobie pasjansa, oczekując na swoją kolej (zwykle miałam do powiedzenia dwie krótkie kwestie), niż oglądać te przedstawienia. Gdybym była matką, prowadzałabym dzieci na nasze spektakle za karę. No, ale przynajmniej nikt nie ośmielił się odmówić im znamion wielkiej sztuki. Recenzenci zawsze piali z zachwytu.

Przez kilka lat, od premiery do premiery, ciesząc się, jeśli przedstawienie poszło dwadzieścia razy, w poczuciu artystycznego zwycięstwa czekaliśmy na cud. To znaczy ja czekałam. Konkretnie na co? Nie mam pojęcia. Na trzęsienie ziemi? Może, ale w to też nie wierzyłam.

Moja babcia ku radości nas wszystkich wciąż żyła i nie szczędziła mi dobrych rad. Teraz wiedziałam, że choć zawsze tylko prowadziła dom i doglądała dzieci, zdrowego rozsądku miała za nas obie. Uważała, że najlepszym rozwiązaniem byłoby poznanie jakiegoś miłego chłopca o solidnych dochodach, który otoczyłby mnie opieką tudzież obarczył rodziną i pozbawił wszelkich aspiracji. Lecz moje życie uczuciowe prezentowało się jeszcze gorzej niż zawodowe. W rezultacie wolne chwile spędzałam na praniu ręcznym, oglądaniu telewizji i wertowaniu po raz pięćdziesiąty siódmy z rzędu książki Krystyny Kofty *Jak zdobyć, utrzymać i porzucić mężczyznę*, z tym że do części trzeciej z wiadomych względów nigdy nie dochodziłam.

Po kilku latach pracy w teatrze zrozumiałam, że aktorstwo nie jest szczególnie fascynującą fuchą. Nie chroni również przed brakiem faceta. Według rodziców przekroczyłam czas dopuszczalny dla panienki i powinnam zintensyfikować poszukiwania kandydata na męża. Intensyfikowałam więc, jak mogłam. Odbywało się to głównie na weselach moich koleżanek, gdzie wszyscy poza mną przychodzili w parach. No, ale przynajmniej nikt mnie nigdy w połowie deseru nie porywał do tańca.

I tak to trwało dzień za dniem, aż nagle, w środku jednej z prób, podczas których zajmowałam się głównie dyskretnym ukrywaniem ziewania, dokładnie w chwili, gdy pomyślałam: „Ależ to będzie klapa!", usłyszałam:

– Masz grać bebechami, rozumiesz?! – Reżyser zajmował się właśnie Główną Rolą. – Wyrzuć to z siebie! Pieprznij tym wszystkim o ziemię!

– Ale czym? – Główna Rola nie rozumiała.

– Wszystkim. Masz chyba jakieś wnętrze?

Na myśl o wnętrzu Głównej Roli ziewnęłam po raz kolejny, teraz już całkiem jawnie. Główna Rola westchnęła smętnie, bo dotarło do niej, że wymuszenie na dyrektorze, by powierzył jej postać Kopciuszka, było klasycznym pyrrusowym zwycięstwem.

Cieszyłam się, że gram tylko ogon. W całym przedstawieniu mówiłam zaledwie trzy zdania, co dawało gwarancję, że moje bebechy nie wzbudzą niczyjego obrzydzenia, gdy narażone na rozdeptanie będą się walać po deskach sceny.

Właśnie wtedy przysiadła się do mnie Iza, koleżanka z garderoby, i wcisnęła mi do ręki zaproszenie na ślub i wesele. Choć powinnam wyskoczyć z radosnymi gratulacjami, zachowałam się raczej niemiło. Spojrzałam na nią z wyrzutem i wyszeptałam:

– Więc teraz tylko ja będę bronić w naszym zespole honoru singli?!

Przytłaczała mnie ta odpowiedzialność.

– Przepraszam, że tak z ręki, ale mamy z narzeczonym tyle spraw do załatwienia w ostatniej chwili. Przyjedziesz, prawda? – Iza szczebiotała szeptem.

– Statystyki kłamią! Mówią, że w naszym pokoleniu ludzie już się nie pobierają! – mruknęłam.

– Trzeba przynajmniej spróbować! – paplała, uśmiechając się błogo i rozsiewając dookoła ohydną aurę bezgranicznego szczęścia. – Przyjedź koniecznie, będzie trochę ludzi z branży. Hotel zarezerwowany, o nic się nie martw.

A o cóż ja mogłabym się martwić jako ostatnia panienka w teatrze? W sumie odpowiada mi życie bez zobowiązań. Za chwilę Iza sama będzie mi go zazdrościła, pomstując na męża, że w niczym jej nie pomaga, po pracy ogląda telewizję i nie opuszcza klapy sedesu. Potem, gdy zajdzie w ciążę i urodzi dziecko, zrobi się jeszcze gorzej: tysiąc nieprzespanych nocy, dziesięć kilo plus, zero czasu dla siebie. Czy ja tego chcę? Do tego tak mi się śpieszy? Ale pojadę na to wesele i będę się cieszyć cudzą radością.

Mam w tym wprawę, niestety.

W dodatku chyba powiedziała „ludzie z branży", a ja z każdej rozmowy wychwytywałam bezbłędnie określenie „ludzie z branży", nawet jeśli ktoś mówił tylko „ludzie" lub „branży". Tak więc nie mając pojęcia, o jaką branżę ani o jakich ludzi chodzi (może narzeczony jest rzeźnikiem, inżynierem budowy mostów albo specjalistą od utylizacji odpadów przemysłowych, nigdy o nim szczegółowo nie opowiadała), zdecydowałam, że poświęcę ten weekend szczęściu koleżanki z pracy i wybiorę się do Warszawy. Najwyżej poznam trochę ludzi z branży okien plastikowych. Czekały mnie zapewne ekscytujące przeżycia.

Ale była to też świetna okazja, by kupić sobie nową sukienkę i trochę się przewietrzyć. Bez jakichkolwiek złych przeczuć w dniu wesela wsiadłam do pociągu. Znalazłam pusty przedział, padłam na swoje miejsce wyczerpana przygotowaniami i zagapiłam się w okno, marząc o podróży bez towarzystwa. Po upływie może minuty w drzwiach stanął interesujący mężczyzna.

„Nieźle! – pomyślałam. – Samotność odłóżmy na drogę powrotną".

– Serena? Gonię za tobą przez pół pociągu! – rzucił mi z czarującym uśmiechem.

– My się znamy? – zapytałam zdziwiona. Lubię być podrywana, ale nie tak ostentacyjnie. A rodzice nie mieli tyle inwencji, by dać mi na imię Serena.

– Nie zgrywaj się! – parsknął nieznajomy i z westchnieniem ulgi opadł na siedzenie naprzeciwko. Najwyraźniej z kimś mnie mylił.

– Ja nie żartuję, proszę pana! – Spróbowałam grać rolę niedostępnej, to mi zawsze najlepiej wychodziło. – Nie przypominam sobie, żebyśmy się kiedykolwiek spotkali.

– Zamieńmy się miejscami, co? – zaproponował ni z tego, ni z owego, absolutnie niespeszony. – Wiesz, że nie mogę jeździć tyłem do kierunku jazdy. Tyle razy ci mówiłem.

– Nie pamiętam też, byśmy kiedykolwiek przechodzili na „ty"! – Dość miałam tego wieśniackiego podrywu! Wstałam i ciągnąc za sobą torbę, skierowałam się do wyjścia. – Proszę! Zostawiam panu cały przedział! Może się pan nawet położyć! Wzdłuż, wszerz albo w poprzek!

– Zaczekaj, poddaję się! – Zerwał się na równe nogi i wyszarpnął torbę z mojej dłoni. – Przyjmuję twoje warunki.

– Pani warunki!

– Pani warunki. Pani…? – Przerwał, zajęty upychaniem torby na półce.

– Panno.

– Panno…? – Nieznajomy odwrócił się i spojrzał na mnie promiennie.

– Kasiu.

– Ach! Kasia! – Udał zachwyt, jakby mówił do dziecka.

Odetchnęliśmy z ulgą. Czułam się przeproszona i pozwoliłam mu zająć miejsce przodem do kierunku jazdy.

– Czym się pani zajmuje?

– Jestem aktorką – odparłam z udawaną skromnością.

– Aktorką?! To niesamowite! Przepraszam, powinienem się przedstawić wcześniej. – Wstał i pocałował mnie w rękę. – Adam Wesołowski.

– Pracuję w teatrze lalek Złota Ważka. Na pewno pan nie słyszał.

– Jest pani oczywiście gwiazdą tego teatru? – zapytał i natychmiast zrozumiał, że palnął gafę.

Mogłam skłamać, ale po co? Kobieta sukcesu wciąż uchodzi za znacznie mniej atrakcyjną niż ta, która sobie nie radzi.

– A pan czym się zajmuje? – Dałam mu szansę zabłyśnięcia i przyjrzałam się uważnie. Wyglądał na trzydzieści pięć lat, ubrany z niedbałą elegancją w dżinsy i lnianą marynarkę, mógł być zarówno malarzem abstrakcjonistą, jak i handlowcem, który czytuje „Playboya".

– Modą.

Facet zajmujący się modą, czy istnieje ktoś, kto lepiej zrozumie kobietę? Niestety, byłam gotowa na nową miłość. Bardzo gotowa. Bardzo, bardzo gotowa. Gotowością nagłą, oślepiającą, odbierającą rozum. Wierzyłam sercu, które darło się wniebogłosy, jęczało, zawodziło, straszyło, że jeśli nie teraz, to nigdy, i żebym nie ważyła się przegapić takiej okazji. Miałam się sprzeciwiać? Walczyć z własnym sercem? Niby w imię czego? Co było do stracenia? Nudna egzystencja? Samotne wieczory? Notorycznie pusta skrzynka mejlowa? Gdy więc tylko usłyszałam, jak mówi coś w stylu: „My, samotni faceci", zagrałam *va banque*:

– Co pan robi, co robisz dziś wieczorem?

– Chyba obejrzę jakiś film w telewizji i pójdę wcześnie spać – westchnął uroczo.

– A nie miałbyś ochoty pójść na wesele?

– Wyspiańskiego?

– Nie, takie normalne. W hotelu.

– Uwielbiam wesela! – wykrzyknął z entuzjazmem. – Ale musiałbym się chyba najpierw przebrać. – Patrząc mi głęboko w oczy, ciągnął: – No i musiałabyś mi obiecać, że zostaniesz w Warszawie przynajmniej do poniedziałku.

„Boże! Jesteś wielki! – krzyczałam w myślach. – Po raz pierwszy mężczyzna robi w związku ze mną jakieś plany, w dodatku sięgające aż trzech dni naprzód! I to jaki! Jego zdjęcie spokojnie mogłoby się znaleźć na okładce »Stylu«".

Natychmiast zawyrokowałam, że jak tylko trochę bliżej poznam Adama, zakocham się w nim na zawsze.

– Aż do poniedziałku? – Uśmiechnęłam się.

– Bo musisz wziąć udział w pewnym castingu. Właśnie w poniedziałek.

O kurczę, drzwi się otworzyły! Wołają mnie! Cholera, chyba muszę tam wejść!

2

Wkurzona czekaniem, weszłam do sali, w której odbywał się casting. Przekładając papiery, jakiś facet zapytał pod nosem o moje nazwisko, a ja, przedstawiając się, z rozpędu dygnęłam! Mam nadzieję, że nie zauważył. Głupio zachowywać się jak dziecko, mając trzydziestkę na karku.

– A nie, to jeszcze nie pani kolej! – odpowiedział, podnosząc wzrok.

– Jak to nie moja?! Siedzę tam prawie trzy godziny! Co pan myśli, że tak łatwo wrócić do Białegostoku?! – dałam upust wściekłości.

– Super! – Jeden gość spojrzał na drugiego, który kiwnął głową i uśmiechnął się, jakbym powiedziała jakiś żart. – Genialnie! Proszę się czymś zająć, pójść na spacer, kupić sobie kolorowe tygodniki, cokolwiek. Niestety, musi pani jeszcze zaczekać.

Wyszłam z sali, wpuszczając kolejną kandydatkę. Byłam głodna, bolał mnie brzuch, chciało mi się spać. Dokąd miałam pójść, taszcząc torbę z całym dobytkiem?! Kiedy około południa zwalniałam pokój hotelowy, płacąc za dodatkową dobę pół miesięcznej pensji, musiałam zabrać bagaż. I teraz z miejsca rzuca się w oczy, że przyjechałam z prowincji. Zanim w końcu znów tam wejdę, wszystkie role będą obsadzone!

Ale z drugiej strony dotrzymam danego Adamowi słowa, a przy okazji uniknę kompromitacji, kiedy wyjdzie na jaw, że moje aktorstwo prezentuje co najwyżej średnią klasę.

Adam, Adam… Po trzygodzinnej podróży z Białegostoku do Warszawy odnosiłam wrażenie, że znamy się od zawsze. W czasie wesela staraliśmy się nie za bardzo szaleć, bo goście zwracali na nas większą uwagę niż na młodą parę. Pierwszy raz w życiu byłam pijana ze szczęścia. Spędziłam cudowną noc u boku uroczego, przystojnego i samotnego faceta, który na dodatek wkręcił mnie na casting do najlepszego serialu!

Głowę przepełniały mi śmiałe plany, serce biło jak szalone. Miałam ochotę rzucić wszystko, zerwać z moim dawnym życiem, osiąść w Warszawie, pichcić Adamowi obiadki, rodzić mu dzieci i pławić się w szczęściu. Dla niego zgodziłam się nawet na udział w tym castingu, chociaż pewnie znów dowiem się, że gram beznadziejnie. Bezbłędnie potrafię to wyczytać z twarzy reżysera.

Żeby sobie poprawić humor, wspominałam, jak nad ranem, kiedy goście szli już do swoich pokojów, my ruszyliśmy w miasto. Ten niezapomniany świt i ranek, kawa w jakimś barze, brązowe oczy Adama. Ależ jest seksowny! Potem wróciliśmy do hotelu. Nie zdążyłam chyba wytrzeźwieć, bo mocując się z zamkiem na kartę, zaproponowałam, aby ze mną został. On uśmiechnął się tylko, pocałował mnie w policzek i powiedział, że jutro, to znaczy dziś, pracuje, ale świetnie się bawił i musimy to wkrótce powtórzyć.

– Koniecznie! – odparłam, ziewając, i gdyby łóżko nie znajdowało się tak blisko drzwi, pewnie zasnęłabym na dywanie.

Późnym popołudniem wybrałam się na spacer. Warszawa w niedzielę, co za okropne miejsce! Taksówkarz zawiózł mnie do centrum handlowego, gdzie spędziłam resztę dnia. Patrzyłam na witryny sklepów z ciuchami na nowy sezon. Manekiny w oknach wystawowych sprawiały wrażenie, jakby sklepowi styliści ponakładali na nie wszystko, co mieli pod ręką, absolutnie nie troszcząc się o efekt. Okropność.

Ale wcale nie chodziło o modę – tym razem wyjątkowo byłam ze sobą szczera. Wciąż myślałam o Adamie, który gdzieś przepadł. Komórkę miał wyłączoną, co kazało mi myśleć o najgorszym.

Żuję bułkę i czytam „Firmament". Korytarz opustoszał. Nudząc się niemożliwie, oglądam wiszące na ścianach zdjęcia z różnych seriali. Każdy fotos to portret naszej uwielbianej Sereny. Serena w biurowym garniturku i domowym fartuszku, Serena uśmiechnięta i zapłakana, z włosami krótkimi, długimi, rudymi i blond. Ta aktorka to fenomen. Instytucja. Gra, pisze opowiadania, maluje akwarele, udziela porad w pismach kobiecych. Osiągnęła absolutnie wszystko. Otrzeć się o nią to byłoby coś! Może i na mnie spłynęłaby odrobina tego niezwykłego czaru i magii, które wokół siebie roztacza? Ktoś mi kiedyś powiedział, że ją przypominam. Co za bzdura!

– To pani? Świetnie! Prosimy do środka – usłyszałam nagle.

Nade mną pochylała się dwumetrowa dziewczyna. To znaczy nogi miała dwumetrowe, reszta też mierzyła ze dwa metry, może półtora. Musiałam zadrzeć głowę, żeby spojrzeć jej w oczy.

– Proszę tutaj. – Wskazała mi całkiem inny pokój.

– Ale ja muszę tam... – zaoponowałam nieśmiało.

– Powinniśmy się najpierw przygotować, prawda? – powiedziała, posadziła mnie przed lustrem i wyszła.

Patrzyłam na siebie z kwaśną miną. A właściwie ta druga tak na mnie patrzyła. Na szczęście nie zdążyła nic powiedzieć, bo do sali wszedł... Adam! W ręku trzymał metalową walizkę.

– Jak się czujesz, słońce? – Pocałował mnie w czoło.

– Skąd się tu wziąłeś?!

– Sorry, ale naprawdę nie mogłem wcześniej!

– Zabierz mnie stąd, proszę!

– Żartujesz chyba?

– Boję się...

Patrzyłam z rosnącym zdumieniem, jak otwiera walizkę i wyjmuje z niej różne kosmetyki. Układając wszystko na stoliku przed lustrem, zachowywał się, jakby nie było w tym niczego dziwnego! Na koniec wyciągnął z plastikowej reklamówki blond perukę i położył ją na styropianowej głowie.

– Adasiu...

– Tak?

Wilgotną chusteczką do demakijażu zaczął przecierać mi twarz!

– Co ty robisz?!

– Zmywam twój make-up.

Wziął tubkę z fluidem, wycisnął trochę na dłoń i maczając w nim gąbkę, zaczął mnie malować.

– Nie chcesz mi przypadkiem czegoś powiedzieć?

– Już chyba wszystkiego się domyśliłaś, słońce?

– Przestań mnie tak nazywać! Niczego się nie domyśliłam. Po tym, co się między nami zdarzyło, mam chyba prawo do jakichś wyjaśnień?

– Powiedz, bo to ważne, czy jesteś dobrą aktorką?

– Nie zmieniaj tematu! Dlaczego mnie oszukałeś?! Powiedziałeś, że zajmujesz się modą!

– Bo to prawda. Makijaż to taka sama moda jak ciuchy i buty – odparł, zaczesując mi włosy do tyłu.

– Ale tamtym dziewczynom nikt nie robił makijażu!

– Sama widzisz. Przysługują ci specjalne prawa, królowo. Powiem tylko jedno: musisz stanąć na głowie. Wszyscy na ciebie liczymy.

– Nie rozumiem.

– Pochyl głowę!

Wykonałam polecenie, a on włożył mi perukę. Gdy spojrzałam w lustro, naprzeciwko mnie siedziała Serena.

3

– Co?! Co to ma być?! – Próbowałam zrozumieć, wpatrując się intensywnie w oczy Sereny, to znaczy moje własne, wyzierające spod gęstej blond grzywki. Nie mogłam oderwać wzroku od lustra. Co za porażające podobieństwo! – Przecież to jest… To znaczy, wiem, że to ja, ale…

– Prawda? Serena jak żywa. Od razu to dostrzegłem. Już wtedy w pociągu – ekscytował się Adam.

– Rzeczywiście mamy trochę podobne rysy. Muszę zdjąć tę perukę. – Szarpnęłam za włosy. – Jeśli mnie w niej zobaczą, na pewno nie dadzą mi żadnej roli. Po co komu druga, gorsza Serena?

– Zostaw! Nie rozumiesz? Zaskoczymy ich. Zobaczymy, czy się nabiorą – powiedział, jakby chodziło o zrobienie komuś żartu na prima aprilis.

– Też mi zabawa! Reżyser rozpozna od progu i mnie zwymyśla.

– Wiesz co? Chodźmy do baru. Napijemy się kawy, pogadamy. No jak?

Zrobiłam niepewną minę.

– Nie łam się, ja stawiam!

W peruce Sereny, całkiem otumaniona, potulnie szłam za Adamem. Gdy ją zdejmę, znów będę sobą. Na razie przypominałam sobie władcze spojrzenie aktorki z *Dwóch serc zranionych*, gdzie grała treserkę tygrysów i bez cienia lęku patrzyła w oczy dzikim bestiom. Teraz ja znajdowałam się w klatce. Zmrużyłam oczy, uniosłam głowę i z góry mierzyłam wzrokiem wszystko dookoła, próbując skopiować jej styl.

– No genialnie! – ekscytował się Adam. – Byłabyś dobra w tej roli.

– Na korytarzu! – wycedziłam zimno, wzruszając ramionami.

Weszliśmy do baru. Miałam ochotę coś zjeść, bo kiszki grały mi marsza. Słońce już zachodziło, a ja poza darmowym hotelowym śniadaniem, jedną suchą bułką i tic tacami nic nie miałam w ustach. Stojąc przy ladzie, spojrzałam w lustro wiszące pod sufitem. Albo mi się wydawało, albo wszyscy się na mnie gapili! Nogi mi zmiękły. Zaraz ktoś podejdzie i powie: „Ty, mała, zdejmuj tę perukę, ale już! Dosyć tego cyrku!". Adam też chyba coś zauważył, bo obejmując mnie wpół, spytał:

– Czarna bez cukru, jak zawsze, słońce?

Bez cukru?! Jak można pić kawę bez cukru?! I co znaczy: „jak zawsze"? Już miałam zaprzeczyć, wyjaśniając, że „zawsze" to piję z cukrem i mlekiem, kiedy barmanka, uśmiechając się do mnie z nieukrywaną życzliwością, szepnęła:

– Pasztet z soczewicy czy tofu na ciepło?

Zrobiło mi się niedobrze.

– Pasztet poproszę – wybąkałam, wzrokiem szukając u Adama ratunku.

– Dwa pasztety i dwie kawy, pani Ziuto – zarządził Adam.

Usiedliśmy przy stoliku. Byłam spięta i nie wiedziałam, co robić. Ale Adam dał mi wzrokiem znać, że wszystko jest w porządku. Zaraz się okaże. Kiedy zwymiotuję na sam widok czarnej kawy bez cukru i pasztetu z soczewicy, moja słodka tajemnica od razu wyjdzie na jaw. Jak można się katować takim świństwem?!

– Pasztecik świeżusieńki – usłyszałam po chwili nad głową. – Soczewiczka prosto z bazaru, specjalnie jeździłam. Ale… kwiatku różany, niechże już pani odpuści doktorowi Rybce! To taki cudowny człowiek! I tak panią kocha!

Pani Ziuta westchnęła ciężko i ciągnęła:

– A pani taka niedobra! Piękna i niedobra! – Kobieta pokręciła głową na wspomnienie trudnego losu serialowych bohaterów i wyraźnie zmartwiona wróciła do swoich zajęć.

– Niedobra – powtórzyłam, łyknąwszy kawy.

– Ale piękna – wpadł mi w słowo Adam. – W takim miejscu to się liczy. Pani Ziuta dla byle kogo nie jeździłaby na bazar. Rozumiesz, słońce?

Wzruszyłam tylko ramionami. Nie mogłam się odezwać, bo ohydny pasztet z soczewicy rósł mi w ustach. Całą siłą woli starałam się pokazać, że jest bardzo smaczny.

– Mhm.

– Pani Ziuta to twoja największa fanka.

– Mój Mietek tak samo! Specjalnie tu telewizor wstawiliśmy, żeby nie stracić ani odcinka – rzuciła zza kontuaru.

– Cudownie! – skwitowałam, przełknąwszy wreszcie duży kęs pasztetu.

Tydzień nie będzie mi się chciało jeść po takim obiedzie. Wtem jak bomba do baru wpadła Dwumetrowa.

– Adam? Nie wiesz, gdzie poszła ta ostatnia? Miała czekać w charakteryzatorni i polazła sobie, klępa jedna! – dodała, zlustrowała wzrokiem bufet i wyszła!

„Ktoś tu zwariował! – pomyślałam. – Albo zaraz znajdą pod jednym ze stolików trupa i wszystkie poszlaki będą wskazywały na mnie. W co oni wszyscy tu grają?!".

Odsunęłam talerzyk z resztkami pasztetu, łyknęłam kawy i wstałam.

– My też chyba pójdziemy, co, słońce? – rzuciłam do Adama.

Głowa na pieniek i niech już będzie po wszystkim. Marzenia, które mi się niechcący po drodze urodziły, wsadzę z powrotem do walizki i zawiozę do Białegostoku, gdzie ich miejsce, wsunę pod łóżko i wrócę do mojego dawnego życia.

– O czym myślisz?

– Że czuję się tak, jakbym szła na ścięcie. Jakbym za chwilę miała przestać oddychać. Zastanawiam się też, czy to, co się ze mną do wczoraj działo, było prawdziwym życiem.

– Pewnie! – odpowiedział ze śmiechem. – A dopóki jesteś ze mną, nikt nie zrobi ci najmniejszej krzywdy.

– Obiecujesz? – zapytałam, ściskając mocno jego rękę.

W odpowiedzi pocałował mnie w policzek, co na razie wystarczyło za wszystkie słowa. Do sali, w której odbywał się casting, weszłam może nie rozluźniona, to za dużo powiedziane, ale bez paraliżującego lęku. W końcu wciąż wyglądałam jak Serena. Na moje „dzień dobry" nikt nie zareagował. Po chwili reżyser, uderzając dłonią w stół, wykrzyknął jednak z radością:

– Kocham tego drania!

Stałam niczym słup soli, a on patrzył. Obchodził mnie ze wszystkich stron, mamrocząc: „Niesamowite". Potem kazał opowiedzieć coś o sobie. Nie było to łatwe, bo nie wiedziałam, czego oczekują. I wtedy wpadłam na ten pomysł.

– Najpierw daj mi papierosa, słońce! – rzuciłam do reżysera i usiadłam na krześle, zakładając nogę na nogę.

4

– Co chcecie wiedzieć? – zapytałam obojętnie, patrząc w kamerę i przybierając ton znudzonej gwiazdy. Tak właśnie zachowywała się Serena w swoich filmach: nigdy nie dawała się zbić z tropu. Nie dla niej role zastraszonych kurcząt. – Czyżby kolorowe tygodniki nie wszystko jeszcze opisały? Oczekujecie zwierzeń? Znajdziecie je na moim blogu. A moje życie? Cóż, portale plotkarskie znają je lepiej ode mnie.

Plotłam te bzdury lekkim z pozoru tonem, bacznie obserwując reżysera ukrytego za kamerą. Spodziewałam się, że mi przerwie, uciszy, każe wrócić do rzeczywistości. To jednak ciągle nie następowało, a dobiegający raz po raz gdzieś zza moich pleców chichot Adama nakręcał mnie jeszcze bardziej.

– No, a faceci? – zainteresował się reżyser, gdy przerwałam, by zaczerpnąć tchu.

– Faceci? – Starałam się nie wychodzić z roli. – Tylko Marlon się liczy. Mały domek gdzieś na wsi, trzy psy i on. To wszystko, czego oczekuję od życia.

Byłam w temacie, bo niedawno „Firmament” obszernie informował o nowym podboju Sereny, ukrywanym dotychczas przed światem młodszym od niej o dziesięć lat trenerze tenisa.

– Podobno sprezentowałaś mu niezły wózek? – dopytywał się reżyser.

– Co za bzdury! Oczywiście, że nie! Ta beemka empiątka? Kupiłam ją dla siebie. Czasem jednak jestem tak zmęczona, że nie chce mi się prowadzić, a wy od razu wysnuwacie wniosek, że to jego auto!

– Krąży plotka, że ostatnio poddawałaś się kuracji odmładzającej?

– Czy to ciało potrzebuje jakichkolwiek poprawek? – odparłam, wstając z krzesła.

– Więc masz swój sekret, by zachować wieczną młodość?

– Coś w rodzaju paktu z diabłem? – zapytałam ze śmiechem. – Ach, to wyłącznie miłość i praca, tylko tyle. Lub aż tyle, jeśli wolicie.

Gdy ktoś z tyłu zaczął bić brawo, pomyślałam, że to koniec przedstawienia. Zdjęłam z głowy perukę Sereny, odetchnęłam głęboko i patrząc do kamery, powiedziałam:

– Pożartowaliśmy sobie, a teraz chciałabym się dowiedzieć, czemu panowie trzymali mnie na korytarzu przez cały dzień. Bo chyba nie po to, żeby się pośmiać z Sereny?

– Pani... – zaczął reżyser.

– Panno – wszedł mu w słowo Adam, krztusząc się ze śmiechu.

– Kasiu – dokończyłam.

– A więc Kasiu. Dobrze?

Nie oponowałam. Nie przechodzi się na „ty" z kimś, kogo ma się zamiar zaraz skreślić. Błękitny ognik nadziei znów zatlił się mdłym płomykiem.

– Wiesz, nad czym tu pracujemy, prawda? – Reżyser zaczął tonem cierpliwego nauczyciela. „Gdybyś nie zrozumiała, dziewczynko, chętnie wszystko ci powtórzę". Ale ten ton trochę mnie zaniepokoił. Czemu nagle zrobił się taki miły?

– Na drzwiach wisi kartka.

– Właśnie. Ten serial to duża sprawa.

– Obiło mi się o uszy. Ale czy moglibyśmy wreszcie przejść do rzeczy? Ostatni pociąg mi ucieknie.

– Jesteś niewątpliwie inteligentna.

– Dziękuję.

– I masz poczucie humoru. Zasługujesz na coś ekstra, a my, cóż, na razie mamy tu tylko kilka dni zdjęciowych. Góra dwa tygodnie.

– Naprawdę?! – krzyknęłam rozgorączkowana. – Ale ja przecież jeszcze niczego nie przeczytałam. Co to za rola? Mogłabym zobaczyć?

– Właściwie chodzi o zastępstwo…

Płomyk, który bez pytania mnie o zgodę wystrzelił nagle w górę, zasyczał, jakby ktoś zalał go wiadrem wody. A co niby innego mogłabym robić w takim serialu, jak *Życie codzienne*?! Chyba nie myślisz, idiotko, że specjalnie dla ciebie napisali tę rolę? Ktoś po prostu złamał nogę, rodzi albo ma inne, ciekawsze zajęcia. Dla ciebie to i tak jak wygrany los na loterii. Nawet gdybyś figurowała na liście płac jako „i inni", i tak zanotowałabyś nie lada skok w karierze. Więc zapewnij solennie tego reżysera, że zagrasz u niego wszystko, czego sobie zażyczy, ze śpiewem na ustach i za pół stawki.

– Dla naszej ekipy to zupełnie nowa sytuacja. Rzucamy się na głęboką wodę. Mamy obawy, bo nigdy tego nie robiliśmy. Ale nadawca ma swoje wymagania, rozumie pani?

Oczywiście, że rozumiałam, ale nie mogłam pojąć, dlaczego akurat ja mam być kimś, kto natchnie reżysera odwagą robienia nowych rzeczy. Sama potrzebowałam wsparcia. Z bijącym sercem czekałam, jaką rolę wymieni, przymierzałam się do wszystkich, ale wciąż miałam pustkę w głowie. Nie umknęło mojej uwadze, że znów wrócił do „pani". Najwyraźniej czuł się niezręcznie.

– Proszę mnie dobrze zrozumieć. Pani jest świetną aktorką, ta Serena w pani wykonaniu… No, pierwsza klasa! – cmoknął.

– Naprawdę tak pan sądzi? – Byłam gotowa go ucałować, choć sądząc po ilości wypalonych papierosów wypełniających popielniczkę, nie należałoby to do przyjemności. Zresztą był stary i gruby, żaden adonis.

– Proszę spojrzeć na operatora, oczarowała go pani. – Rzuciłam okiem na faceta za kamerą, który przesłał mi szeroki, ciepły uśmiech. – A Adam? Po prostu się w pani zakochał!

To wiedziałam i bez niego.

– Więc co mam dla was zrobić, panowie?

Po takim wstępie byłam gotowa zaprowadzić ład we wszechświecie, nie tylko zagrać jakieś małe zastępstwo.

– Jest jeden szkopuł. – Reżyser chyba nie wierzył w moje dobre chęci, bo wciąż wydawał się zasępiony, jak gdyby decyzja jeszcze nie zapadła. – Produkcja zapłaci ekstra stawkę, bo jak wspomniałem, planujemy przedsięwzięcie bez precedensu i mamy świadomość, że żądania wobec pani również będą ponadstandardowe.

– To znaczy?

– Chcielibyśmy, aby pełniła pani także pewne funkcje reprezentacyjne.

– Ja? Ale dlaczego ja? Przecież mnie tu nikt nie zna! – parsknęłam.

– To, że tak powiem, należy do roli.

– Nie rozumiem.

Spojrzałam na Adama. Uśmiechnął się uspokajająco, więc chyba nie mam się czego bać.

– Zanim powiem i zanim otrzymam odpowiedź, muszę prosić o jedno: wszystko, co tu się dzieje, proszę zachować wyłącznie dla siebie. Niestety chcielibyśmy to też mieć na piśmie.

Zabrzmiało to groźnie, ale strasznie mnie podekscytowało. Zupełnie jakbym brała udział w obradach jakiegoś tajnego stowarzyszenia.

– Oczywiście będę dyskretna. Gdzie macie ten papier?

Podsunęli mi zobowiązanie do zachowania tajemnicy, które bez wahania zamaszyście podpisałam. A potem, już jako dopuszczona do najtajniejszych sekretów konspiratorka, zapytałam:

– Więc co mam zrobić?

– Zagrać główną rolę.

5

„Zagrasz główną rolę!" – te słowa niczym mantrę każda aktorka powtarza przed snem, naiwnie wierząc, że przekupi okrutny los, który wciąż oferuje jej tylko ogony.

Znam trzy, może cztery, które tego nie muszą robić. Jedna z nich to Serena. Wszystkie inne, żyjąc w wiecznej niepewności, nieustannie oczekują wielkiego dnia, gdy ktoś wreszcie doceni ich urodę oraz talent i zaoferuje to, co im się słusznie należy.

Wielokrotnie przerabiałam ten schemat. Wieczorem przed snem i rano podczas mycia zębów, robiąc zakupy i jadąc autobusem. Cały czas byłam gotowa. Nawet gdybym nagle, pływając w basenie, zobaczyła nurka w pełnym rynsztunku, wychylającego się spod wody i podającego mi kontrakt, absolutnie by mnie to nie zdziwiło. Umiałabym z pewnością efektownie się uśmiechnąć i zamaszyście podpisać.

Lecz choć regularnie bywałam na pływalni, jeszcze częściej chodziłam spać i myłam zęby, afirmacja: „Zagrasz główną rolę!" ciągle nie odnosiła skutku. Aż tu nagle – masz! W chwili, kiedy zupełnie straciłam nadzieję, ni z tego, ni z owego zjawia się Książę z Bajki. Więc to jednak działa?

– Kasiu? – usłyszałam i poczułam lekkie dotknięcie na ramieniu. Nade mną z wyrazem troski pochylał się Adam.

– Przepraszam, zamyśliłam się.

– Chcielibyśmy poznać twoją decyzję.

– Ale ja nie rozumiem. Kogo miałabym grać? Bo tam jest tylko jedna główna rola…

Reżyser westchnął głęboko i pocierając dłonią czoło, ciężko usiadł na krześle.

– Wytłumaczcie jej.

Adam raz jeszcze spojrzał mi głęboko w oczy.

– Połącz fakty, słońce.

Nie jestem specjalistką od dedukcji, dlatego wnioskowanie zabrało mi trochę czasu, ale kiedy wszystko sobie poskładałam, krzyknęłam przeraźliwie:

– Nie! – Bo oto w oślepiającym błysku ukazało się mojej zdumionej wyobraźni coś, co absolutnie nie chciało się w niej pomieścić. Coś całkowicie, totalnie, absolutnie nie do przyjęcia. – Nie! – zawołałam po raz drugi. – Nie, jeśli to jest to, o czym myślę!

I już zaczęłam żałować wszystkiego, co się stało i doprowadziło mnie krętymi ścieżkami przeznaczenia wprost na ten casting.

– To zbyt obłąkane!

– Właśnie dlatego potrzebujemy kogoś z wyobraźnią, rozumiesz? I kogoś odważnego. – Reżyser znów mówił mi „ty", ale tym razem zachowałam większą czujność.

– Nazwijmy może rzeczy po imieniu.

– Zagrasz rolę Matyldy w *Życiu codziennym*.

– Serena umarła? – zapytałam z nadzieją, bo ta rola należała do niej.

– Głupi żart! – obruszył się reżyser i skarcił mnie wzrokiem. – Mówiłem, że chodzi góra o dwa tygodnie. Serena… Musi odpocząć.

– Więc jednak kuracja odmładzająca?

– Skąd wiesz?

– Kojarzę fakty: nie da się w nieskończoność mieć trzydziestu lat.

Wreszcie zrozumiałam, czego ci ludzie ode mnie oczekują. Przypomniałam sobie każde cholerne słowo, które wypowiedziano od początku rozmowy, i padł na mnie blady strach.

– Wy nie chcecie, żebym zagrała jej rolę, chcecie, żebym przez dwa tygodnie b y ł a Sereną!

– Dokładnie! – ucieszył się Adam.

– Ale Serena jest jedna. To znaczy: jedyna!

– Przynajmniej tak brzmi wersja oficjalna.

– Co nie znaczy, że nie da się jej zastąpić. Sytuacja jest awaryjna.

– Nie ma mowy!

– Mówiłem wam, że się nie zgodzi! – znienacka odezwał się milczący dotąd operator.

– Ale dlaczego?! – naciskał reżyser.

– Ma pietra. – Operator odgadł całkiem trafnie.

– Tak! Boję się! Czy to dziwne?

Ja, Kaśka z Białegostoku, miałam stanąć w szranki z samą Sereną Lipiec! I co z tego, że nie twarzą w twarz. Wynik tego pojedynku dało się przewidzieć z góry. Nikt o zdrowych zmysłach nie postawiłby na mnie złamanego grosza.

– Nie ma się czego bać. Byłaś świetna, naprawdę, a my ci we wszystkim pomożemy.

– Ale to oszustwo! Nie rozumiecie?! – krzyknęłam ze świętym oburzeniem, w panice poszukując kolejnego powodu, by bez wyrzutów sumienia zrezygnować z tej propozycji.

– Film generalnie jest jakimś rodzajem oszustwa – filozoficznie zauważył operator.

– Tylko że wy planujecie piętrowe oszustwo i ja nie zamierzam brać w nim udziału!

– Produkcja sowicie cię wynagrodzi – kusił reżyser. – Może później znalazłaby się jakaś rola w innym serialu?

– Dwa tygodnie. Wiesz, jak to szybko minie? – wspierał go Adam. – A ja nie będę cię odstępował ani na krok.

– Nie przesadzaj – zgasił go operator. – Nie ty masz jej nie odstępować, tylko Marlon.

– Co?! – wrzasnęłam. – Mam jeszcze romansować z jej facetem?! To w ogóle nie wchodzi w grę! Powariowaliście?! A może mi się przyśniło? Tak, to na pewno sen! Wszystko jest zbyt obłąkane.

Spojrzałam na zegarek. Dochodziła siódma. Jeśli to jednak nie jest sen, muszę wracać do domu, robi się późno.

– Żegnam pana. – Wyciągnęłam rękę do reżysera.

– Proszę się raz jeszcze zastanowić. Pani kariera mogłaby teraz nabrać rozpędu!

– Wolne żarty! Jeśli dobrze zagram tę rolę, nikt mnie nie pozna, na co zresztą bym nie liczyła. A jeśli mi się nie uda, wszystko wyjdzie na jaw i będę spalona w branży. W obu przypadkach to gra niewarta świeczki. A mnie, idiotce, wydawało się, że macie dla mnie jakąś propozycję! Tymczasem chodzi o to, żebym ratowała wasze układy z nadawcą kosztem całego mojego życia. Urocze! Dzięki, Adamie! Zdaje się, że to ty wpadłeś na ten fantastyczny pomysł.

– Ojej, naprawdę, Kasiu, co za przemowa! – obruszył się reżyser. – Mielibyśmy układ, nie przeczę, ale opłacalny dla obu stron. Nie chcemy cię wykorzystać. Po prostu proponujemy współpracę.

– Nic z tego! – rzuciłam, rozglądając się za swoimi bagażami.

6

— Jak mogłeś mi to zrobić? — mamrotałam do siebie, taszcząc torbę i próbując w labiryncie korytarzy polskiego Hollywood znaleźć drzwi z napisem „exit". Przygnębiona i zła, bo właśnie przed chwilą przez swoje cholerne tchórzostwo odrzuciłam propozycję największej być może przygody zawodowej i skazałam się na powrót do nudnej wegetacji wśród warzyw, minerałów i bohaterów Andersena.

Dlaczego brak mi choćby odrobiny szaleństwa? Dlaczego nigdy nie skoczę na główkę? Dlaczego tak boję się ryzyka? Mogłam poznać Marlona, najbardziej pożądanego faceta w tym kraju! Jeszcze by mi za to zapłacili! Złotych gór pewnie też bym nie przyjęła z powodu konieczności odprowadzenia podatku dochodowego! To jest chore! Cóż, powiedziałam „nie", trzeba wypić to piwo. Niektórzy są stworzeni do grania ogonów.

Stałam na ulicy, rozglądając się za taksówką, kiedy z bramy wytwórni wyłoniło się niebieskie renault megane, kierowane przez Adama.

— Wsiadaj! — powiedział i otworzył bagażnik, by wstawić moją torbę.

Wgramoliłam się do auta, jednak bez entuzjazmu, z jakim uczyniłabym to jeszcze godzinę temu. Dłuższą chwilę milczeliśmy.

– Jak mogłeś mi to zrobić?! – wypaliłam, kiedy milczenie stało się nieznośne.

– Dokąd? – zapytał oschłym tonem. Żadnego usprawiedliwiania się, rzucania przede mną na kolana, błagania o przebaczenie. Zero wyrzutów sumienia.

– Na dworzec – odparłam krótko.

Chyba faktycznie tam zmierzał! Więc ta druga sprawa też miała nie wypalić? Adam nic nie proponował, ja tym bardziej. Za chwilę usiądę w pociągu i wtedy pozostanie tylko się poryczeć.

– Pogniewałeś się? – Nie wytrzymałam.

– Ja?! Za co? – Udał, że nie rozumie.

Pogniewał się. Przygryzał wargi, nie patrzył na mnie tym zachwyconym spojrzeniem, nie mówił do mnie „słońce".

– Przecież to idiotyczny pomysł! Nie udałoby się tego ukryć. Ludzie by mnie zlinczowali za podszywanie się pod Serenę! Zresztą jestem kiepską aktorką, bardzo kiepską. Mówiłam ci przecież. To nie ma nic wspólnego z nami, zrozum! – zakończyłam pojednawczo.

– Powiem ci, bo jesteś z prowincji – wycedził przez zęby. – U tego producenta już nigdy nic nie zagrasz!

Tak, jestem z prowincji! I wiem, że mam w plecy. Gdyby próbował brać mnie na litość, pewnie bym się zastanawiała, jak to odkręcić. Ale on mnie straszył! I nagle wyjeżdża z tą prowincją!

– Co to, szantaż?! Może mi jeszcze pistolet do głowy przyłożysz? – Wkurzył mnie, właśnie kiedy zaczynałam się powoli łamać! – Dlaczego nie uprzedziłeś, o co chodzi?

– Wtedy byś tam w ogóle nie pojechała. – Jego głos brzmiał lodowato. Tu akurat miał rację. – Czego ty w ogóle chcesz?! Najpierw narzekasz, że grasz ogony, a jak ci się trafia szansa – i to jaka! – odrzucasz ją jak jakaś cholerna Nicole Kidman!

– Szansa? Na bycie marionetką w waszych rękach? Wielkie dzięki!

– Nie przesadzaj. To się może nigdy nie powtórzyć.

– I bardzo dobrze!

– Oczywiście masz w nosie, że zrobiłaś ze mnie idiotę?

– Ja z ciebie? W jaki sposób?

– Udajesz czy naprawdę jesteś aż taka naiwna? – Nie podobał mi się ten ton. – Wszyscy przyjechali tam, bo ich przekonałem, że się nadajesz. Zrobiłem to dla ciebie, a ty tak mi się odwdzięczasz?! Mogłaś zostać gwiazdą!

– Na dwa tygodnie?

– Tego nie sposób przewidzieć. Ale ty wolisz marudzić, że świat się na tobie nie poznał, niż spróbować, gdy ktoś ci daje szansę. W tym zawodzie trzeba umieć postawić wszystko na jedną kartę, inaczej nic się nie wygra.

Nie chciałam się kłócić. Nigdy nie byłam hazardzistką. Teatr lalkowy to najlepsze miejsce dla kogoś takiego jak ja. Dojechaliśmy na dworzec. Adam mnie nie zatrzymywał. Wystawił z bagażnika moją torbę i bez pożegnania wsiadł do auta. Trudno, poradzę sobie sama. W końcu nie jestem gwiazdą, nie potrzebuję bodyguarda. Nie odwracając się, weszłam do hali dworcowej. Chwilę później, gdy stanęłam przed rozkładem jazdy, cały bojowy nastrój się ulotnił.

„Jak ja wrócę do domu?" – zastanawiałam się w panice. Ostatni pociąg odjechał trzy kwadranse temu! Następny będzie za sześć i pół godziny! Jestem uwięziona w tym mieście!

Może powinnam wtedy pomyśleć, że to przeznaczenie, ale nie próbowałam bawić się w żadne filozofie. Miałam przed sobą noc na Dworcu Centralnym! Zachwycająca perspektywa! Kto zna, ten wie: obskurny budynek pełen patrzących spode łba ludzi, dziwnych zakamarków i korytarzy, gdzie zapuścić się bez ochrony jest ryzykiem nie mniejszym, niż w pojedynkę spacerować nocą po Bronksie.

Czekało mnie więc prawie siedem godzin nocnego życia stolicy! W sumie fajnie, gdybym miała humor i towarzystwo. I nie tkwiła w tym wstrętnym molochu z torbą podróżną. Ale nie miałam ani humoru, ani towarzystwa, ani ochoty na oglądanie serialu kryminalnego na żywo. Usiłując zebrać myśli, opadłam na pierwszą z brzegu ławkę. Siedem godzin! W tym czasie można by prawie dotrzeć na drugą półkulę! Albo przemyśleć całe swoje życie. Albo zostać obrabowanym i skonać w męczarniach.

Gdy dostrzegłam, że zbliża się do mnie kilku niedomytych typów, błyskawicznie wróciłam do rzeczywistości. W oczach mieli prośbę o „20 groszy na bułkę", ale nie dałam się zwieść pozorom. Poderwałam się na równe nogi. Nagle okazało się, jak szybko umiem chodzić z torbą pełną ciuchów. Poszłam coś zjeść, ale przytelepali się za mną! Chciało mi się płakać ze zmęczenia, z bezsilności, z tęsknoty za męskim ramieniem, na którym mogłabym się oprzeć, i plecami, za którymi dałoby się schować. Chciało mi się wyć z wściekłości, że jestem potencjalną ofiarą napadu na dworcu! A policji oczywiście jak na lekarstwo! Wtedy odezwała się moja komórka:

– Koleżanko, gdzie się pani podziewa?!

– W stolicy, panie dyrektorze.

– Koniecznie musi pani dojechać na jutrzejszą próbę. Koleżanka Książek złamała nogę. Zrobi pani zastępstwo.

– Zagram Kopciuszka?! – krzyknęłam uradowana.

Cały dworzec poznał wspaniałą nowinę, ale w słuchawce zaległa pełna zdumienia cisza. To mogło znaczyć tylko jedno: czeka na mnie rola Dyni albo Woźnicy, Myszy lub Damy Dworu, w najlepszym razie jednej z dwóch Złych Sióstr.

– Nie teraz, nie teraz, pani Kasiu. Pani jest jeszcze taka młoda…

Ale ja czułam się bardzo, bardzo stara. Stara i bezsilna. Na dodatek ten cholerny pociąg dopiero ruszał gdzieś z Berlina! Wtedy telefon zadzwonił po raz drugi:

– Ile mam tu jeszcze czekać, przecież o tej porze do Białegostoku nic nie jedzie!

7

– Adam? Adaś, to ty?! – załkałam w słuchawkę. – Siedzę na Centralnym, wiesz? Aż do wpół do trzeciej. Dyrektor zadzwonił i powiedział, że mam wejść w zastępstwo. Założę się, że to znowu będzie jakaś jarzyna! Strasznie tu brudno, a dookoła mnie kręcą się jakieś podejrzane typy! Chcę do domuuuu!

– Uspokój się i nie krzycz, bo zagłuszasz megafony, słońce – usłyszałam, i to wcale nie przez telefon, tylko tuż nad głową.

Stał obok mnie! Jak żywy! W chwili, kiedy go tak bardzo potrzebowałam, zjawił się, jakby od początku przewidział rozwój wypadków! A ja w niego zwątpiłam, myślałam, że się obraził. Rzuciłam mu się na szyję:

– To było straszne, wiesz? Koszmarne. A co ty tu właściwie robisz? – zapytałam zupełnie innym tonem. Koniecznie chciałam usłyszeć to, co i tak wydawało się oczywiste.

– Przechodziłem obok i pomyślałem sobie, a co tam, wpadnę, zobaczę, może mają jakąś promocję na bilety do Krakowa? Pozwolisz, że zajmę się bagażem? – Nie czekając na odpowiedź, chwycił moją torbę. – I tobą aż do odjazdu pociągu? Mam ochotę pokazać ci pewne apetyczne miejsce.

– Jakie?

– Zobaczysz – odparł, uśmiechając się znacząco. – A co chciałabyś zrobić?

Chyba jeszcze nie dojrzałam do takiej szczerości, żeby powiedzieć, co tak naprawdę mam ochotę robić do odjazdu pociągu i przez najbliższe trzydzieści lat. Ale przecież on chyba myśli o tym samym? Jesteśmy dwojgiem dorosłych, samotnych ludzi, którzy mają dużo wolnego czasu, co tu kombinować?

– Masz ochotę potańczyć? – zapytał niespodziewanie.

Chyba się przesłyszałam! Lubię tańczyć i świetnie nam razem szło, ale i tak nie uwierzyłam, że to powiedział. Nie! Nie dziś! Siedziałam cały dzień na niewygodnym krześle, w napięciu czekając, aż wywołają mnie na przesłuchanie. Byłam wypompowana fizycznie i psychicznie, wcześniej szalałam na weselu. Jakim cudem mam jeszcze mieć siłę do tańca?! Ale przecież nie mogłam okazać się ostatnią świnią. W jego pytaniu kryło się tyle entuzjazmu, więc bąknęłam tylko:

– Pewnie.

W końcu cóż innego robi się w narzeczeństwie? No dobrze, formalnie nie doszło jeszcze do zaręczyn, ale niewiele brakowało. W każdym razie takie snułam plany. Między jednym a drugim tańcem znajdziemy chyba trochę czasu, by omówić pryncypia? Wierzę w małżeństwo partnerskie i zamierzam się tego trzymać. Patrząc na Adama wiozącego mnie w nieznanym kierunku, wyobrażałam sobie, że właśnie udajemy się na wakacje, a z tyłu gaworzą dwa maleństwa, na przykład Igorek i Lenka, zapięte bezpiecznie w fotelikach. Aż westchnęłam z rozkoszy.

– Zgłodniałaś? – zainteresował się najwspanialszy mąż i ojciec.

– Sama nie wiem.

Wypadki ostatnich godzin kompletnie mnie skołowały. On przejął stery, a ja dałam się prowadzić. Sushi okazało się wstrętne, o mało nie pojechałam do Rygi, ale pierwszy raz w życiu czułam, że komuś na mnie zależy. Adam, czarujący niczym Pierce Brosnan w którymś ze swoich pierwszych Bondów, najwyraźniej mnie uwodził, a ja patrzyłam na palce lewej dłoni, dziwiąc się, że nie widzę tam jeszcze pierścionka z brylantem w stylu wiktoriańskim, bo takie akurat były modne w tym sezonie.

A potem poszliśmy potańczyć w jakimś klubie. Tak wielu przystojnych mężczyzn przypadających na jeden metr kwadratowy nie widziałam jeszcze nigdy. Adam znał wszystkich i wszyscy znali jego. Bawiłam się bosko. Tańczyliśmy i piliśmy drinki. Na rozmowę było zbyt głośno. Wstawiłam się trochę, ale tylko odrobinę. Pamiętałam, że muszę co jakiś czas patrzeć na zegarek, i opowiadałam wszystkim dookoła, że o drugiej trzydzieści osiem mam pociąg do Białegostoku. Może nawet mówiłam: „mamy"? Bo nie ulegało wątpliwości, że i tym razem nie będę podróżować sama.

Rodzice na pewno się ucieszą: „Mamo, tato, poznajcie Adama. Kochanie, to moi rodzice". Okręciłby ich sobie wokół palca. W to akurat nie wątpiłam. Właśnie o takim zięciu, szarmanckim i opiekuńczym, marzą wszyscy rodzice świata. Nasze narzeczeństwo nie trwałoby zbyt długo. Wesele urządzilibyśmy w jakimś świetnym warszawskim hotelu z mnóstwem VIP-ów. Potem podróż poślubna na Wyspy Kanaryjskie. Wszystko od dawna miałam zaplanowane. Życie naprawdę jest cudowne!

Swoją drogą to niesłychane, że spotkaliśmy się akurat w tym pociągu! Mogłam wsiąść do innego wagonu albo w ogóle nie jechać do Warszawy. Ciekawe, jaką wtedy los przygotowałby dla mnie szansę? Na razie jest malinowo. Wzorzyście i posuwiście. Coś się zmienia, i to na lepsze. Koniec z byciem ofiarą losu, teraz ja dyktuję warunki!

Rozkoszne uczucie panowania nad własną przyszłością uderzało do głowy jak najlepszy szampan. Miałam nawet ochotę zadzwonić do mojego dyrektora i zapytać go, czy na pewno chce mnie zobaczyć jutro na próbie, bo minerałów grać już nie zamierzam. W pewnej chwili spojrzałam na zegarek i wybuchłam histerycznym śmiechem.

– Wpół do czwartej?!

Jak to się stało?! Gdzie mi uciekła ta godzina? Przecież co chwila sprawdzałam! Zdaje się, że mam jednak z głowy tę próbę. Zaczęłam męczyć Adama, abyśmy pojechali na dworzec i sprawdzili inne połączenia do Białegostoku. Poszliśmy na piechotę, bo on też wypił kilka drinków. I co? Następny pociąg odjeżdża po szóstej, więc możemy spokojnie wrócić do baru i wypić to, co im tam jeszcze ewentualnie zostało. Na próbę zdążę, choć raczej bez prysznica. Ale kto by tam myślał o kąpieli, gdy ważą się losy świata. Tu jest wszystko, co kocham. Reszta niech spada.

Nie bardzo pamiętam drogę powrotną do klubu. Czy jeszcze tańczyliśmy? Czy coś piłam? Kiedy wreszcie wyszliśmy? Wiem tylko, że było bardzo, bardzo wesoło. Teraz mógł mi nawet uciec kolejny pociąg. Chrzanić to. Nigdzie nie jadę!

– Warszawo, słyszysz?! Zostaję na zawsze! – darłam się na całe gardło, tańcząc pośrodku pustej ulicy. – Posuńcie się, ludzie!

Obudziłam się w jakimś mieszkaniu. Była ósma trzydzieści. Obok mnie spał Adam. „Więc jednak!" – pomyślałam z satysfakcją, niczego jednak nie mogłam sobie przypomnieć. Kompletna pustka. Rozejrzałam się dookoła. Moje rzeczy nie walały się po wszystkich kątach, leżały grzecznie na fotelu obok, a ja miałam na sobie biustonosz i figi. Cholera, znaczy nie wyszło. Ale dlaczego? Usnęłam w takiej chwili?! Przegapiłam najważniejszy moment?! Bo chyba nie byłam na tyle przytomna, żeby się po wszystkim ubrać?! Zresztą w jakim celu?

Kurczę, co mnie tak suszy? Muszę się czegoś napić i wszystko sobie poukładać.

8

Za oknem cieszył oczy piękny słoneczny poranek, a ja w koszuli Adama, nucąc pod nosem *I will survive*, szykowałam nasze pierwsze śniadanie. Podniecona, przygotowywałam się też do poważnej rozmowy, która miała przynieść zasadnicze rozstrzygnięcia. Na każde z jego pytań odpowiem „tak!". Będę ciepła, słodka i urocza. Jeśli nawet wczoraj mógł mi się oprzeć, to dziś już nie zdoła.

Tymczasem wypiłam całą butelkę wody mineralnej, zaparzyłam kawę i oddałam się błogim planom na przyszłość. Jednocześnie rozglądałam się po niedużym, ale wygodnym mieszkaniu. Ścisłe centrum, dwa pokoje w starej, elegancko odnowionej kamienicy. Dla nas dwojga wystarczy, później trzeba będzie pomyśleć o domku z ogródkiem gdzieś na przedmieściach. W końcu dzieci muszą rosnąć w kontakcie z naturą.

Adam wstał jakieś trzy kwadranse później. Przeciągnął się leniwie, nabierając w płuca zapach kawy, zupełnie jak w reklamie.

– Dzień dobry! Jak, słońce, wyspałaś się?

– O tak! Masz fantastyczne łóżko! – Patrzyłam na niego z miłością. Boże, ależ on przystojny!

– To dobrze, bo czeka nas pracowity dzień.

Tak! Tak! Tak! Przymierzanie sukien ślubnych i garniturów, ustalanie listy prezentów, wybieranie wzoru zaproszeń, rezerwowanie hotelu i zaplanowanie miesiąca miodowego. Czeka nas pracowity dzień. Ale jaki cudowny!

– Rozumiem, że wszystkie nasze wczorajsze uzgodnienia pozostają aktualne?

– Czy myśmy... – Chciałam zapytać o to, co dręczyło mnie od blisko godziny, ale nie miałam dość odwagi, by ewentualnie stawić czoło wersji pesymistycznej.

– Nie martw się o nic. Jesteś moim oczkiem w głowie. Nikomu nie dam cię skrzywdzić. – Adam w lot odgadł moje obawy. A więc o to mu chodziło? Chyba nie uznał mnie za dziewicę, psiakrew! W moim wieku byłaby to dość ponura okoliczność.

– Wydawało mi się, że nie za dużo wczoraj rozmawialiśmy – zaryzykowałam.

– Dlatego chcę wszystko jeszcze raz przegadać.

O tak! Omówmy każdy szczegół, o niczym innym nie marzę! Włożę suknię w kolorze écru z bordowymi haftowanymi różyczkami, z takich samych róż zamówimy bukiet, ty włożysz frak i cylinder, pojedziemy dorożką zaprzęgniętą w sześć białych koni, w drugiej będzie nam towarzyszyło co najmniej pół tuzina druhen. Na toast podamy szampana Château Margaux. O czym tu więcej gadać, sam widzisz, że jestem perfekcyjnie przygotowana.

– Słucham – powiedziałam wielkodusznie.

– Mamy pół godziny do wyjścia, więc proszę, pośpiesz się. Pogadamy po drodze.

– Dokąd idziemy? – droczyłam się.

– Jak to dokąd? Na Chełmską.

– Bierzesz dziś wolne? – szczebiotałam w najlepsze, jakbym nie usłyszała odpowiedzi. Po co ja miałabym jechać na Chełmską?

– O czym ty bredzisz?! – zdziwił się nieprzyjemnie.

– No, urlop, żeby pojechać na zakupy. – Wciąż bujałam w obłokach.

Spojrzał, jakbyśmy się zobaczyli po raz pierwszy albo jakbym na czole namalowała sobie trzecie oko. Zamachał mi dłonią przed nosem i spytał z troską:

– Powiedz, ile palców widzisz?

– Co to ma do rzeczy?

– Bo może tylko ci się wydaje, że już wstałaś. Nie będziesz robiła żadnych zakupów. Gdybyś czegoś potrzebowała, wszystko ci przywiozą.

– Naprawdę? – ucieszyłam się. – Cudownie!

Musi być nie lada figurą, skoro jacyś ludzie gotowi są na jego skinienie biegać po sklepach. Przystojny i wpływowy. Zdecydowanie nie miałam nic przeciwko temu.

– Nie ma co tracić czasu na bzdury. Czeka nas duże wyzwanie.

Ja myślę. Zawarcie małżeństwa i życie w zgodnym stadle przez trzydzieści albo więcej lat to nie przelewki. Ale dziś nie bałam się niczego. Zwłaszcza w towarzystwie mężczyzny mojego życia.

– Od tej chwili nigdzie nie ruszasz się beze mnie.

– Nawet na siusiu? – Podobała mi się ta perspektywa.

– Przestań szczebiotać! To nieznośne! Bądźże sobą, bo nic nam nie wyjdzie z projektu.

– Nie nazywaj najważniejszej rzeczy w moim życiu „projektem"! – zaoponowałam żywiołowo. Nie pozwolę tak określać mojej najpiękniejszej i najbardziej romantycznej przygody.

– Przestań udawać pięciolatkę, nikogo na to nie nabierzesz.

– Nie chcę nikogo nabierać.

– Chcesz.

– Nie! Ja to czuję. Naprawdę. Po raz pierwszy w życiu. I chcę, by to uczucie zostało ze mną aż do śmierci! – wyrzuciłam z siebie, oczekując w zamian podobnego wyznania.

Adam znów na mnie spojrzał. Tym razem z lekkim przerażeniem albo współczuciem.

– Nie przesadzasz? Zrobimy, co do nas należy, i módlmy się, by efekt zadowolił widzów.

– Jakich znowu widzów?! O czym ty mówisz?! – Przeraziłam się, bo coś wreszcie zaczęło mi świtać.

– O twojej nowej roli.

– Jakiej?! – Chciałam grać rolę szczęśliwej pani wielkiego domu, żadną inną. Co z tym wszystkim mieli wspólnego widzowie?

– Kłopoty z pamięcią? Zagrasz Matyldę w *Życiu codziennym*.

– Kto?! Ja?! – Żart był naprawdę przedni. – Jeszcze nie wytrzeźwiałeś? Przecież im odmówiłam!

– A ty już wytrzeźwiałaś? Przecież zmieniłaś zdanie.

– Wydaje ci się.

– Więc dlaczego zadzwoniłaś do producenta i kazałaś mu zwołać ekipę na jedenastą?

Nie podobał mi się ten ton. Brzmiał poważnie. Gorzej! Brzmiał prawdopodobnie.

– Kto? Ja? O czym ty mówisz?! Nie, to jakiś absurd! Ja kazałam zwołać ekipę? JA?!

– Nie zgrywaj się! Naprawdę nic nie pamiętasz? – Adama najwyraźniej zaczynało to bawić.

– Nic a nic.

– Jak to?

– Nie wiem, chyba film mi się urwał. Przecież ja wracam do Białegostoku! – próbowałam mu przypomnieć łamiącym się głosem. Trudno, ślub musi poczekać.

– Nie masz po co. Powiedziałaś swojemu dyrektorowi, co myślisz o nim i jego polityce repertuarowej.

– Kiedy?! – Szczypałam się z całej siły. To jakiś koszmar. Chcę się natychmiast obudzić!

– Tak gdzieś o piątej nad ranem? – Bez zmrużenia oka Adam wbił mi nóż w serce.

– To się nie liczy!

– Nie wiem, czy on będzie tego samego zdania. Budziłaś go ze trzy razy, sprawdzając, czy aby na pewno dobrze zrozumiał. – Dźgał i dźgał bez opamiętania, mimo że i tak znajdowałam się o krok od śmierci.

– O Boże! – Oparłam głowę na dłoni, nie mogąc tego wszystkiego ogarnąć. – Nic nie pamiętam. Zmyślasz, co? Przyznaj się.

Jeśli cuda się zdarzają, niech to się stanie teraz!

– Nieźle mu wygarnęłaś. Byłem pod wrażeniem.

Adam naprawdę wyglądał na zadowolonego. Co tu jest grane?

– Ale ja nie mogłam tego zrobić! Ja kocham ten teatr! Białystok to cudowne miasto. Nie, to nie może być prawda! – bełkotałam bez sensu, przerażona i skołowana.

– Powiedziałaś, że wszystkim udowodnisz, na co cię stać. I że okażesz się lepszą Sereną niż oryginał.

– Byłam pijana!

– Tak czy inaczej weź szybki prysznic, musimy się powoli zbierać. Czeka nas pracowity dzień.

W łazience Adama nie było wanny. To mnie uratowało, bo gotowa byłam się utopić. Nie znalazłam też szafki z lekarstwami, bo połknęłabym wszystko bez wyjątku. Jak mogłam zrobić coś tak absurdalnego?! Coś tak szalonego? Tak bezsensownego? Dobra, pewnie jestem szalona, gdy się za dużo wypije, wszystko się może zdarzyć. Ale dlaczego, do cholery jasnej, niczego nie pamiętam?!

9

– Możesz mi cokolwiek wytłumaczyć z tego całego wariactwa? – zapytałam.

Samochód sunął powoli zatłoczonymi warszawskimi ulicami, a ja byłam zdenerwowana, jakbym za chwilę miała osobiście przeprowadzić operację na otwartym sercu albo rozbroić granat. Adam w odróżnieniu ode mnie wydawał się spokojny i całkowicie wyluzowany.

– Co tu jest do tłumaczenia? Spróbujemy jeszcze raz.

– Nie rozumiesz, że ja nie mogę zagrać tej roli? To zwykłe oszustwo!

– Nazwijmy je nagłym zastępstwem. Tym razem nie będziesz jarzyną ani minerałem, tylko żywym człowiekiem. Zdaje się, że właśnie o tym marzyłaś?

– Marzę też o wygranej w totolotka, co nie znaczy, że jestem na nią gotowa.

– Nie możesz się tak spinać, bo nic z tego nie wyjdzie. Pamiętaj też, że nie masz dokąd wrócić.

Miał rację. Jeśli rzeczywiście zadzwoniłam po pijanemu do dyrektora i powiedziałam, co o nim sądzę, w moim teatrze jestem spalona. Po powrocie na pewno dostanę wymówienie. W głowie mi się nie mieściło, że mogłam to zrobić! Pomyśleć, że trochę alkoholu i jest po sprawie! No dobrze – nie trochę. Dużo, bardzo dużo alkoholu. Miałam wrażenie, że jeszcze nie cały ze mnie wyparował. Przecież jechałam na Chełmską, na zdjęcia próbne do głównej roli w *Życiu codziennym*! Będę dublować Serenę! Trzeba być wyjątkowo bezczelnym, żeby się na to porywać, a ja nie mam przecież za grosz tupetu. Potrzeba mi mnóstwo szczęścia, żeby wyjść z tego cało!

– Jeśli fanki Sereny wyniuchają, że ją podmieniliście, może się zrobić gorąco, nie uważasz? Dziennikarze też będą mieli używanie, obsmarują mnie od stóp do głów.

– Dobrze czy źle, byle nazwiska nie przekręcali. – Adam zacytował znaną aktorską maksymę. Nie podzielał moich obaw. – Nic tak nie posuwa kariery do przodu jak fajny skandal. A że nikogo nie krzywdzisz…

– Jak to nie?!

– Och, przestań już i nie nudź! W tym świecie niepewność musisz zachować wyłącznie dla siebie. Jesteś tym, kogo udajesz, więc rób to z przekonaniem, jasne?

Nic nie rozumiałam. Do tej pory nie podszywałam się pod nikogo, a zwłaszcza pod słynną gwiazdę seriali. To nie może się udać!

– Ale…

– Skreślamy „ale"! Przyswój to sobie, zanim dojedziemy na Chełmską. Obnoszenie wątpliwości zostaw na inne okazje. A najlepiej spróbuj w ogóle się ich pozbyć. To dobre dla filozofów, aktorom jedynie szkodzi.

Nie miałam powodu, by mu nie wierzyć. Ani posądzać go o nieczyste intencje. Zebrałam więc resztki odwagi i postanowiłam, że gdy wejdziemy do studia, zachowam się tak, jakbym to ja była prawdziwą Sereną, a tamta tylko moją nędzną podróbką. Przynajmniej tak mi się wydawało. Problem w tym, że nigdy nie umiałam wytrwać w postanowieniach.

– Rozluźnij się! – usłyszałam, gdy po blisko godzinnym przygotowaniu stanęłam wreszcie przed kamerą. – Jesteś Matyldą. Znasz ten serial?

Znów byliśmy w pokoju, gdzie odbywał się casting. Tylko reżyser, operator, Adam i ja.

– Oczywiście! Wszyscy znają.

– Zacznij mówić. Cokolwiek. Chcemy posłuchać twojego głosu. Możesz nam opowiedzieć jakąś historyjkę? Uwaga! Kamera! Akcja! – krzyknął reżyser.

Co ja im za historyjkę tak nagle wymyślę?! I jeszcze ma być zajmująca! Na gwałt szukałam jakiegoś rewelacyjnego pomysłu. W chwili, kiedy jak zwykle chciałam się wycofać, z nagłą pomocą przyszły mi setki chałtur granych wraz z kolegami po różnych szkołach, przedszkolach i domach kultury. Niełatwo zatrzymać uwagę dzieciaków. Mozolnie uczyłam się tej sztuki i miałam już pierwsze efekty. Cóż, najważniejsze to samej pozbyć się wątpliwości.

– Luźniej. Nie myśl o tym, że jesteś Matyldą. Skup się na swojej historii. I nie machaj tak rękami – raz po raz pouczał mnie reżyser.

Opowiedziałam kilka historyjek: siedząc, stojąc, przechadzając się, improwizując rozmaite czynności. Dialog byłby chyba łatwiejszy, zwłaszcza nauczony. Improwizowanie jest potwornie trudne. Musiałam na poczekaniu wymyślać poszczególne kwestie, pamiętając w dodatku, że wypowiada je Matylda z *Życia codziennego*. Pot ciekł mi ciurkiem po twarzy, a w ustach kompletnie zaschło. Czułam jednak, że powoli się rozkręcam, ale nie byłam jeszcze Matyldą, może zaledwie jej daleką krewną. Nie, to nie wyjdzie!

Godzinę później zrobiono przerwę, aby przejrzeć nakręcony materiał. Adam bardzo się gorączkował. Natomiast ja emanowałam spokojem. Najwyraźniej zdążyłam wyczerpać cały zapas nerwów, poza tym w odróżnieniu od niego nie żywiłam żadnych złudzeń co do powodzenia zdjęć próbnych. To się nie miało prawa udać. On zaś – przeciwnie. Strasznie mu zależało. Wzruszający był w tych swoich ciągłych poprawkach: tu grzywka zbyt przyklapła, tam róż się rozmazał, tutaj znowu cień nie miał idealnego koloru. Początkowo rozczulało mnie to, potem zaczęło irytować.

– Nie rób ze mnie cepeliowskiej lalki! – poprosiłam grzecznie, ale stanowczo.

– Ale Serena… – zaczął i urwał, kiedy nasze oczy się spotkały.

– Taaak? – zapytałam, unosząc lekko brwi.

– Jak sobie życzysz, słońce – powiedział tylko.

Czekając na rozwój wypadków, piliśmy w bufecie sok pomarańczowy, który pani Ziuta przyniosła razem z pokrojonym w cienkie plasterki tofu i świeżym pomidorem. Ogłoszenie decyzji reżysera się przeciągało.

W pewnej chwili zauważyłam, że kobieta bacznie mi się przygląda, ale nie tym swoim pełnym miłości, wprawiającym w zakłopotanie wzrokiem, ale tak jakoś badawczo, ze zmarszczonymi brwiami i zaciśniętymi ustami. Udawałam, że tego nie widzę, ale uznałam to za zły znak. Podczas kwadransa podeszła do nas trzy razy, z czego dwa tylko w tym celu, żeby wytrzeć stolik. Wreszcie i Adam się zdenerwował. Kręcił się na krześle, popijając nerwowo swój sok, zaczynał zdanie i nie kończył. Moje życie w jednej chwili zawisło na nitce podejrzeń pani Ziuty. Postanowiłam zagrać *va banque*:

– Adasiu, sprawdź mój makijaż, bo chyba mi się rozpłynął.

– Nie, nie, pani Sereno! – zawołała z przejęciem bufetowa. – To nie to! Ja tak patrzę na panią i nie mogę wyjść z podziwu. Bo niby czyta się o tych wszystkich cudach techniki: laserach, depilacjach i jak im tam… Ale żeby to aż tak działało? Wprost nie do uwierzenia!

Udałam, że nie rozumiem.

– No, jak oni panią zrobili!

– Kto?

– Ci, tam w tej Szwecji albo Szwajcarii.

Adam od kilku sekund kopał mnie w kostkę pod stołem, żebym przypadkiem nie palnęła jakiegoś głupstwa.

– W Szwajcarii? – ciągnęłam ją za język.

Ziuta przysiadła na krześle i pochyliła, zniżając głos do szeptu.

– Ja nie wierzyłam w te operacje plastyczne. Aż do dzisiaj. Bo jak to tak można cofnąć czas? Zawsze przecież jakiś ślad zostanie. A tu nic, kompletnie nic! Bardzo przepraszam, że tak się pani przyglądam, ale to cud, najprawdziwszy cud! I co tak działa?

– Miłość, pani Ziuto, wyłącznie miłość! – Popatrzyłam na Adama i zamilkłam, bo w drzwiach baru właśnie stanął reżyser.

10

– Serena, Adam, wracamy do pracy! Małą czarną w dużym kubku proszę – zwrócił się do Ziuty.

– Ale panie reżyserze… – Bufetowa przechyliła się przez kontuar i ciągnęła konfidencjonalnie. – Urlopy świetnie robią gwiazdom, prawda?

Zaakcentowała swoje spostrzeżenie, puszczając oko na znak, że wszystko zostanie zachowane w absolutnej tajemnicy.

– Tak, tak, moja droga Józefino… Też bym się dał wywieźć na taki urlop! – westchnął reżyser i mrugnął do niej znacząco. – No, ale cóż, Serena to nasze oczko w głowie. Musimy na nią chuchać i dmuchać. To niemalże skarb narodowy! A ja? Mnie da się zastąpić każdym.

– Tak, tak… – Ziuta zadumała się na smutno. Nie wiem, czy było jej żal reżysera, czy też oczyma wyobraźni widziała już kogoś innego na swoim miejscu za barem.

Słuchałam ich rozmowy i aż mnie korciło, żeby zdjąć perukę. Bo ten, który właśnie najgłośniej się zachwyca, zamierza wymienić czyste złoto z rezerwy państwowej na nic niewarty tombak! A stroi przy tym miny niczym polityk opozycji w kampanii wyborczej! Ale nie udawajmy zanadto świętej, ja też mam brać udział w tym przekręcie. Peruka pozostała więc na swoim miejscu.

– Dzieciaki, do roboty! – Reżyser wziął swoją kawę i pogonił nas gestem.

Opuściliśmy bufet bez słowa, zawisając wzrokiem na jego ustach. On znów mrugnął porozumiewawczo. Gdy weszliśmy do sali, w której kręcono zdjęcia próbne, powiedział:

– Idziemy na plan. Weź tylko torebkę, przyślę kogoś po twoje rzeczy.

– To znaczy…? – zaczęłam niepewnie.

– To znaczy, że czeka cię mnóstwo ciężkiej pracy. Tu na planie i poza nim. Jeśli o mnie chodzi, wymagam trzech rzeczy: punktualności, posłuszeństwa i zera fochów! Zrozumieliśmy się?

– Tak – wyszeptałam z obawą, a po chwili przestraszyłam się jeszcze bardziej, bo gdy przestąpiliśmy próg niepozornego pawilonu, na nasz widok rozległy się oklaski kilkunastoosobowej ekipy.

Więc ci ludzie czekali tu tylko na mnie? Poczułam, że kolana mi miękną. Chciałam schować się za plecami Adama, ale nie dostrzegłam go w pobliżu. Mimo skrępowania rozpoznałam od razu znajome dekoracje: mieszkanie Matyldy, jej biuro, garsonierę Sergiusza, vel doktora Rybki, tego, co to bezskutecznie ją uwodzi, podczas gdy ona jest obłąkańczo wierna jego najbliższemu przyjacielowi Pawłowi, który zaginął dwa lata temu podczas eksploracji Puszczy Amazońskiej.

Treść serialu znałam na pamięć. Nawet obudzona w środku nocy celująco zdałabym egzamin z każdego wątku. I teraz to ja mam przeżywać te wszystkie przygody? Kupować i sprzedawać firmy? Walczyć z Elwirą, zawistną konkurentką, która mi wszystkiego zazdrości?

– No, dzieci! Serena wróciła! Na stanowiska, bierzemy się do pracy! – zawołał reżyser, a wokół mnie nagle zrobiło się tłoczno.

Nie tyle szłam, co byłam niesiona w kierunku małej garderoby. Nim zdążyłam się zorientować, ktoś zaczął mnie rozbierać. Bałam się zrobić awanturę, bo pomyślałam, że to należy do tutejszych obyczajów. Za chwilę stałam w samej bieliźnie. Ktoś opowiadał mi treść kolejnej sceny, ktoś inny podawał kostium Matyldy. Pamiętacie, ten cudny błękitny z perłowymi guzikami? Oczywiście okazał się za duży! Podbiegła kostiumolożka i zmierzyła mnie, po czym zabrała ubranie i gdzieś pobiegła. Wszystko odbywało się w ekspresowym tempie. Podczas gdy Adam poprawiał mój makijaż, *script* czytała tekst. Pół godziny później, umalowana i ubrana w kostium Sereny, siedziałam za biurkiem, oczekując wejścia Sergiusza. Moje kwestie wyświetlały się na telebimie jak monstrualna ściągawka.

I oto jest, z ogromnym bukietem czerwonych róż. Przystojny niczym Brad Pitt, a ja znów muszę go przegonić! Ja, to znaczy ona. Jeszcze nie utożsamiałam się z Sereną, czyli Matyldą. W sumie żal mi dziewczyny. Tego Pawła pewnie zeżarły już w puszczy czerwone mrówki albo ułożył sobie życie z jakąś indiańską lafiryndą, może nawet dorobił się potomstwa, faceci są nieprzewidywalni. Ewidentnie wcale nie chce do mnie, to znaczy do niej wrócić. A ona ciągle się łudzi i przepędza tego Sergiusza! Zachowuje się trochę nieracjonalnie. Ale skoro ona czeka, to i ja muszę. Mój pierwszy dialog brzmiał mniej więcej tak:

MATYLDA

Jak możesz wciąż się tu zjawiać i proponować mi spotkanie? Byłeś jego najlepszym przyjacielem!

SERGIUSZ

To głos przeznaczenia. Paweł nie żyje, ale my tak! Czas
ucieka! Pomyśl o tym!

MATYLDA

To obrzydliwe, zabierz te kwiaty. I nie przychodź tu nigdy więcej!

SERGIUSZ

Wiesz, że to ponad moje siły…

Ten krótki kawałek tekstu przerobiliśmy na trzydzieści
możliwych sposobów, aż telebim przestał być potrzebny,
ale i tak nie uzyskaliśmy efektu, który zadowoliłby reżysera. Moje rozdrażnienie chyba powoli stawało się widoczne,
bo nawet nie starałam się go ukrywać. I wtedy usłyszeliśmy
wreszcie:
– Dobra, kupiony! – Co znaczyło, że scenę mamy wreszcie z głowy i możemy przejść do następnej.

Znowu stałam jak manekin, a cały sztab ludzi pod czujnym okiem *script girl* ubierała mnie w łososiowy kostium
w stylu Chanel. Ten, o dziwo, pasował, ekipa nie spała!

Adam czuwał tuż obok. Makijaż musiał być nieskazitelny, podobnie jak fryzura – kopiowana w tysiącach egzemplarzy przez dziewczyny od Suwałk po Szklarską Porębę. Stała się ona znakiem rozpoznawczym, czymś w rodzaju logo klanu wyznawczyń mojej, to znaczy jej filozofii życiowej. Można by ją streścić jako trzy „p": piękno, praca, podróże. Kluczowe jest z pewnością „piękno", rozumiane nie tylko dosłownie, jako ładna buzia z toną tapety. Wręcz przeciwnie, Matylda wciąż stara się znaleźć harmonię między atrakcyjnym wyglądem a wnętrzem, które w jej przypadku nie zionie pustką i nie jest wypełnione myślami o kolejnej diecie czy nowym ciuchu, lecz chęcią niesienia pomocy ludziom, wiarą we własne przekonania i nadzieja, że dzięki niej świat może stać się lepszy.

Matylda to ideał, ale nie bez skazy. W jej przeszłości kryje się tajemnica, którą widzowie wciąż próbują rozwikłać. Pieniądze, inwestowane z takim rozmachem, nie wzięły się przecież znikąd. Ten sekret mogłam wkrótce poznać.

W przerwie na lunch zjadłam – niespodzianka – serek tofu! Tym razem o smaku grzybowym, co należy uznać za postęp. Zresztą na planie i poza nim działo się tyle, że całkiem zapomniałam o głodzie. Obserwowałam wszystko żarłocznie, wiedząc, że druga taka okazja może się nigdy nie zdarzyć. Moją uwagę przykuły zażyłe stosunki *script* i doktora Rybki. Na planie rozlazły i ciapowaty (w takich rolach zazwyczaj go obsadzano), w prawdziwym życiu poczynał sobie nadzwyczaj żwawo.

– *Script* marzy o zagraniu w filmie? – zapytałam Adama.

– Jak każda, słońce, jak każda… – odparł z głębokim westchnieniem. – Problem w tym, że obstawia nie tego konia, biedactwo. On ma stanowczo zbyt dużo testosteronu!

Pokręcił głową, wyrażając w ten sposób dezaprobatę i współczucie jednocześnie.

– Nie rozumiem…

– Samcem alfa to on nigdy nie zostanie. Ta mała w końcu się domyśli, ale wtedy będzie za późno.

– O czym ty bredzisz?

– Nie tu bije źródełko sławy.

– Nie? A gdzie?

– Zupełnie gdzie indziej. – Wydawało mi się, że znam odpowiedź. – Wszystkiego chciałabyś się od razu dowiedzieć? To może być niestrawne.

Patrzyłam na *script* i doktora Rybkę, jak sobie piją z dzióbków, i pomyślałam przelotnie, że miłość to cudowna rzecz. Zanim jednak zdołałam to sobie uświadomić, do baru wpadła jakaś kobieta. Złapała *script* za koński ogon i dosłownie wywlekła na korytarz! Doktor Rybka nawet nie wstał. Odprowadził obie wzrokiem aż do drzwi, po czym ze spokojem wrócił do swojej zupy pomidorowej! Nikogo to nie obeszło. Włącznie z Adamem, który nie odrywając oczu od talerza, z błogim uśmiechem przeżuwał swój stek.

– Cudowny ten łosoś.

Zaczynałam pojmować bezmiar mojej ignorancji, ale mimo wszystko opierając się na zasadach psychologii, próbowałam wytłumaczyć sobie to, co właśnie zobaczyłam.

– To była jej matka? – Obstawiałam wersję oczywistą.

– Nie, jego żona – sprostował Adam z lodowatym spokojem.

– Ale jak to…?

Adam westchnął głęboko.

– Właśnie znów zrobił nam się wakat na stanowisku *script*.

– Znaczy żona przyłapała męża na kokietowaniu małolaty i zamiast przywołać go do porządku, wywala się z pracy dziewczynę? To bez sensu!

– Ona tak nie uważa.

– Ale tu się kręcą tysiące dziewczyn!

– I co z tego?

– Nie będzie ta, to będzie inna!

– Istnieje takie ryzyko.

– Pani Rybka, czy jak tam ona się nazywa, jest idiotką?

– Chciałabyś, żeby to jemu zrobiła awanturę?

– Tak nakazywałaby logika i uczciwość.

– A potem przeprowadziła się do *script*?

– Co ty bredzisz?!

– To znany aktor. Dużo gra, sporo zarabia. Jego żona po prostu trzyma rękę na pulsie. Pilnuje źródła dochodów.

– Więc jej nie chodzi o niego?

– Wiesz, że nawet do twarzy ci z tym zdziwieniem – skwitował Adam i wstał, żeby odnieść swój talerz.

11

Pierwszego dnia nagraliśmy pięć scen, co uznano za niezły wynik, zważywszy na czas, jakim dysponowaliśmy. Byłam prawie ciągle zajęta, bo większość materiału już zarejestrowano, brakowało jedynie scen z Sereną, czyli Matyldą. W jednej z krótkich przerw zebrałam się na odwagę i pożyczywszy telefon od Adama, zadzwoniłam do domu.

– Mamuś?

– Kaśka! Matko Boska! My tu przez ciebie od zmysłów odchodzimy! Z teatru dzwonili chyba już dziesięć razy!

– Co mówili?

– Że nie pojawiłaś się na próbie. Gdzie ty jesteś?! Twoja komórka nie odpowiada.

– Bo nie wzięłam ładowarki. Siedzę w Warszawie. Zostanę tu kilka dni, dostałam pracę.

– Jak to? – Mama nie wydawała się zbyt uradowana. – A gdzie masz zamiar mieszkać?

– U znajomego. – Spojrzałam na Adama, ale nie napotkałam jego wzroku.

Zamilkła, zastanawiając się zapewne, czy wiadomości te bardziej ją cieszą, czy też martwią. Jak na jeden telefon było ich stanowczo za dużo, a ja przecież nie mogłam bez końca rozmawiać.

– Odezwę się wkrótce, o nic się nie martwcie! – rzuciłam na pożegnanie, mając świadomość, że dopiero teraz zacznie się rozbieranie na kawałki każdej z nowin i że żadna w rezultacie nie okaże się radosna.

Ktoś mógłby powiedzieć, że jestem dorosła, mamy dwudziesty pierwszy wiek i nic się takiego nie stało. Ale ten ktoś bardzo by się mylił! Do nas nowoczesność zawsze docierała z trudem, przyjmowana podejrzliwie, niczym najgorszy wróg. Tak będzie i teraz. Warszawa to prawie zagranica, gdzie za każdym rogiem czyhają straszliwe potwory kuszące do wszelkich bezeceństw. Po co miałam szukać pracy i faceta w tej okropnej stolicy, skoro i jedno, i drugie da się spokojnie znaleźć w Białymstoku?

– W porządku? – zapytał Adam, odbierając komórkę.

– Chyba tak. Wszystko dzieje się za szybko. Mam wrażenie, że śnię.

– A to dopiero początek… – westchnął, nie tłumacząc, o co mu chodzi, bo akurat jakaś całkiem nowa długonoga panienka przyniosła mi umowę.

Przejrzałam jej treść dość pobieżnie, skupiając się na poszukiwaniu cyferek i kwoty wyrażonej słownie. Wydawało mi się, że limit niespodzianek przypadających na te dni wyczerpał się z chwilą powierzenia mi roli Matyldy. Ale to, co stało się później, przekonało mnie ostatecznie, że świat filmu przypomina bajkę realizowaną na żywo, a ja jestem Kopciuszkiem, który załapał się na książęcy tron. Honorarium, jakie mi zaproponowano, wielokrotnie przewyższało moje miesięczne pobory w teatrze!

Zaczęłam gorączkowo szukać w umowie jakichś paragrafów wydrukowanych drobną czcionką, pamiętając, że w ten sposób zapisuje się wszystkie kruczki prawne, na które absolutnie nie należy się zgodzić. Ale na żadnej z dziesięciu stron nie dostrzegłam podejrzanego ustępu. Odetchnęłam więc z ulgą i bez czytania złożyłam swój podpis. Może i zawalę całe swoje życie, ale czego tu żałować?

Na razie skupiałam się na tym, żeby nie tyle grać Matyldę, co nią być.

„Jesteś stonogą!" – krzyczał do mnie co jakiś czas reżyser. Znaczy, za dużo kombinuję.

„No dalej, nie myśl, która noga powinna zacząć!". Wtedy ruszałam. Na ogół zresztą nic z tego nie wychodziło i musiałam powtarzać po raz drugi, piąty, dwudziesty. Wreszcie jakimś cudem udawało mi się trafić i dubel przechodził. Wyobrażałam sobie wtedy, że tak wygląda moje własne życie. Prawdziwe, nie filmowe. Niełatwo w tych warunkach odpłynąć w świat fantazji. Dookoła mnóstwo ludzi, dekoracje kończą się bez ostrzeżenia i wystarcza jeden fałszywy krok, aby znaleźć się w cudzej sypialni.

Zdjęcia trwały mniej więcej do ósmej wieczorem. Byłam skonana. Marzyłam tylko o kąpieli i rozkosznej nocy z Adamem. Ale po komendzie reżysera: „Koniec planu!" Adam podszedł, pocałował mnie w policzek i szepnął:

– Byłaś świetna! Do jutra.

Nie zdążyłam nawet otworzyć ust, bo ze zdumienia odebrało mi głos, gdy zza jego pleców wyłoniła się asystentka produkcji:

– Samochód czeka. Kierowca odwiezie panią do domu. W wolnej chwili proszę to przejrzeć. – Podała mi dwie plastikowe reklamówki. W jednej znajdowały się jakieś kolorowe czasopisma, w drugiej płyty kompaktowe. Nic nie rozumiałam. – I szefostwo prosi, żeby pani nie ubierała się w prywatne ciuchy.

– Innych nie mam!

Niezrażona asystentka ciągnęła z rozbrajającym uśmiechem:

– A, jeszcze jedno. Pani nowy telefon. – Po czym wręczyła mi najnowszy model nokii.

Kompletnie skołowana wyszłam przed budynek. Tuż przy drzwiach stała amerykańska limuzyna długości pół kilometra, ze szczelnie zasłoniętymi oknami, jakby żywcem wyjęta z filmu gangsterskiego. Nie zdziwiłabym się, gdybym w środku natknęła się na jakiegoś ojca chrzestnego.

Mimo że do przejścia miałam zaledwie pięć kroków, nie wiadomo skąd wyskoczył jakiś facet z aparatem i zrobił kilkanaście zdjęć. Nie poinstruowano mnie, czy powinnam zasłonić twarz, czy raczej się uśmiechnąć, bo jutro te fotki mogą znaleźć się w „Firmamencie". Odruchowo odkręciłam głowę w bok.

– Zaczyna się! – powiedział szofer, który zamknął drzwiczki i usiadł za kierownicą. – Już nas namierzyli.

– Myśli pan? – zapytałam sceptycznie.

– Daliby pani chociaż z tydzień spokoju. Naprawdę sumienia nie mają!

– Na tym najprawdopodobniej polega ich praca – westchnęłam, uświadamiając sobie, że przecież teraz jestem Sereną i nie ma w tym nic dziwnego.

Pięć minut później kierowca zaparkował w cichej uliczce dzielnicy willowej przed niewielkim, ale eleganckim domem. Wniósł bagaże i postawił przed drzwiami.

– To jutro jak zwykle, szósta trzydzieści?

– Która?! – Wydawało mi się, że się przesłyszałam.

– Nie ma pani rano zdjęć? – zapytał zdziwiony.

– Chyba mam... – bąknęłam.

S z ó s t a t r z y d z i e ś c i?! Czy oni wszyscy powariowali?! Czy pracuję w piekarni?! Nie, to nie wchodzi w grę! Absolutnie. Może ewentualnie dziewiąta trzydzieści. Na szóstą trzydzieści się nie umawialiśmy. Nie będę wstawać przed świtem.

Odjechał, a do mnie dotarło, że przecież nie mam kluczy! Nieśmiało nacisnęłam klamkę. Drzwi były otwarte. Weszłam do środka. Krótką chwilę macałam ścianę w poszukiwaniu kontaktu, a gdy go wreszcie znalazłam i światło się zapaliło, zobaczyłam, że na kanapie w salonie ktoś siedzi.

12

– Co… Co pan tu robi?! – wrzasnęłam.

– Spokojnie, to tylko ja. Nie poznajesz mnie?

Jak mogłabym go nie poznać? Musiałabym chyba przez ostatnie lata szwendać się z Kamińskim po Antarktydzie! Przecież to Marlon. Stał naprzeciwko mnie i uśmiechał się tym swoim aksamitnym uśmiechem zdobywcy tytułu Mister Universum.

– Kto pana wpuścił?!

– Zapomniałaś, że mam swoje klucze? – zapytał spod uniesionej powieki.

– To chyba pan nie zauważył, że coś się zmieniło. Proszę mi je oddać.

– Żartujesz?! – Uniósł drugą powiekę.

– Nie.

Lubię grać niedostępną. To mi zawsze wychodziło najlepiej. Ale musiałam się mocno skupić i bez przerwy myśleć o Adamie, żeby wyszło autentycznie.

„Nie graj Sereny! Bądź Sereną!" – wciąż słyszałam słowa reżysera. Dobra, jestem Sereną, ale nie mogę się przecież bez mrugnięcia okiem zgodzić na to, żeby jakiś Marlon traktował ten dom jak dworzec! Nawet t e n Marlon!

Tymczasem on wyjął z kieszeni klucze, mówiąc jednocześnie wzrokiem: „Jeszcze będziesz na kolanach błagała, żebym wziął je z powrotem!" i położył na stoliku. Myślałam,

że teraz sobie pójdzie. Myliłam się. Znów usiadł na kanapie
i rzucił przez ramię:

– Pośpiesz się, za kwadrans wychodzimy.

– Nie ma mowy! – odparłam, zdejmując buty. Nie będzie
mi rozkazywał. W końcu byłam Sereną.

Dopiero teraz miałam okazję przyjrzeć się domowi. Urzą-
dzony z gustem, nie nazbyt nowocześnie, w stylu, który na-
zwałabym amerykańskim, sprawiał wrażenie bardzo przytul-
nego. Kanapa i fotele obite kremową tapicerką, jasna tapeta
w moje ukochane bordowe róże, mnóstwo żywych kwiatów.
Telewizor plazmowy, sprzęt grający, dużo płyt i książek,
zwłaszcza albumów z reprodukcjami dzieł sztuki. Połączona
z salonem kuchnia, w której chyba nikt nigdy nie próbował
gotować, lśniła czystością. Pamiętałam, że właśnie w niej krę-
cili jakiś program kulinarny z Sereną w roli głównej.

– Nie wygłupiaj się, musisz!

– Nic nie muszę! Pomylił pan adresy.

– Jedno z nas dwojga na pewno! Nie pójdziesz na bankiet z okazji rozpoczęcia sezonu organizowany przez „Playboya"? – zawiesił głos znacząco. – Gdzie będzie cała Warszawa? Chcesz, żeby fotoreporterzy, którzy teraz siedzą na
ulicy i pewnie nawet na drzewach dookoła domu, pomyśleli,
że między nami koniec?

Spanikowałam. Bankiet to nie to samo co plan. Tam miałam Adama. Tu mnie nikt nie wspiera. Nie chcę wszystkiego
od razu popsuć, ale w co się ubrać na imprezę, gdzie będą
wszyscy?! Jak się umalować? Przecież nie mogę iść we włas-

nej sukience, nawet tej najlepszej, zresztą trochę wymiętej po weselu. Stałam z niepewną miną. Marlon chyba odgadł, co mnie dręczy. Spojrzał przez ramię i wycedził:

– Na górze.

Wbiegłam po schodach. Znajdowały się tam trzy pokoje. W jednym z nich, jak się domyśliłam mojej sypialni, wszystko już czekało, niczym na Kopciuszka przed balem: bielizna, suknia, buty, torebka, nawet szal. Na toaletce stało zdjęcie Sereny, najlepszy instruktaż, jak mam się umalować, oraz wszystkie potrzebne kosmetyki. Za uchylonymi lekko drzwiami znajdowała się obszerna garderoba, a dalej łazienka. Bardzo wygodnie. Biorąc szybki prysznic, doceniłam zalety fryzury Matyldy: ekskluzywna i prosta w obsłudze. Genialna. Ale i tak musiałam włożyć perukę.

Pół godziny później byłam gotowa, co uważam za rekord olimpijski. On też wyglądał na zdziwionego. Trochę się ociągając, wyłączył telewizor, chociaż nasi siatkarze znowu przegrywali, i ciężko westchnął.

– Coś nie tak?

– Nie, nie! Wyglądasz bosko! – Uśmiechnął się i pocałował mnie w szyję. – Przyzwyczajaj się – uprzedził moją reakcję.

Oszołomiona, nic nie powiedziałam.

Zanim zdążyliśmy wsiąść do czerwonego kabrioletu, który stał przed domem, ulicę rozświetliły flesze fotoreporterów. Więc jednak czaili się gdzieś w cieniu! Ruszyliśmy, a w ślad za nami zaczęło sunąć kilka innych samochodów. Marlon położył ramię na oparciu, jakby mnie obejmował. Co za tandetny styl!

– Zabierz rękę! – syknęłam.

Nie zabrał.

– Wyluzuj się. W końcu jesteś w pracy – powiedział, szczerząc zęby, i znów mnie pocałował.

Miał rację. Nie powinnam się przejmować.

– Więc wy… Ty i ona… Wy też…? – Poczułam się osobiście dotknięta. Nie po to zazdrościłam tej cholernej Serenie faceta, żebym się teraz miała dowiadywać, że to wszystko jeden wielki pic! On nie odpowiedział, bo właśnie dojechaliśmy do hotelu Sheraton. Ktoś otworzył mi drzwiczki, znów rozbłysły flesze. Marlon rzucił parkingowemu kluczyki, które ten złapał w powietrzu, i po czerwonym dywanie weszliśmy do środka.

Teraz wiem, jak czuł się Kopciuszek, wkraczając na salę balową. Był przerażony. Właściwie to dlaczego ona nie miała na imię Kopciuszka?

„Myśl, że jesteś Sereną! Jesteś Sereną!". Co chwila ktoś do mnie podchodził i mówił o rzeczach, o których nie miałam pojęcia. Przeważnie następowała krótka informacja, a po niej sakramentalne:

– Muuusiiiimy się kiedyś spotkać!

Odpowiadałam niezmiennie:

– Kooonieeecznie! – I już Marlon wyszarpywał mnie z objęć jednego VIP-a, by dać szansę następnemu.

Na bankiet zjechała cała telewizja. To znaczy ludzie, którzy pokazywali się na ekranie przez ostatnich dwadzieścia lat. Czy poza tym istnieje w ogóle jakieś życie? Politycy, aktorzy, sportowcy, piosenkarze defilowali przede mną, proponując spotkanie. Mnie, Kaśce z Białegostoku! Nikt nie zadał sobie trudu, żeby mi się przyjrzeć. Wszyscy tylko uśmiechali się i mówili:

– Cuuudooownie wyglądasz! Ach ten Maaarlon, ten Maaarlon! – Jakby to on był chirurgiem plastycznym i odmłodził mnie o piętnaście lat.

A mój towarzysz zachowywał się powściągliwie. Niczym rasowy dżentelmen prowadził mnie wokół sali, podając kieliszek szampana i szepcząc do ucha, co powinnam wiedzieć o zbliżających się gościach. Niektórych bowiem nie rozpoznawałam. Byli to przeważnie biznesmeni, producenci telewizyjni, reżyserzy, projektanci mody i fryzjerzy, przepraszam, styliści.

Gdzieś między Kingą Rusin a Hanną Lis wśród gości mignęła mi sylwetka Adama. Odrzuciłam jednak tę myśl jako absurdalną. Nie to, że uważałam go za niegodnego zaproszenia na takie przyjęcie. Ale przecież zabrałby mnie ze sobą! Tak świetnie nam się razem tańczyło! Aż dziw, że zdarzyło się to zaledwie wczoraj! Wtedy byłam Kaśką i pijana bawiłam się w jakimś barze, dziś udaję Serenę w hotelu Sheraton. Czy ktoś w Białymstoku by mi w to uwierzył?!

13

Akurat zaczął się pokaz mody. Nie pamiętam nazwiska projektanta. Długonogie dziewczyny z ledwo przysłoniętymi biustami (jak na imprezę „Playboya" przystało) paradowały po wybiegu w strojach, które moja babcia nazwałaby nie bez racji „kpiną z prostego człowieka". Nie miałam jednak głowy, by zajmować się modelkami i ich dziwacznym odzieniem, ponieważ kilka kroków dalej tyłem do mnie stał Adam! We własnej trójwymiarowej postaci.

Odebrało mi mowę. Z otwartymi ustami gapiłam się w jego plecy, a on sobie stał i jak gdyby nigdy nic głaskał po pupie jakiegoś kolesia z blond pasemkami!

Nie wierzyłam własnym oczom! To ja się poświęcam, prawie wyganiam Marlona, w każdym razie próbuję to robić, a ten wykręca mi taki numer? Jeszcze nigdy tak bardzo nie pragnęłam, żeby facet puścił mnie kantem dla jakiejś laski! Mogłaby być w wieku jego prababki, gruba, łysa, kulawa, zezowata, mieć trądzik, pal sześć. Ale zachowałabym honor. Cokolwiek by mówić, ta sama liga. Taki wstyd! Jak on mógł? Zakpił sobie ze mnie! A ja, głupia, zamierzałam przedstawiać go rodzicom! Matko Boska!

W pierwszym odruchu zamierzałam podbiec i dać mu w twarz. Ulżyłoby mi, choć z pewnością nie zmieniło sytuacji. Na szczęście jakiś fotoreporter właśnie wziął na celownik mnie i Marlona. Natychmiast przypomniałam sobie, że jestem Sereną. Za co ona mogłaby publicznie spoliczkować Adama? Za nieudany makijaż? Istnieją przecież jakieś granice absurdu! Chociaż od kiedy przyjechałam do Warszawy, coraz częściej miewam co do tego wątpliwości.

Jak na szpilkach wyczekiwałam końca pokazu. Wtedy wezmę drania za ucho, zaciągnę w jakieś odludne miejsce i wygarnę wszystko, aż mu w pięty pójdzie. A może podejść od tyłu i pocałować go, ale tak, żeby tlenionemu zalęgło się w głowie tysiąc wątpliwości? Eee, nieee, co za durny pomysł!

Suknia ślubna, która zazwyczaj kończy pokazy mody, była zrobiona z drutu! I oczywiście zaprojektował ją facet. Jeden z tych, co to nigdy żadnej dziewczyny do ślubu nie poprowadzą. W tyłek sobie wsadźcie taką kieckę! Jeszcze i on mnie wkurzył! Jestem Sereną, jestem Sereną. Jej suknie ślubne raczej nie kręcą. Za to mnie jak najbardziej.

Bijąc brawo, odwrócił się jakoś mimochodem, jakby rozglądał się, czy kolekcja zrobiła odpowiednie wrażenie. Ale chyba mu na tym nie zależało. Na tych ludziach nic nie zrobi wrażenia. Publiczne pokazywanie zachwytu uchodzi za prostackie. Światowcy się tak nie zachowują. Oni już wszystko widzieli. Wrażenie ta suknia zrobiła jedynie na mnie. Ale ja jestem prowincjuszką, nie znam się na modzie. Lubię satynę, jedwab, haft angielski, koronki. Nie dla mnie kreacja z papieru toaletowego, blachy falistej, drutu kolczastego, plastiku. Taki już mój gust niedzisiejszy. W dupie mam sztukę z jej niuansami. A zwłaszcza teraz!

Adam nie padł trupem ze wstydu, nie spłonął żywcem w ogniu mojego spojrzenia. Uśmiechnął się, pocałował w policzek tego tam, coś mu szepnął na ucho i podszedł do nas.

– Serena, słońce! Pięknie wyglądasz! – rzucił radośnie i cmoknął powietrze na wysokości każdego z moich uszu.

– Idź stąd. Zostaw mnie, słyszysz? – wycedziłam przez zaciśnięte zęby.

– Piękna suknia! – jednostronnie ciągnął konwersację.

– Spadaj!

Gdyby miał choć odrobinę honoru, już by nie żył. Zero litości za taki numer!

– Kochanie? – wtrącił się Marlon. Jego mina zdradzała, że nic nie rozumiał.

– Przynieś mi, kotku, szampana. – Odesłałam go do wszystkich diabłów. Tym razem poskutkowało.

– Zrobiłeś ze mnie idiotkę przed całym światem! Zadowolony jesteś?

Tu i ówdzie już zwracały się ku nam głowy ciekawskich. Ta rozmowa miała stanowczo zbyt wysoką temperaturę.

– Wyjdźmy, dobrze?

Moje chlipanie było jedyną odpowiedzią. Wyszliśmy do foyer.

– Wal! – bohatersko zażądał Adam.

– Dlaczego? – zaskomlałam tylko.

– Bo jesteś Sereną.

– Co mi tu pieprzysz o Serenie! Dlaczego mi to zrobiłeś?!

– Ale co? – On ciągle nie rozumiał!

– Oszukałeś mnie! Zostawiłeś dla tego…

– Marka? – domyślił się wreszcie.

– O Boże!

– Nie zostawiłem cię. Między nami do niczego nie doszło. I ani przez chwilę cię nie zwodziłem. Zaopiekowałem się tobą i tyle.

A to świnia! Teraz się wypiera! A kto mnie zaciągnął do swojej garsoniery?!

– Nie?! – Przypomniałam sobie stanik i majtki. Niestety wszystko składało się w całość.

– To niemożliwe, bo jestem gejem.

– Od kiedy?! – Myślałam, że zaraz padnę trupem! I co chciałam usłyszeć, że od dzisiaj? – Też mi wymówka! Zawołaj Marlona. Chcę wrócić do domu.

Nie miałam już ochoty na żaden bankiet. Zakochałam się w geju. Czy nic w tej Warszawie nie zostanie mi zaoszczędzone?!

– Do jutra! – Pocałował mnie w czoło i odszedł na zawsze.

Dlaczego, jeśli poznasz faceta, który jest czysty, inteligentny i czuły, musi koniecznie okazać się gejem?!

– Jak leci? – zapytał Marlon, odnalazłszy mnie w stanie godnym pożałowania. Przyniesiony przez niego kieliszek bardzo się przydał. W odpowiedzi tylko pociągnęłam niedyplomatycznie nosem. – No tak… – rzucił, ale nie sądzę, żeby cokolwiek zrozumiał. – A wiesz, że to on wykreował Serenę?

– Co zrobił?

– Wymyślił ją. Jej styl. Od początku do końca. To piekielnie zdolny gość.

– Nie broń go!

– Ani mi to w głowie. Ale też wytrawny gracz.

– Uprawia hazard? – Teraz uwierzyłabym we wszystko.

– Niektórzy podejrzewają go o to, że ma związek z jej zniknięciem. Oczywiście to tylko spekulacje.

– Znaczy co? Zamordował ją?! – Dreszcz mnie przeszedł. Więc spałam w jednym łóżku z mordercą? Super! Cud, że w ogóle jeszcze żyję.

– Nie, raczej nie. Choć ostatnio ciągle się kłócili. O wszystko. W pewnym momencie produkcja zawisła na włosku i potem ona tak nagle znikła. Nie mówiąc nic nikomu, nie zostawiając listu, nie dzwoniąc do nikogo. Nawet do mnie. Nie uważasz, że to dziwne?

– To straszne! Jak możecie spokojnie kręcić serial i balować, kiedy ta biedaczka…

„O Boże, a jeśli ja też tak skończę?" – oczyma duszy zobaczyłam dół z lasowanym wapnem i ludzkie szczątki w stanie zaawansowanego rozkładu. Całe szczęście, że moja wyobraźnia nie dobrała odpowiedniego zapachu do tego uroczego obrazka.

– Jesteśmy zakładnikami widzów – podsumował filozoficznie Marlon. – To co? Wracamy do domu?

14

Jechaliśmy w milczeniu. Miałam wrażenie, że duch za-mordowanej Sereny siedzi między nami.

– A może Serena jednak żyje? – zapytałam z nadzieją, odsuwając się nieco, by zrobić jej trochę miejsca.

– Niewykluczone, a nawet prawdopodobne. Jest zdolna do wszystkiego. Ależ ona ma temperament!

„Chodząca doskonałość" – pomyślałam z zazdrością.

– Ale tobie też dziś świetnie poszło – dodał szybko, jakby podsłuchiwał moje myśli.

– Czy ja wiem… – Zamyśliłam się. – Naprawdę pracu-jesz jako trener tenisa?

Spojrzał na mnie z politowaniem.

– Wiesz, ile mam dzięki temu propozycji pracy? I nikogo nie muszę uczyć. Wystarczy, żebym od czasu do czasu poja-wił się na korcie.

– Więc nic was nie łączyło? – zmieniłam temat.

– „Nic" to może za dużo powiedziane.

„Wiedziałam! Prasa nie kłamie!" – odetchnęłam z ulgą. Nikt nie lubi być bezczelnie oszukiwany.

Dojeżdżaliśmy do domu. Czułam potworne zmęczenie. Marzyłam o długiej kąpieli w wannie i kilku godzinach krze-piącego snu. Cudna różowa pościel czekała. Myślałam, że po-żegnamy się z Marlonem pod drzwiami, cmokniemy powie-trze i będzie po sprawie. Tymczasem on wparował do środka!

– Zawsze tak robię. Wiesz, ktoś mógł za nami jechać...

Wiedziałam. „Zakładnicy widzów" – weszłam w to z dobrodziejstwem inwentarza. Teraz klamka zapadła.

– Ale nie jesteś gejem? – upewniłam się na wszelki wypadek.

– Czyżbym wyczuwał subtelną propozycję?

– Chyba zwariowałeś! Tak pytam.

– Trzeba by to nadrobić, nie uważasz?

– Może innym razem. Ile zamierzasz tu siedzieć?

– Z pół godziny, góra godzinę, żeby sobie nie pomyśleli, że się pokłóciliśmy. Sorry, ale płacą mi za to. Pooglądam żużel w telewizji i jadę do domu.

– W porządku – westchnęłam z rezygnacją.

Wanna miała mnóstwo otworków. „Pewnie to właśnie jest jacuzzi?" – pomyślałam, ale nie odważyłam się uruchomić tajemniczych mechanizmów. Ograniczyłam się do leżenia w cudownie pachnącej pianie i próbowałam sobie przypomnieć wszystko od początku. Moje życie zaczęło toczyć się w wariackim tempie. Dni wydłużyły się niesamowicie. Tyle w nich spotkań, nagłych zwrotów akcji i niespodziewanych wydarzeń, że zaczynałam się gubić.

„Jakie to dziwne. Leżę tu, na piętrze, w wannie, całkiem naga, a na dole siedzi zupełnie obcy facet. Nie byle chłystek, ale Marlon! Ten Marlon! I mnie to kompletnie nie obchodzi, bo myślę tylko o spaniu! Nie czuję nic. Absolutnie nic. Jeszcze tydzień temu straciłabym dla niego głowę od pierwszego wejrzenia. Ledwo by uniósł brew, już miałby mnie na sumieniu. Co się właściwie stało? Czy to tylko przemęczenie?

Ciągle wspominałam Adama. Ale bez złości. Raczej z żalem i smutkiem, że nam się nie udało. Moje plany matrymonialne! Naiwność do kwadratu. Pewnie w ogóle nie wyjdę za mąż!

– Kasiu! Kaśka! Obudź się!

– Co? Co się dzieje? – krzyknęłam przerażona.

– Usnęłaś w wannie. – Nade mną pochylał się Marlon. Woda całkiem ostygła. Oprzytomniałam w jednej chwili.

– Kto ci pozwolił tu wejść?!

– Całe szczęście, że nie czekałem na zachętę. Mogłaś się utopić, wariatko! – odpowiedział niezbyt grzecznie. – Spodziewałem się raczej wdzięczności.

– Przepraszam – bąknęłam skruszona. – Przestraszyłeś mnie.

Wciąż leżałam w letniej wodzie, a on stał nade mną i ani myślał wyjść.

– Marlon, zimno mi – powiedziałam najgrzeczniej, jak umiałam.

– To odkręć ciepłą wodę.

Genialna rada! Taka prosta i odkrywcza. Nie czekając, aż sięgnę ręką do kurka, sam to zrobił.

– Lepiej teraz?

– Owszem, ale chciałabym się ubrać… – zaproponowałam nieśmiało.

– Poczekaj jeszcze chwilę, dobrze? – powiedział z tajemniczą miną i wyszedł.

Wykorzystałam ten moment i czym prędzej wyskoczyłam z wanny. Nie zdążyłam się dobrze owinąć ręcznikiem, a już wrócił, niosąc na tacy dwa kieliszki i butelkę szampana.

– Mówiłem, żebyś się momencik wstrzymała!

– A co to za święto? Masz dziś urodziny?

Pokręcił głową zniesmaczony.

– Ty masz! To pierwszy dzień twojego nowego życia. Twoje zdrowie, Sereno!

Nalał szampana do kieliszków. Wypiliśmy. Zrobiło się jakoś swojsko. Nie romantycznie, nie podniośle, nie filmowo, po prostu normalnie. Byliśmy dwojgiem kumpli, wspólnikami, dwójką koni w jednym zaprzęgu. Tak to widziałam. Ale on chyba sądził inaczej, bo pocałunek, jaki mi zafundował po toaście, trudno uznać za przyjacielski. Może dlatego tak mi się spodobał. Zdecydowanie wolałam, żeby traktował mnie jak kobietę niż jak kumpla. Tak, Marlon umiał całować. Nie poszukiwał alternatywy. Żadne tam czółka, szyjki, rączki, zdążał prosto do celu. Robił to z wprawą zawodowca.

– Czy to też masz w umowie? – rzuciłam żartem, gdy tylko udało mi się złapać oddech.

– Aha – potwierdził bez żenady, po czym dodał chełpliwie: – Ale dobry jestem, nie?

Nie chciało mi się na niego gniewać. Marzyłam tylko o śnie.

15

Przespałam całą noc bez żadnych niespodzianek. Nikt nie zadzwonił z propozycją głównej roli w Hollywood, dyrektor Złotej Ważki nie zemścił się, odpłacając mi pięknym za nadobne i budząc mnie siedem razy, moja mama nie zażądała szczegółowych wyjaśnień, reżyser nie przypomniał sobie niezwykle ważnych informacji, z którymi powinnam się niezwłocznie zapoznać. W okolicy nie wybuchł pożar, nie zeszła lawina, nie zanotowano trzęsienia ziemi. Włamywacze nie próbowali zdobyć autografu Sereny. Fotoreporterzy nie wpadli na pomysł, by sforsować grube zasłony, choć nie dałabym głowy, czy w domu nie ma przynajmniej jednej ukrytej kamery.

W każdym razie noc upłynęła nadzwyczaj spokojnie. To znaczy te cztery godziny, które miałam do dyspozycji. Nie wiem, kiedy Marlon wreszcie sobie poszedł. Obudziłam się o piątej. Za oknem szarzał świt, dzień zapowiadał się pochmurny. Wstałam i wzięłam prysznic. W powiewnym peniuarku Sereny, który zresztą absolutnie do mnie nie pasował, zeszłam do kuchni. Naiwnie liczyłam na to, że w tym laboratorium znajdę ślad kawy, choć nie zdziwiłabym się, gdyby szafki okazały się puste jak półki w PRL-owskim sklepie.

I błąd! Na przyszłość będę otrzaskana z takimi niespodziankami, tymczasem jednak mnie zatkało. Niewidzialna ręka produkcji upchnęła w przepastnej lodówce Sereny średniej wielkości delikatesy, tak że mogłam do woli przebierać w rozmaitych pysznościach, od serka i jogurtu po jajka i salami, o piwie czy szampanie nie wspominając. Westchnęłam na myśl, że ten piękny sen potrwa tylko dwa tygodnie. Ale nie psuło mi to humoru. Miałam w sobie jakąś nieprawdopodobną energię. Gram w serialu! Ja, dla której zawsze brakowało miejsca w Złotej Ważce, dostałam rolę w *Życiu codziennym*! I to nie byle ogon. Wcielam się też w Serenę w prawdziwym życiu i nikt się jeszcze nie połapał, że to ja, Kaśka z Białegostoku, a nie ona, uwielbiana i podziwiana przez tłumy!

Jak tu nie fruwać ze szczęścia?! Komu z ukrycia robią fotki do „Firmamentu"? Kto brylował wczoraj na bankiecie „Playboya"? Kto ma do dyspozycji szofera i własną limuzynę? Kto w wolnych chwilach jest adorowany (choćby tylko zawodowo) przez najbardziej męskiego z męskich trenerów tenisa?

Zjadłam śniadanie, czytając sceny przeznaczone na dziś i próbując nauczyć się ich na pamięć, zadzwoniłam do domu, zrobiłam sobie lekki makijaż (w końcu Adam i tak mi go zaraz zmyje) i z lekkim sercem czekałam na kierowcę. W rzeczy samej zjawił się punktualnie. Limuzyna już stoi przed furtką. Pora rozpocząć dzień drugi.

Nie zdążyłam zejść ze schodów, a tu czarny kot! Bezczelne, wielkie, tłuste kocisko! Zachciało mu się spacerów przed domem! Pomyślałam nawet, że to Serena z zaświatów usiłuje nie dopuścić do mojego udziału w jej serialu. Na wszelki wypadek splunęłam przez lewe ramię.

I zaczęło się! Najpierw roboty drogowe na najbliższym skrzyżowaniu. A jeszcze wczoraj ich nie było! Oczywiście nie zdążyliśmy na czas do wytwórni. Moje półgodzinne spóźnienie reżyser skomentował w sposób niedający się zacytować. Adam przyszedł obrażony. W ogóle się nie odzywał, a jeśli już absolutnie musiał coś powiedzieć, zwracał się do mnie w trzeciej osobie!

– Powiedzcie, żeby się tak nie kręciła, bo jej nie mogę umalować!

Albo coś w tym stylu. Cudownie! Namotał i jeszcze się obraża!

Niestety, najgorsze dopiero czaiło się, by spaść na mnie znienacka. Dziś w planach mieliśmy nagranie scen Matylda – Elwira. Kilka dużych dialogów o różnej temperaturze emocjonalnej. Od takich, w których udajemy, że się lubimy, po przepełnione otwartą wrogością. Do tej pory wydawało mi się, że skoro ratuję ekipę przed bezrobociem, a serial przed zdjęciem z anteny, należą mi się pewne względy. Nie jakieś specjalne, ot, odrobina wyrozumiałości dla debiutantki. Ale dziś nic nie wyglądało tak jak wczoraj. Przestałam być gościem, zostałam członkiem ekipy i jeśli coś zawaliłam, dostawało mi się nie mniej niż innym. Może nawet bardziej, bo nie miałam tu przyjaciół (Adam ciągle się boczył), za to od razu, niemal na zawołanie, obrosłam we wrogów. Stało się tak z powodu mojej serialowej partnerki – Elwiry, w cywilu Bogny, która, jak się później okazało, była też przyjaciółką reżysera.

Bogna nie grała uczuć swojej bohaterki, ona mnie naprawdę nie cierpiała! Dlaczego, skoro dziś spotkałyśmy się po raz pierwszy w życiu? Dawało się to wyjaśnić tylko tym, że przeniosła na Matyldę, a potem na mnie swoją awersję do Sereny. Czepiała się o byle głupstwo, robiła miny, przedrzeźniała mnie na każdym kroku. Potem dowiedziałam się, że odpadła w castingu do roli Matyldy, i wszystko stało się trochę bardziej jasne.

Bogna robiła wszystko, żeby pokazać mi moje miejsce. Fakt, pod nieobecność Sereny to ona była największą gwiazdą tej produkcji. Problem w tym, że publiczność nie wiedziała o zniknięciu głównej bohaterki, i to chyba ją najbardziej wkurzało. Bogna miała okropną, za to na pewno modną fryzurę i yorka ze śmieszną kitką, którego wszędzie ze sobą nosiła, tuląc i całując. Może uważała, że w ten sposób upodabnia się do hollywoodzkich gwiazd? Mnie wydawało się to po prostu śmieszne. Zastanawiałam się, czym zajmuje się jej pies, gdy jego pani szuka samotności w toalecie. Nie wiem, czy Bogna lubiła kogokolwiek poza swoim pupilem – no i sobą samą, rzecz jasna.

Niczym zdobywczyni Oscara wciąż stroiła fochy i wszystkich traktowała z wyższością. Wobec ekipy zachowywała się arogancko i nieuprzejmie. Dziwiłam się, dlaczego nikt nie próbował jej zwrócić uwagi. Pomyślałam, że może zaprzyjaźnię się przynajmniej z psem, ale bestia dziabnęła mnie na powitanie w palec i dałam sobie spokój.

Praca w serialu odbywa się pod presją czasu, który płynie nieubłaganie. Nieważne, czy udaje się zrealizować zamierzenia, czy też coś spada, żeby dociążyć i tak wypełniony do granic możliwości następny dzień. Napięcie dotyczy wszystkich, od reżysera po sekretarkę planu, dlatego nikt się z nikim nie patyczkuje. Mocne słowa nie są rzadkością, ale ich użycie świadczy wyłącznie o tym, że nie jest się na planie gościem.

Dość szybko to zrozumiałam. Gdyby Bogna była wobec mnie ujmująco słodka, gdyby robiła za starszą siostrę, opiekowała się mną i wszystko mi tłumaczyła – ciągle czułabym się tu obco. Tymczasem ona, wskazując mi miejsce w szeregu, sama mi je przydzieliła! Uznała Kaśkę z Białegostoku za godną stanięcia choćby i na samym jego końcu. Popełniła fatalny błąd. Ja miałam tego świadomość. Ona jeszcze nie.

16

„Dziękuję ci, Bogno! – pomyślałam niemal serdecznie. – Pokaż mi swego wroga, a powiem ci, kim jesteś". Jeżeli komuś takiemu jak Bogna, aktorce z twarzą, nazwiskiem i zawodowym dorobkiem, chce się angażować w konflikt, zamiast po prostu mnie zlekceważyć, stanowi to prawdziwy dowód uznania.

– Nie wiesz, czego ona może ode mnie chcieć? – zapytałam Adama w przerwie.

– Udajesz głupszą, niż jesteś? Sprytne, sprytne – odpowiedział zagadkowo. Więc jednak miałam rację. – Na twoim miejscu bałbym się raczej, gdyby zachowywała się przyjaźnie. Dostrzega w tobie rywalkę, na dodatek młodszą i ładniejszą, to boli. No, słodka ta minka. Właśnie taką cię lubię, ale znajdź sobie kilka innych, co? I uważaj na reżysera. Ten stary satyr pewnie chętnie przesiadłby się na jakiś nowszy model.

– Czego?

– Przecież nie samochodu! Spójrz na Bognę: trudno uznać ją za mięsko pierwszej świeżości.

– Jak możesz! – oburzyłam się. Ale fakt. Niestety miał rację.

– Mogę, nie mogę, pilnuj się. Zresztą, nie moja sprawa, zrobisz, jak zechcesz.

Spojrzałam na reżysera. Do tej pory nie widziałam w nim mężczyzny, raczej mentora, kogoś, z kim pracowałam i kto wszystko wiedział lepiej ode mnie. Dawno przekroczył pięćdziesiątkę i w niczym nie przypominał adonisa: brzuszek, przerzedzone włosy, pożółkłe zęby. Do tego przepocona koszulka polo, szorty i sandały. Dotychczas mi to nie przeszkadzało. Nawet papieros, z którym się praktycznie nie rozstawał. Ale jeśli Adam miał rację? Co wtedy? Może Bogna broni swoich przyszłych ról, chociaż tak naprawdę to nie moja kategoria wiekowa i nikt przy zdrowych zmysłach nie uzna, że stanowię dla niej konkurencję.

– Myślisz, że mógłby…?

– Myśmy tu już dużo widzieli, słońce. Na razie chroni cię to, że jesteś Sereną. Za dużo włożyliśmy wszyscy wysiłku w ten projekt, żeby stary lowelas miał to popsuć.

– Nie przepadasz za nim?

– Dlaczego? Bardzo go lubię. To fantastyczny reżyser. Zawodowiec w każdym calu. Świetnie nam się razem pracuje. Tylko nie chcę, żebyś kiedyś miała do mnie żal.

– O co?

– Że cię nie ostrzegłem. Potem powiesz, że w Białymstoku takie rzeczy się nie zdarzają. Zresztą masz swoje lata i skończmy już ten temat!

Grając następną scenę, nie potrafiłam się skupić. Myślałam o tym, co mi powiedział Adam, i raz po raz myliłam kwestie.

– Amatorka! – syczała za moimi plecami Bogna. Jej dezaprobata nie miała granic, ale ja wiedziałam swoje.

– Cisza na planie! Powtarzamy!

Za drugim razem poszło lepiej, choć ciągle nie dość dobrze. Niepotrzebnie zastanawiałam się nad tym, jak utrzeć nosa Bognie i nie dać się poderwać reżyserowi, gdyby wpadło mu to do głowy.

– Serena! – wrzeszczał reżyser. – Dość tych zabaw w teatr lalkowy! Daj jej wreszcie wycisk! Podgrzej atmosferę! Nie cierpicie się, zapomniałaś już?!

Myślał oczywiście o Elwirze, ale zabrzmiało to, jakby nas przejrzał. Nie miałam nic do Bogny. W innych okolicznościach chętnie bym się z nią nawet zaprzyjaźniła. Chociaż czy przyjaźń między aktorkami jest w ogóle możliwa?

Przepychanki, nikogo nie dziwiąc, trwały cały ranek. Może w prawdziwym życiu Serena i Bogna też za sobą nie przepadały? W każdym razie kręciliśmy coraz mniej dubli. Wyglądało na to, że wreszcie zrozumiałyśmy, o co chodzi naszym postaciom. Czułam się skonana! Za mało snu, za dużo wrażeń. I w dodatku trzeba się ciągle pilnować! Ani chwili wytchnienia od Sereny.

Podczas przerwy nie poszłam do bufetu. Zostałam na planie sama. Chciałam chociaż przez chwilę pobyć sobą, Kaśką, jaką znałam i którą zaczynałam powoli zapominać. Usiadłam na podłodze, schowana za ogromnym biurkiem Matyldy. Obejmując rękoma kolana, poczułam się strasznie samotna. Skąd te emocje, do licha? Przecież dzięki Serenie wiodłam takie cudowne życie! Mam willę i narzeczonego, sukces i mnó-

stwo znajomych z pierwszych stron gazet. Każde moje poja-
wienie się w mieście jest wydarzeniem godnym odnotowania
w „Co robią gwiazdy?". Za czym więc tęsknię? Za moją prowincją? Za znajomymi z teatru i wspólnymi wypadami na piwo? Za panem Kaziem z naprzeciwka i jego pociesznym jam-
nikiem? Chyba mi odbiło!

– Ejże, co tam robisz? – usłyszałam nagle głos Adama.

– Coś mi upadło – rzuciłam, nie podnosząc głowy i wciąż
trzymając nos między kolanami.

– Mała, przyznaj się!

– Pierścionek, nic cennego, ale to pamiątka.

– Płakałaś!

– Wcale nie. Po prostu zasnęłam przy otwartym oknie.
W nocy było trochę chłodno. Mam katar – tłumaczyłam się
głupio.

Podszedł i usiadł obok. Przytulił mnie, pocałował w głowę jak starszy brat, którego nigdy nie miałam.

– Wiem, że to trudne. Ale musisz wytrzymać.

– Czuję się okropnie. Chcę do domu! – rozryczałam się
na całego.

– Bogna nie jest chyba aż tak straszna?

– Nie o nią chodzi – chlipałam. – Czuję się taka samotna.

– Nie rozczulaj się nad sobą. Wszyscy jesteśmy samotni.

– Ty nie.

– Owszem, w tej robocie dotyczy to każdego. Ale łzy zostaw na potem. Upij się albo idź do łóżka z Marlonem. Na
pewno ci nie odmówi, równy gość z niego.

— Przestań!

— A może zakupy, co? Rozerwiesz się.

— Nie dam rady! To mnie przerasta!

— Bzdury gadasz! Rozkleiłaś się, to wszystko. Chodź, przy-pudrujemy nosek. Pierścionek się znajdzie później.

Spojrzałam mu w oczy. Dostrzegłam w nich spokój. I troskę. On wiedział, że niczego nie zgubiłam.

17

– Spokojnie, to tylko serial – powiedział Adam, głaszcząc mnie po głowie. – To zabawa w prawdziwe życie. Udawanie. Tu nikt naprawdę nie płacze. Czujesz się zagubiona? Chodź, poszukamy, gdzie się ukrył twój dobry nastrój!

Schylił głowę i na klęczkach zaczął czegoś szukać. Kręcił się wśród mebli Matyldy, zaglądał pod dywan, wreszcie z błyskiem triumfu w oczach usiadł po turecku, a w zamkniętych dłoniach jakby coś ukrywał.

– Chodź tu, oddam ci twoją pewność siebie, tylko muszę ją mocno trzymać, bo mi się wyrywa.

– Chce wracać do domu – wyjęczałam, pociągając nosem. – Tak jak ja.

– Brednie! Taka zabawowa pewność siebie? Ona nie znosi Białegostoku! – Adam przyłożył dłonie do ucha, niby słuchając, co dzieje się w środku. – Właśnie mi powiedziała, że wybiera się dziś na premierę nowego filmu Polańskiego.

– Chyba beze mnie! – odparłam. Ale czy puściłabym moją pewność siebie bez należytej opieki w tłum żądnych sensacji fotoreporterów? W końcu to Warszawa, nie jakieś prowincjonalne zadupie.

– Poradzisz sobie sama?

– Pewnie! Zawsze sobie radzę! – stwierdziłam stanowczo i zrozumiałam, że w jakiś tajemniczy sposób uciekinierka właśnie do mnie wróciła. – A Polańskiego nie odpuszczę! Nie licz, że oddam ci moje zaproszenie!

Przerwa dobiegała końca. Członkowie ekipy powoli wracali z bufetu. Za chwilę reżyser znów zacznie nas rozstawiać po kątach, próbując z kilku mebli, paru aktorów, jakichś świateł i strzępków dialogu wyczarować świat, w który uwierzą i który pokochają miliony telewidzów. Nigdy się nie zastanawiałam, jak to się w ogóle może komukolwiek udać. Oglądałam z zapartym tchem kolejne odcinki *Życia codziennego*, śledząc losy Matyldy. A teraz tkwię w samym jego środku i absolutnie nic nie rozumiem. Z tego chaosu ma się urodzić gładka opowieść uwodząca tłumy? Jakim cudem? Co my tu właściwie robimy? Czy to oszustwo, czy czary?

– Matylda, Elwira, na stanowiska! – zabrzmiała komenda.

Musiałam się skoncentrować, by godnie zastąpić Serenę. Elwira, czyli Bogna, czekała gotowa niczym sprężona do skoku kotka. Z przyjemnością wydrapałaby mi oczy. Uśmiechnęłam się do niej słodko. Chwilowo byłam górą. Muszę się nauczyć lepiej kontrolować emocje. Nie powinny dopadać mnie znienacka, bez względu na okoliczności. Z drugiej strony to, że sobie troszkę pochlipałam, pozwoliło mi oczyścić się z nagromadzonych w nadmiarze uczuć.

– Kamera! Akcja! – krzyknął reżyser.

Wróciłyśmy do pracy. Przypomniałam sobie, że czeka mnie premiera filmu, po niej pewnie znów bankiet, że suknia godna księżniczki Monako z pewnością już leży na łóżku, a Marlon siedzi przed telewizorem, bosko pachnąc najlepszą wodą toaletową i obojętnie gniotąc swój jedwabny garnitur. Westchnęłam z rozkoszy w oczekiwaniu wieczoru.

– Żebyś tylko nie próbowała żadnych numerów z Heniem! – syknęła mi wprost do ucha Bogna.

Początkowo nie zrozumiałam. Z jakim znowu Heniem? Nie znam nikogo takiego! Dlaczego akurat on miałby mnie interesować? Gdy wreszcie do mnie dotarło, że chodzi o naszego reżysera, wybuchłam perlistym śmiechem:

– Pani wybaczy, ale tego chyba mój kontrakt nie obejmuje?

O co jej chodzi?! Mam się tu jeszcze zajmować działalnością charytatywną?! Nie za dużo tego jak na moje skromne możliwości? Jej mina warta była wszystkich pieniędzy. Dla niej nie ulegało wątpliwości, że ktoś taki jak ja, kto fuksem wszedł nagle na szczyt, bez wysiłku i żadnych zabiegów, będzie chciał się na nim za wszelką cenę utrzymać. Bardzo by się zdziwiła, gdyby mogła w tej chwili przejrzeć moje myśli, bo zupełnie nie planowałam dalszego rozwoju kariery. Czułam się jak wczasowicz w pierwszym dniu urlopu. Po co myśleć o tym, co będzie za dwa tygodnie? Ważne jest tu i teraz. To, co się ze mną działo, traktowałam bardziej jako przygodę niż pracę.

Zresztą ktoś inny zajmował mnie o wiele bardziej niż reżyser. Wciąż nie mogłam odżałować, że poznałam prawdziwe oblicze Adama. Był przecież mężczyzną moich marzeń: przystojnym, pewnym siebie, a jednocześnie czułym i opiekuńczym. Wiedziałam, że dużo czasu zajmie mi otrząśnięcie się z szoku, jaki mi zafundował. Jego dłoń na tyłku tego kolesia z blond pasemkami... To nie mój Adam! Ciągle nie potrafiłam uwierzyć. Śmieszne: gdyby teraz przyszedł i powiedział, że się pomylił i że chce zacząć wszystko od początku, ze mną, weszłabym w to bez wahania. Słowo daję, kompletnie mi odbiło!

– Serena! – wrzasnął reżyser. – Nie śpij, do cholery! Twoja kwestia! Kamera! Akcja!

„Jestem Sereną. Matyldą. Kaśką. Czyli kim właściwie?".

– Grasz właścicielkę firmy. Trochę godności. Masz inne sposoby, żeby ją usadzić. Nie rzucaj się tak. I ścisz te wykrzykniki! Kamera! Akcja!

Biedna Bogna! Jej rola przewidywała tylko krótkie momenty przewagi nad Matyldą. Wiadomo, że z każdej potyczki słownej to ja wyjdę zwycięsko. Bo to pode mnie je pisano. Pech! Mogła sobie tylko syczeć pod nosem. Widziałam, z jakim trudem panuje nad złością. Dała się bez reszty opanować irracjonalnemu uczuciu. Jej oczy ciskały pioruny, a ja – to przecież należało do mojej roli – przyjmowałam je z uśmiechem wyższości. Jak na Matyldę przystało.

– Świetnie! – zawołał reżyser. – Dubel!

Skończyliśmy przed szóstą. Szybko przebrałam się w prywatne ciuchy Sereny i wyszłam przed studio. Tam, gdzie wczoraj parkowała moja limuzyna z przyciemnianymi szybami, dziś stał czerwony kabriolet. Poczułam się, jakbym grała u Felliniego. Marlon zerwał się, żeby otworzyć drzwiczki, i przywitał mnie gorącym pocałunkiem prosto w usta.

– Ktoś nas podgląda? – zapytałam zdziwiona, kiedy wreszcie skończył. Ku mojemu żalowi zresztą. Kątem oka zauważyłam Adama wyjeżdżającego z wytwórni. Mimo woli westchnęłam. Nawet się nie pożegnał!

– Nie. Po prostu stęskniłem się za tobą – powiedział Marlon z łobuzerskim uśmiechem.

Nie wiedziałam, czy mogę mu wierzyć.

18

– Co cię nagle napadło? – zapytałam, śledząc wzrokiem niebieskie renault megane Adama, które oddalało się nieubłaganie.

– Nic. Chciałem zobaczyć, czy wszystko w porządku.

– Zobaczyłbyś w domu.

– Marudzisz.

– Wiem.

– Na co masz dziś ochotę? – zapytał.

Przez chwilę dałam się uwieść myśli, że naprawdę chce mi zrobić przyjemność. Drobiazg typu lody na mieście, spacer po parku albo przejażdżka samochodem jakąś piękną wiejską drogą. Ale cóż, nie dla Sereny proste rozrywki. Miałam swoje obowiązki, precyzyjnie wpisane w terminarz telefonu przez asystentkę producenta. Na dziś przewidziano kinową premierę. Tam, gdzie byli wszyscy, musiałabym zjawić się i ja.

– Wiesz coś o nowym filmie Polańskiego?

– Tyle, co piszą w gazetach: kolejne wybitne dzieło.

– Przynajmniej nie stracimy czasu – powiedziałam bez przekonania.

– Mam ochotę się z tobą kochać! – rzucił niespodziewanie.

– Jeszcze jedna taka propozycja, a na oczach całej Warszawy wykopię cię z tej beemki! – wydarłam się, przekrzykując ruch uliczny.

– Co ty jakaś mniszka jesteś?

– A już zaczynałam cię lubić! Wkurzyłeś mnie, wiesz?!

– Czym?

On nie rozumiał! Naprawdę nie rozumiał!

– Może to dla ciebie jak splunąć. Dla mnie nie. Nie pójdę z tobą do łóżka, bo nic nas nie łączy.

– Poza romansem.

– Wiesz, że to bajka wymyślona dla telewidzów.

– Musisz się odprężyć.

– Odprężę się w kąpieli!

– Serena uważała, że trzeba dbać o higienę. Po co za-kraplać sobie do oczu jakieś świństwa powiększające źreni-ce i sztucznie obniżać głos, skoro to wszystko możesz mieć o wiele łatwiej i przyjemniej.

– Z twoją pomocą?! Co za cynizm!

– Powiem ci, bo chyba czegoś nie rozumiesz. Myślisz, że to twój urok tak na mnie działa? Nawet mi się nie podobasz. Białostocka gęś!

– Banderas z Koziej Wólki!

– Jesteś tu tylko dlatego, że ona gdzieś znikła. Nie masz prawa stawiać żadnych warunków. To tylko zastępstwo. Nie wydajesz poleceń, ty je wykonujesz, rozumiesz, mała?

– Cynik i cham! Jeśli nawet, nie ty będziesz mi rozkazy-wał. A jak zechcę, to tak namieszam w waszym zakłama-nym światku, że się wam w głowach zakręci! Więc lepiej uważaj, bo nie kto inny, ale właśnie ty pójdziesz na pierw-szy ogień!

Nie wiem, dlaczego to powiedziałam. Bo przecież gdyby zaczął mniej obcesowo, gdyby użył trochę innych słów, gdyby nie był takim narcyzem, pewnie miałby szanse. W końcu żadna ze mnie mniszka. Tak bardzo pragnęłam, żeby mnie ktoś przytulił i szeptał czule do ucha. Potrzebowałam tego. I nie musiałby wcale być naprawdę zakochany. Wystarczy, żeby dobrze udawał. Ale nie jestem też jakąś desperatką, do licha! Trzeba się trochę szanować!

– I dobry humor diabli wzięli – mruknął Marlon z żalem.

– Nie obwiniaj mnie teraz! – warknęłam wściekła.

– Ależ ty jesteś pryncypialna!

– Tylko to mi pozostało.

– Przepraszam. Wyrwałem się z tym seksem jak palant. Wszystko dlatego, że cię polubiłem.

– Nie kpij! Nie składa się takich propozycji, bo się kogoś polubiło.

– Zapomniałaś, że uratowałem ci też życie? To wiąże ludzi mocniej niż sakramenty.

– Bzdura!

– Zapomnijmy o tym, dobrze? – zaproponował.

Czy miałam wyjście? Zresztą już mnie tak nie wkurzała ta propozycja. Patrzyłam na jego mocne dłonie, spoczywające na kierownicy świetnego samochodu, na swobodne, eleganckie ciuchy, na drogi zegarek delikatnie błyszczący na opalonej skórze, na ciemne, nienagannie ostrzyżone włosy i pożałowałam swojej porywczości. Dlaczego właściwie zrobiłam mu awanturę? Bo zachowywał się nie dość romantycznie? Przecież nic nas nie łączy, porzućmy złudzenia. Za dwa tygodnie, jeśli mu humor dopisze, może odwiezie mnie tym autem na Dworzec Centralny i wniesie torbę do przedziału. Chociaż pewnie nie. Nie powinien się już wtedy ze mną pokazywać, jeszcze ktoś go rozpozna. Gdzie się więc rozstaniemy? Czy to zresztą takie ważne?

– To ja cię przepraszam. Masz rację, jestem gęś! – burknęłam.

– Wcale nie! I nieprawda, że mi się nie podobasz.

– Nie przeginaj z tymi przeprosinami! – Roześmiałam się. – Bo i tak ci nie uwierzę!

Dojechaliśmy na miejsce. On oczywiście wszedł do środka bez pytania o zgodę. Ale cóż, prawdopodobnie miał wpisane w terminarzu: „18.00–24.00, Serena. Premiera Polańskiego".

– Chcesz się czegoś napić? – próbowałam czynić honory pani domu.

– Poradzę sobie, ale dzięki. Odpocznij trochę, mamy dwie godziny.

– Wobec tego czuj się jak u siebie! – Posłałam mu najbardziej uroczy uśmiech i poszłam na górę.

Rozebrałam się, nastawiłam nastrojową muzykę i weszłam do wanny. Zamknęłam oczy, uwielbiam taki relaks. Ciekawe, czy to, co Marlon powiedział o Serenie, było prawdą, czy też argumentem, żeby mnie przekonać? Więc seks powiększa źrenice i obniża głos? Hm, nigdy nie sprawdzałam... Zanurzyłam się głębiej w pianie i każdym porem skóry chłonęłam otaczający mnie luksus.

Nagle poczułam lekkie dotknięcie. Zaledwie muśnięcie. Myślałam, że to powiew wiatru. Było tak przyjemnie, że aż westchnęłam. Nie otwierając oczu, czekałam, by przez otwarte okienko łazienki wpadł kolejny podmuch. Chwilę później znów go poczułam. Ten wiatr znał mapę mojego ciała. Nagle zdałam sobie sprawę, co się dzieje. Nie otworzyłam jednak oczu. Jeszcze powiedziałabym coś głupiego. Wtedy woda łagodnie zafalowała. Poczułam dotyk jego warg na ramieniu, szyi, policzku, ustach. Śpiąca Królewna i jej Książę z Bajki.

Bałam się otworzyć oczy, bo może to wszystko tylko mi się śniło.

19

– Jesteś boska! – szepnął mi do ucha Marlon, pocałował w policzek i wyszedł z wanny. Dopiero gdy zamknęły się za nim drzwi łazienki, zebrałam w sobie odwagę i otworzyłam oczy.

Cśśś… Już prawie zapomniałam, że istnieje coś takiego jak seks! Byłam bardzo przyjemnie zdziwiona, gdy on mi o tym przypomniał. Z dziecięcą ciekawością przyjmując każdą z jego pieszczot, pozwoliłam na bezładne z pozoru poszukiwania, które przecież miały jasno określony cel. Pomyślałam: „Dlaczego nie? Serena nie odrzuciłaby takiej propozycji! Robię to dla niej". I po chwili czułam, że tracę dech, zapadam się, odpływam, tonę.

A więc jeśli chodzi o źrenice, rzeczywiście miał rację! Poza tym raczej to nie był sen. Nigdy nie śniłam z takimi szczegółami, a moje ciało nie czuło się równie wspaniale! Serena, ta stara wyjadaczka, wie, co dobre! Higiena to podstawa! Absolutna konieczność! Więc już po wszystkim? Miałyśmy teraz wspólnego faceta? Dlaczego mi to wcale nie przeszkadza? W jakiś sposób stała mi się nawet jeszcze bliższa.

Po raz pierwszy w życiu uprawiałam seks w wannie! Może dlatego czułam się jak nowo narodzona? Odechciało mi się Polańskiego. Zastanawiałam się właśnie, gdzie mogłabym ewentualnie zasnąć, kiedy terminarz mojej serialowej komórki zawrzeszczał na alarm. Cóż, na dzisiaj chyba wystarczająco powiększyłam sobie źrenice. Trzeba iść do roboty!

Malowałam się i ubierałam szczególnie starannie. Chciałam ładnie wyglądać dla Marlona. Nie dla tych ludzi, których spotkam. Dla niego. Marudziłam w nieskończoność,
aż mnie samą to wkurzyło. A może bałam się spojrzeć mu
w oczy? Co zrobię, jeśli wyczytam z nich, że chciał mi tylko
oddać przysługę? Że chodziło wyłącznie o źrenice?

– Kochanie, pośpiesz się! – zawołał z dołu.

Ostatnie spojrzenie w lustro. Porażka! Chyba zostanę na
górze!

– Wyglądasz zachwycająco!

Tak powiedział. Bez cienia ironii. Z całkowitą powagą
i szerokim uśmiechem Księcia z Bajki. Nie zmyślam! Czyż
nie jest cudny?

– Idziemy? – Udałam, że mnie to wcale nie ruszyło. – Raczej nie będą na nas czekać.

W drodze milczeliśmy, ale nasze spojrzenia i gesty wyra-
żały więcej niż słowa. Czułam, że jeszcze trochę, a zakocham
się w Marlonie. Zresztą może już się zadurzyłam? Ogarniało
mnie narastające podniecenie, a myśl, że musimy teraz grzecznie oglądać jakiś film, wydawała się udręką.

– Długo to potrwa? – zapytałam, siląc się na obojętność.

– Dwie, trzy godziny?

– Ile?!

Przerażająca perspektywa. Trzy godziny bez jego pocałunków? Bez pikantnych szeptów? Bez kojącego szumu wody w wannie? Poczułam się jak wyrzucona na brzeg syrena.

– Aż tyle?!!! – westchnęłam.

Obejrzenie najlepszego nawet filmu lub sztuki nie było mi w stanie tego wynagrodzić. Na dodatek w okolicy kina nie dało się zaparkować. Świat się kończy, jeśli nawet ktoś taki jak Serena i Marlon nie znajdują miejsca dla samochodu!

– A może byśmy wcale nie poszli? – zasugerowałam nieśmiało.

Spojrzał zalotnie, wziął mnie za rękę i delikatnie polizał wnętrze dłoni. W sekundę wytworzyłam więcej prądu niż elektrownie atomowe Czech i Słowacji razem wzięte.

– Och, Marlon! – jęknęłam z rozkoszy.

Przed kinem panował lekki rozgardiasz. Znów było jak w Sheratonie: zagęszczenie VIP-ów na metr kwadratowy przekraczało wszelkie dopuszczalne normy. I ponownie jacyś ludzie cmokali powietrze, zachwycając się nieszczerze:

– Sereeena! Cudooownie wyglądasz!

Podobnie jak wtedy miałam wrażenie, że wszyscy przyszli tu wyłącznie po to, by za kilka dni zobaczyć swoje zdjęcie w nowym numerze „Firmamentu” lub „Stołecznego VIP-a". Zabawnie to wyglądało: ich spojrzenia niczym za dotknięciem czarodziejskiej różdżki rozświetlały się, napotykając człowieka z aparatem fotograficznym. Po uwiecznieniu szerokiego uśmiechu blask na twarzy znikał, oczy zaś szarzały.

Na widowni ta zabawna pantomima przybrała trochę inny kształt. Zaproszeni goście, jakby chcąc sobie udowodnić, że w tłumie sław właśnie oni są najsławniejsi, rozglądali się ciekawie po sali, kiwając głowami lub machając rękami na powitanie. Z reguły następował potem szept do ucha osoby towarzyszącej.

Zresztą i tak widziałam tylko Marlona, słuchałam go i mówiłam tylko do niego. Ocierałam się stopą o jego łydkę i czekałam, kiedy wreszcie zgaśnie światło. Dotykałam jego palców swoją dłonią i „niechcący" zsuwałam ją na udo. I było mi absolutnie obojętne, czy ktoś to zauważy. W końcu jestem Sereną. Jej wolno wszystko. Głośny romans powinien wyglądać spektakularnie. Gdybyśmy się zachowywali jak małżeństwo z dziesięcioletnim stażem, nikt by nam nie uwierzył. A ja po prostu schrupałabym Marlona! Najchętniej w tej chwili, tutaj, na oczach wszystkich!

Ale nie wiedzieć czemu on wyglądał na zmieszanego! Marlon? Wyśniony facet połowy żeńskiej populacji tego kraju, polski Ben Affleck… wstydził się? Uznałam to za słodkie, bo godzinę wcześniej jakoś nie czuł skrępowania, a sytuacja była przecież o wiele bardziej… Doskonale wiedział, czego chce i jak to osiągnąć. Pomyślałam, czy aby nie przesadzam z tym wczuwaniem się w Serenę, ale właśnie zgasło światło i zaczął się seans.

Nie oczekujcie, że wam go streszczę. Nic nie pamiętam z fabuły. Zresztą nie o to chodzi. Dla mnie na zawsze pozostanie najlepszym obrazem w historii kina! Całowaliśmy się szaleńczo. Oparcia trochę trzeszczały, ale co tam! Obawiam się nawet, czy w pewnej chwili nie przejęłam inicjatywy. Odrobinę się zapomnieliśmy. Wreszcie rozbłysły światła i zagrzmiały oklaski. Wpółprzytomni wstaliśmy, przyłączając się do owacji. Marlon miał na twarzy sporo mojej szminki.

20

Brawa po filmie ucichły trochę zbyt szybko. Nie wiem, czy z winy dzieła, czy z powodu zimnego bufetu, dość, że przed kilkoma wyjściami zakotłowało się, jakby na widowni nagle wybuchł pożar. Dumna jak paw wpatrywałam się w Marlona. Moje uczucia nie mogły pozostawiać żadnych wątpliwości. I rzeczywiście, kiedy w foyer tłum trochę się rozluźnił, on najwyraźniej zrozumiał, że coś nie tak, bo przeprosił i czmychnął do toalety. Stałam nieco zdezorientowana, uśmiechając się głupio. Co prawda wszyscy znali Serenę, ale przecież dla mnie byli kompletnie obcy.

Na szczęście bankiet zajął uwagę większości VIP-ów. Uzbrojeni w widelce próbowali dopchnąć się do stołu, by po nałożeniu kopiastej porcji sałatek, ryb, owoców, ciast i mięs na zimno zaszyć się gdzieś w kącie z błogim uśmiechem triumfu. Pełna złych przeczuć patrzyłam, jak żonglują talerzykami, z których zgodnie z podstawowymi prawami fizyki raz po raz coś spadało, nierzadko na wyjściowe toalety innych gości.

Nie byłam głodna. Czekałam tylko, aż Marlon doprowadzi się do porządku, byśmy mogli wreszcie pojechać do domu i oddać się czynnościom znacznie przyjemniejszym niż jedzenie kolacji.

– Serena?! – usłyszałam z boku. – A co ty masz na twarzy?!

To Adam pojawił się znienacka i mnie przestraszył. „Adam? A kto to jest?" – przemknęło mi przez myśl.

– Co? Ja? Chyba nic? – odpowiedziałam, udając niewiniątko. Niech wie, co stracił! Jeszcze śmie egzaminować mnie z makijażu!

– I zamierzasz tak paradować wśród ludzi?

– Będziemy powoli uciekać. Mamy z Marlonem plany na wieczór…

– Tak? – Adam uśmiechnął się zagadkowo. – Świetnie. Widzę, że moja recepta zadziałała.

– Jaka recepta?

– Ale masz już lepszy humor, co, słońce?

– To chyba widać.

– Cieszę się, naprawdę się cieszę! – Ucałował mnie w policzek. – W takim razie do jutra! Tylko nie zaśpij!

Posłał mi całusa, tajemniczo się uśmiechnął i przepadł w tłumie.

„Co on miał na myśli, mówiąc o recepcie?".

– Zjesz coś? – zainteresował się Marlon.

Nawet gdybym umierała z głodu, i tak na półmiskach ustawionych na stołach walała się już tylko wymięta sałata, resztki majonezu, rozpadające się kwiatki z marchewki, skręcone półplasterki cytryny i przywiędłe łodygi selera naciowego.

– Nie, dzięki – odpowiedziałam, lustrując te frykasy. – Jedźmy do domu.

Znów kusiłam i uwodziłam. Noc zapowiadała się rozkosznie.

– Byłabym zapomniała… Gdzieś mi tu mignął Adam. Mówił o jakiejś recepcie. Nie wiesz, co mógł mieć na myśli?

Marlon wyglądał na przestraszonego.

– Recepta? Nie mam pojęcia. Coś mu dolega? – Kłamał bez klasy.

– Pewnie, że nie! – Skąd właściwie czerpałam tę pewność?

– Nie kłóćmy się przy ludziach – szepnął i już wiedziałam, że coś jest nie tak.

– Więc my się kłócimy? A mamy jakiś powód, do licha?! – Zaczynałam się na serio złościć.

– Oczywiście, że nie. To ty zaczęłaś.

– Nie wykręcaj kota ogonem! Chcę tylko wiedzieć, o co chodzi z tą receptą?!

I wreszcie sobie przypomniałam! Przecież to Adam powiedział: „Idź na zakupy albo prześpij się z Marlonem". On mi to zaproponował! To jego pomysł. Przecież ja bym na to w życiu nie wpadła. Myślcie, co chcecie, ale nigdy nie zaproponowałam seksu nieznajomemu. Taka wyzwolona jeszcze nie jestem!

– Musimy go zaraz znaleźć! – zdecydowałam twardo.

– Po co?

– Wszystko mu powiesz!

W obronie swojej czci gotowa byłam znaleźć Adama i wcisnąć w niego prawdę, której się nie spodziewa, nawet używając wobec Marlona siły. Nie, nie! Jego recepta nie poskutkowała! Nawet nie została wykupiona w aptece!

– Co właściwie chcesz mu udowodnić?

– On na pewno myśli, że to ja ciebie zaciągnęłam do łóżka! – powiedziałam, szukając wzrokiem Adama.

– Nawet gdyby?

– Nie poluję na facetów, jestem porządną dziewczyną!

– Tylko dajesz się im uwodzić? Dlaczego tak bardzo przejmujesz się jego zdaniem?

– Chodzi mi przede wszystkim o własną opinię o sobie – plątałam się w zeznaniach. Sama nie wiedziałam, na czym mi tak naprawdę zależy.

– Możesz być spokojna, na pewno tak nie myśli. On wie, że to ja.

– A niby skąd? Powiedziałeś mu?!

– Raczej to on mnie poprosił… – rzucił i zamilkł speszony.

– Co?! – Nagle zakręciło mi się w głowie.

– Żebym traktował cię z większą… – Marlon z trudem szukał słowa. – Czułością? Produkcja uznała, że jesteś nie dość zakochana.

– Kazał ci mnie uwieść?! Nie dość zakochana?! O Boże!

Ależ jestem głupia! Głupia i naiwna! Jak mogłam przypuszczać, że Marlon coś do mnie poczuje? Do mnie, durnej Kaśki, nędznej podróbki Sereny, odrzutu niespełniającego norm?

Zabawka w ich rękach. Oto, czym jestem.

21

Przepłakałam całą noc. Czułam się jak szmata. Jak pionek, którym inni rozgrywają swoje gry. Nawet niby troszcząc się, boleśnie mnie ranili. Zresztą chodziło im wyłącznie o to, żebym była wiarygodna! Uknuli zgrabną intrygę. Jeszcze jeden taki wieczór, a zakochałabym się w Marlonie.

Rzucam się na każdy ochłap czułości! Jakby nikt nigdy nie mógł mnie pokochać! Naprawdę. Bez udawania. Bez oszustwa. Taką, jaką jestem. Spokojnie, to tylko serial. Tu nic nie dzieje się naprawdę. To gra, nieustanna gra. I ty możesz wziąć w niej udział. Pod warunkiem że przyjmiesz reguły i wreszcie zrozumiesz, że to tylko odbicie w lustrze, a prawdziwe uczucia są zupełnie gdzie indziej.

O drugiej w nocy nie miałam już ani sił, ani łez. Wzięłam zimny prysznic – w życiu nie wejdę do tej wanny! – i zeszłam do kuchni. Wszędzie paliło się światło, jakby on wciąż tu był. Przyzwyczaiłam się, że siedzi na kanapie i gapi się w telewizor, czekając na mnie. A teraz go nie ma. Nawet nie znam numeru jego telefonu. Pięknie będę jutro wyglądała. Z tymi oczami jak u królika i spuchniętym nosem! A właściwie to ich zmartwienie: Adama i tej całej bandy oszustów. Co mnie to wszystko obchodzi?!

Noc. Jestem sama. Całkiem sama. Znowu sama. Jeszcze chwila i uduszę się w tej złotej klatce. Muszę coś zrobić. Powinnam wszystko jeszcze raz przemyśleć.

Włożyłam płaszcz i nie zamykając drzwi na klucz, wybiegłam w noc. Chodziłam pustymi ulicami. Nie pomyślałam nawet, że ktoś mógłby mnie napaść. Było mi wszystko jedno. Zresztą mrok rozrzedzał się powoli, przechodząc w szarość. Gdzieś między domami niebo lekko różowiało. Wracałam bez pewności, czy znam drogę. Nagle naprzeciwko mnie stanął pies, duży mieszaniec wilka o jasnej, trochę zmierzwionej sierści i przyjaznym spojrzeniu. Nie miał obroży ani kolczatki. Nie bał się mnie i ja się go nie obawiałam. Patrzyliśmy sobie w oczy niczym dwoje samotnych wędrowców.

– Jak się masz, piesku? Co tu robisz o tej porze?

Zwierzak gapił się na mnie pytająco, nieśmiało merdając ogonem.

– Zgubiłeś się? – zapytałam, a on odpowiedział jednym krótkim szczeknięciem.

Czekałam, aż pobiegnie w swoją stronę, bo przecież gdzieś podążał, miał jakiś cel.

– Trzymaj się! – Ruszyłam przed siebie, a on, siedząc na środku uliczki, wciąż przypatrywał mi się z uwagą. Gdy po kilku krokach odwróciłam się, nadal tam tkwił i wpatrywał się we mnie błagalnie, jakby liczył, że go zawołam. Krzyknęłam:

– No chodź!

Ruszył w moim kierunku. Szliśmy obok siebie. Tylko on i ja. Za nami podążał świt.

Weszłam na schodki prowadzące do domu. Pies został na ulicy, nieśmiało merdając ogonem. Nie zawołałam go jednak. Nie miałam mu nic do zaoferowania. Gdyby to było w Białymstoku, nie wahałabym się ani chwili. On na pewno ma swój dom i kogoś, kto na niego czeka. Zaraz zjem samotne śniadanie i pójdę do pracy, którą kocham. Jestem twarda, co tam sentymenty. Muszę jeszcze nauczyć się na pamięć paru scen.

O szóstej jak zwykle przyjechał pan Zygmunt. Zobaczyłam samochód przez okno, wzięłam torbę, scenariusz i wybiegłam.

A pies ciągle tam siedział. Chyba nawet nie ruszył się z miejsca! Widząc, że wychodzę, szczeknął raz. Wsiadłam do samochodu i ruszyliśmy. Coś ścisnęło mnie za gardło. Wiedziałam, że jeśli nie dam mu szansy, kiedy wrócę, już go tu nie będzie.

– Proszę się zatrzymać! – krzyknęłam do kierowcy.

Otworzyłam drzwiczki i wyjrzałam. Zwierzak ciągle warował przy schodach.

– Chodź do mnie! – zawołałam, a on jakby tylko na to czekał. Ruszył pędem w kierunku samochodu, wskoczył na siedzenie i zaczął się do mnie łasić. Pan Zygmunt miał bardzo niezadowoloną minę. Raz po raz spoglądał w lusterko i kręcił głową z wyrazem dezaprobaty. – Nazywasz się Leon, zrozumiałeś? – powiedziałam do psa. – I lepiej to zapamiętaj, bo nie zamierzam dwa razy powtarzać.

Miał bardzo miękką sierść, mimo że był brudny i wychudzony. Głaskałam go i czułam, jak mija zdenerwowanie i wypełnia mnie spokój. Już nie byłam sama.

– Panie Zygmuncie, zajmie się pan Leonem? Trzeba mu kupić wszystko, czego pies potrzebuje: posłanie, miski, karmę, smycz i obrożę.

– Znaczy ja?

– Znaczy pan. I tak pan na mnie czeka cały dzień, prawda?

– No, niby…

Wysiadłam, a Leon wyskoczył za mną. Za nic nie dał się upchnąć z powrotem w samochodzie. Zabrałam go do garderoby i w kąciku za starą kanapą zrobiłam mu posłanie. Adam próbował mnie przepytywać z wczorajszej nocy, ale tym razem to ja nie miałam chęci do zwierzeń.

Zaczęliśmy pracę. Pierwsza scena poszła gładko. Po czterech zaledwie powtórkach reżyser zaakceptował dubel. Potem plan zakładał nagranie napadu na Matyldę w jej biurze. Zamaskowane typy miały wpaść do środka, związać ją, zakneblować, przetrząsnąć szuflady, i zabrać znalezione pieniądze. Moja rola ograniczała się do wołania: „Ratunku!".

Pierwszy dubel jakoś poszedł, ale w połowie sceny zagotowałam się i wybuchnęłam histerycznym śmiechem. Podczas drugiego dubla, przy „Ratunku!" jak spod ziemi wyskoczył Leon i zaczął szarpać za nogawkę rzekomego napastnika. Znów scena do powtórki.

– Kto tu wpuścił psa?! Zabrać go natychmiast! Żadnych zwierząt na planie! – darł się reżyser.

Przeprosiłam i odprowadziłam Leona do garderoby. Za chwilę jednak historia się powtórzyła. Za trzecim razem śmiali się już wszyscy. Dopiero zamknięcie zwierzaka w reżyserce pozwoliło spokojnie zagrać zgodnie ze scenariuszem.

W przerwie poszłam do bufetu. Pani Ziuta dała Leonowi talerz zupy, którą ochoczo wychłeptał.

– A właściwie czyj jest ten pies? – zapytał Adam, który jak zwykle się dosiadł, chcąc zapewne sprawdzić, czy grzecznie zjadam codzienną porcję tofu.

– Mój. Wabi się Leon – odpowiedziałam z pełnymi ustami.

– Ale Serena, ty nie masz psa! – wyjaśnił mi.

– Tak pisali w tygodnikach? Uważam, że raczej nie mam faceta.

Adam podrapał się w czoło. Wyglądał na zdruzgotanego. Zrobiło mi się go żal.

– Nic nie mów, bo tylko pogorszysz sytuację! – ostrzegłam. Gotowa byłam bronić Leona z narażeniem życia.

– Wyobrażasz sobie kolejną scenę z Bogną? Ona ze swoim psem, ty ze swoim?

Nie wyobrażałam sobie. Nawet nie spróbowałam. Ale jeśli sądził, że mnie przestraszy, bardzo się mylił.

– Podobno nie ma ludzi niezastąpionych… – wysyczałam obłudnie. – Ale oczywiście bardzo będzie mi jej brakowało…

22

Adam wpatrywał się przerażonym wzrokiem, a mnie rozpierała duma! Dałam kopa w tyłek najbardziej nadętemu bubkowi w Warszawie! Koniec tego cyrku! Niech nie liczy, że kiedykolwiek pokażę się z nim publicznie, słodko patrząc w oczy i grając miłość, której nie czuję! Mówcie, co chcecie, ale każde udawanie ma swoje granice! I Bognie też potrafię utrzeć nosa, jeśli zechcę. Mam być Sereną? Lepiej więc ze mną nie zadzierajcie!

– Czy ja myślę o tym samym co ty? – zapytał Adam. – W coś ty nas wpakowała?!

– Nas czy was? – odparłam ze śmiechem. – O kogo ci chodzi?

– O Marlona. O Bognę. O wszystkich. Co się właściwie stało?

– Nie rozumiesz? Dałam mu kosza. Przegoniłam go. Kazałam się więcej nie pokazywać.

– Chyba zwariowałaś?!

– Dlaczego? Straszny z niego cynik. I wiesz… – Pochyliłam się w jego stronę. – Już przestał mi się podobać.

– Tobie chyba odbiło?! – wyszeptał, bo pani Ziuta przechylała się przez bar, nadstawiając ucha.

– Moje życie i moja decyzja – zawyrokowałam, postanawiając trzymać się tej wersji.

Adam się zasępił.

– To się nie spodoba…

– Co?

– Rozstanie z Marlonem. Robiliście za parę roku!

– Ale rok już minął. Teraz jestem z Leonem. – Roześmiałam się i spojrzałam na psa, który spokojnie wylegiwał się u moich stóp.

– Jak możesz ich w ogóle porównywać?! – oburzył się Adam. – Nie mogłaś mieć jednego i drugiego?

– Nic nie rozumiesz! On mnie obraził! Śmiertelnie! Zresztą z twoim cichym błogosławieństwem. Nie wypieraj się. Realizował twój chory pomysł. Żebym wyglądała na bardziej zakochaną. I może nawet przez chwilę tak wyglądałam…

– Sama widzisz!

– Ale tylko przez moment, dopóki prawda nie wyszła na jaw! To mnie zraniło, wiesz? I to potwornie!

– Dobry seks nikomu jeszcze nie zaszkodził. Powinnaś być wdzięczna Marlonowi. Tak jak Serena. Mówiła, że zastępuje jej zastrzyki z botoksu.

– Ale mnie tego rodzaju zabiegi, podobnie zresztą jak Marlon, nie są do niczego potrzebne – ucięłam i wyszłam z bufetu.

Popołudniowe zdjęcia przebiegały bez zakłóceń. Mimo to czułam w ekipie dziwne poruszenie. Jedni do drugich szeptali, kiwali porozumiewawczo głowami. Mnie oczywiście nikt o niczym nie informował. W miarę jak zbliżał się koniec dnia, podniecenie narastało. Pomyślałam, że takie zamieszanie mógł wywołać tylko nieoczekiwany powrót Sereny. Miałam jednak nadzieję, że w razie czego konfrontacja zostanie mi zaoszczędzona.

Jeśli ktoś twierdzi, że Warszawa to duże miasto, bardzo się myli. To wioska, gdzie nowiny rozchodzą się szybciej, niż ktokolwiek mógłby przypuszczać. Kiedy wychodziliśmy z Leonem po zdjęciach, przed studiem znów kłębił się tłum fotoreporterów. Na szczęście ktoś z ekipy doprowadził wcześniej psa do porządku i rozczesał mu zmierzwioną sierść. Miałam doskonały humor i z uśmiechem przystąpiłam do improwizowanej sesji zdjęciowej, odpowiadając przy okazji na pytania dziennikarzy. Moja pierwsza konferencja prasowa!

Ledwie ruszyliśmy sprzed wytwórni, kierowca skręcił w inną ulicę niż zwykle i wiózł nas bez słowa.

– Co to, porwanie? – zażartowałam, ale stracha miałam jak cholera. – Zostawiłam trochę osobistych rzeczy na Malczewskiego, chciałabym po nie wrócić…

– Jedziemy do biura produkcji.

Zaparkowaliśmy przed jakimś zwalistym biurowcem w centrum i pan Zygmunt polecił mi pojechać na piętnaste piętro. Serce podskoczyło mi do gardła. Do tej pory tylko słyszałam o tej mitycznej postaci. Nikt nie mówił o nim inaczej jak „produkcja”. Nie znałam jego imienia ani nazwiska i szczerze mówiąc, wolałabym, aby tak pozostało. Trochę mnie przerażało to, co mogło stać się tam na górze. Uśpiona winem i jako niewygodny świadek wywieziona gdzieś w nieznanym kierunku nie miałam żadnych szans. Kto będzie mnie szukał? Nikt. W ogóle mnie tu nie było. Nie mam żadnych przyjaciół, bo Adam jest z nimi w zmowie. Moi rodzice nie wiedzą, gdzie się znajduję i co robię. Próbowałam w panice wybrać numer domowy, ale w windzie komórka straciła zasięg! Ten mój cholerny pech! Skończę jako „NN" w jakiejś prowincjonalnej kostnicy!

Winda stanęła na piętnastym piętrze. Drzwi się otworzyły, odsłaniając ogromny napis „Grupa Lax" zdobiący ścianę za plecami młodej sekretarki.

– Pan Lax czeka na panią – powiedziała i pokazała mi drzwi.

„Dobra nasza, przynajmniej będzie świadek przestępstwa!" – pomyślałam, wchodząc do środka.

Gabinet przypominał wielkością dworzec kolejowy i składał się głównie z pustki. Biurko, stolik do kawy, kanapa i fotel, a także porozrzucane bezładnie, przyprawiające o ból zębów dzieła sztuki nowoczesnej dałyby się upchnąć na jednej czwartej jego powierzchni. Przy przeszklonej ścianie, za którą rozciągał się przepiękny widok na Warszawę, stał przystojny mężczyzna pod czterdziestkę. Wyglądał jak model na emeryturze: szczupły, ze szpakowatym trzydniowym zarostem, który ciekawie kontrastował ze śniadą cerą, i lekko kręconymi włosami, sięgającymi prawie do ramion. Miał na sobie lniany garnitur w cudnym odcieniu błękitu, jaśniejszą o ton koszulę i bladoróżowy krawat. Nie wyglądał na mordercę, ale pozory mylą, zwłaszcza w świecie mediów.

– Lax jestem. Piotr Lax. – Podszedł i bez uśmiechu podał mi rękę.

– Lipiec. Serena Lipiec – odpowiedziałam. Chciałam jeszcze dodać: „Wstrząśnięta, niezmieszana", ale on spojrzał zdziwiony, wiedział przecież, że bujam, i spalił mi dowcip.

– Przepraszam, staram się nie wychodzić z roli. Katarzyna Zalewska.

– Pozwoli pani? – Wskazał mi fotel. Skinęłam głową i usiadłam. – Wiem, jak się pani nazywa. Na pewno jest pani zmęczona po zdjęciach i być może czekają panią jeszcze jakieś obowiązki reprezentacyjne dziś wieczorem, więc powiem krótko: nie życzę sobie, by bez wcześniejszego powiadomienia o tym mnie bądź reżysera robiła pani cokolwiek, co wpływałoby na obraz Sereny. Zrozumieliśmy się?

– Ale… – próbowałam się tłumaczyć.

– Nie ma żadnego „ale"! Serena to format. Pracowaliśmy nad jej wizerunkiem latami. Zanim osiągnęliśmy sukces, zleciliśmy kosztowne badania widowni. Dlatego zabraniam pani się do tego mieszać. Zostało jeszcze dziesięć dni, na Boga, czy tak trudno przez ten krótki czas realizować ustalone wcześniej zadania?! Jeszcze dziś proszę pozbyć się tego psa i pokazać publicznie z Marlonem. To polecenie służbowe! Zrozumiała pani?

– Oczywiście – rzuciłam chłodno. – I zaręczam panu, że się nie zastosuję.

23

– Słucham? – Producent zmarszczył brwi, jakby nie dosłyszał.

– Może kupił pan mnie, nie wiem, nie czytałam tej idiotycznej umowy, ale nie kupił pan mojego psa, jasne?! I Leon
zostanie ze mną! Albo, jeśli się to panu nie podoba, możemy
obydwoje spakować manatki i jeszcze dziś wynieść się z tej
cholernej willi!

Wkurzył mnie, naprawdę mnie wkurzył!

– Pani mnie szantażuje?!

– W każdym razie nie zamierzam się dla pana i pańskie-
go projektu zmieniać w Serenę. Jestem zwykłą dziewczyną
z Białegostoku, nie żadną gwiazdą. Zgodziłam się na ten cały eksperyment, bo… Zresztą nieważne, pan i tak nie zrozumie. To wszystko mnie przerasta. Leon to jedyny przyjaciel,
jakiego mam w tym strasznym mieście, i nie pozbędę się go,
nawet gdyby groził mi pan śmiercią!

– Co za oracja! I to tak całkiem z głowy?! Naprawdę robi
wrażenie. Zapomina pani jednak, że jest dorosła i w pełni
władz umysłowych, że podpisała pani tę, jak słyszę, „idio-
tyczną umowę", akceptując jej treść, a punkt siódmy paragrafu czternastego mówi wyraźnie o niezmienności cech
osobowych odtwarzanej postaci – odparł zimno Lax. Pewnie tak samo mówiłby, gdyby bez znieczulenia wykrawał mi
nerkę. – Dlatego z całą stanowczością żądam respektowania
postanowień kontraktu!

– Tak? – zapytałam słodko, bo wreszcie znalazłam ratunek dla Leona. – Więc czy nie będzie kolejnym złamaniem umowy pozbycie się psa, o którym wiedzą już wszystkie warszawskie redakcje? Czy nie wzbudzi niczyich podejrzeń? Co mam powiedzieć dziennikarzom, jeśli jutro zapytają: „Gdzie się podział ten słodki zwierzak?".

– O czym pani mówi?!

– Bo ten pies, szanowny panie, podobnie jak moje zerwanie z Marlonem stały się faktem. Niezaprzeczalnym medialnym faktem. Udzieliłam prasie szczegółowych wyjaśnień.

– Kiedy?!

– Pół godziny temu, zatem nasza rozmowa nie ma sensu, chyba że chce pan rozwiązać umowę w trybie natychmiastowym. Szczerze mówiąc, przyjęłabym to z ulgą. Jakoś mi nie służy klimat tego miasta.

– Kto pani pozwolił?! – Lax naprawdę się wściekł. Usiadł przy biurku, chwycił za telefon, ale nie wybrał żadnego numeru. – Teraz to już na nic, nie da się odkręcić we wszystkich redakcjach. A to sępy! Kto ich zawiadomił? – mamrotał do siebie, nie krępując się moją obecnością. – Znajdzie pani drogę do wyjścia? – zapytał po chwili zamiast pożegnania.

Nie trzeba mi było tego dwa razy powtarzać! W sumie i tak byłam do przodu: pies zostaje ze mną, nie wywalili mnie z obsady, ciągle jeszcze żyję, pełen sukces!

Pojechaliśmy prosto do domu. Wieczorem Marlon się nie pojawił. Zlekceważyłam promocję nowej pasty do zębów, choć telefon natrętnie mi o niej przypominał. Zaszyliśmy się z Leonem w rogu kanapy, potwornie śmiecąc podczas kolacji przed telewizorem. Potem uczyłam się tekstu, a on spał zwinięty w kłębek. Wspaniale jest mieć się kim opiekować! Mogłam teraz do woli gadać na głos i wreszcie nie wyglądałam na dziwaczkę. To oczywiste, że ludzie mówią do psów.

Następny dzień zaczął się tak samo jak poprzednie. Wstałam z rozpędu, choć bez pewności, czy jeszcze jestem potrzebna na planie. O szóstej wsiedliśmy z Leonem do wytwornej limuzyny pana Laksa i pojechaliśmy na Chełmską. Zdjęcia przebiegały bez zakłóceń, ale w powietrzu wciąż dało się wyczuć napięcie.

– Lax wezwał mnie wczoraj na dywanik – poskarżyłam się Adamowi. – Trochę się wściekał.

– Nic dziwnego. Ten numer z psem… To tak jakbyś nagle na przyjęciu zdjęła perukę.

– Muszę kiedyś spróbować.

– Zrób to, a będziesz miała jego prawników na karku przez całe życie. To bestia w ludzkiej skórze.

– Mnie się wydał całkiem sympatyczny – skłamałam.

– Lax?! Wolne żarty! Pewnie dlatego, że ciągle jeszcze cię potrzebuje.

Podczas lunchu siedziałam sama. Trochę dziwnie to wyglądało: wszędzie dookoła stoliki pozajmowane przez trzy albo cztery osoby, a ja w pojedynkę, jakbym rozsiewała zarazę. Skupiona na zupie z soi udawałam, że nie wiem, o co chodzi. Kiedyś muszę poprosić o schabowego, ale Ziuta zrobi oczy! Prawda, umowa! Zanim skończyłam jeść, obok mnie stanął Lax.

– Pozwoli pani?

Bez słowa skinęłam głową. Czego ten znowu chce? Na stoliku wylądował plik gazet, a Lax na głos czytał nagłówki:

– *Koniec Marlona, początek Leona, Serena i Leon – jeszcze przyjaźń czy już miłość?, Czy będą sypiać w jednym łóżku?, Smycz zamiast rakiety, Kogo drapie za uchem Serena?* i tak dalej… – powiedział i zamilkł.

To mogło oznaczać trudną rozmowę, a nawet kolejną awanturę z ostatecznym zwolnieniem włącznie. Udawałam poważną, ale w rzeczywistości ledwo hamowałam śmiech. Taki mam już idiotyczny charakter, że reaguję nieadekwatnie do sytuacji.

– Ten ostatni całkiem niezły. – Próbowałam jakoś rozładować atmosferę. Wokół panowała martwa cisza i wszystkie oczy skierowane były na nas. – Nie uważa pan?

– Rzeczywiście. – Lax spojrzał jeszcze raz na gazety.

Zrozumiałam, że właśnie mnie wywala. Cóż, trudno. Przynajmniej zachowam warszawskiego psa na pamiątkę. Poczułam ulgę. Przez tydzień nie wstanę przed dwunastą!

– Szybko się pani uczy – usłyszałam.

Żadnej awantury? Dziwne.

– Mam dobrą pamięć.

– Ale proszę więcej tego nie robić.

– Do czego pan zmierza?

– Media panią pokochały. To znaczy Serenę. Znów zobaczyły w niej człowieka z krwi i kości. Z tym psem to świetna zagrywka. Dawno nie mieliśmy tylu okładek.

Patrzyłam na niego zszokowana. Przecież tu nie ma mowy o żadnej kalkulacji. Czy on myśli, że Leoś to moja chwilowa zabawka?

– Serena dawno nie była sama. To nastawi do niej pozytywnie konserwatywną część widowni. Świetnie pani to rozumie.

Chciałam powiedzieć, że nie mam pojęcia, o co mu chodzi, ale kiwałam tylko głową z mądrą miną i udawałam, że nadążam.

– Proszę robić, co pani uważa za słuszne. W granicach rozsądku, oczywiście. Pokryjemy wszelkie koszty – dodał na koniec, ukłonił się i wyszedł, zostawiając mnie w kompletnym osłupieniu.

24

Pod koniec zdjęć podszedł do mnie Adam z bardzo tajemniczą miną.

– Masz dziś wielkie wyjście.

– Jakie? – odburknęłam ze złością. Dzień był ciężki, padałam z nóg.

– Koncert w Teatrze Wielkim, prawdziwa gala. Wskocz pod prysznic, za godzinę przyjadę cię umalować.

„Fajnie! – pomyślałam zrezygnowana. – Znów czeka mnie szampańska zabawa!".

– Sama mam iść? A może jeszcze dostarczycie mi Marlona w ramach punktu siódmego, paragraf czternasty?! – krzyknęłam i wściekła wsiadłam do limuzyny.

Nie miałam najmniejszej ochoty na żadne gale. Jedyne, o czym marzyłam, to sen, dużo, bardzo dużo snu. Trzy, cztery dni, może nawet tydzień bez przerwy.

Adam przyszedł o wpół do ósmej. Od progu przywitało go radosne szczekanie.

– Pies. – Pochylił się i pogłaskał Leona. – Że też wcześniej na to nie wpadliśmy! Trochę cierpienia jeszcze nikomu nie zaszkodziło – dodał po chwili filozoficznym tonem.

– O kim mowa? – nie mogłam zrozumieć.

– O Serenie, oczywiście. Ostatnio jej notowania systematycznie spadały. Pies, genialne w swej prostocie! Na pewno dzisiejszy odcinek *Życia codziennego* będzie miał znów rekordową oglądalność. Wszyscy będą chcieli zobaczyć, jak wyglądasz po rozstaniu z Marlonem.

Szliśmy do mojej sypialni. Ja i ten facet. I absolutnie nic nie czułam!

– Ale zobaczą Matyldę, nie Serenę! To znaczy Serenę sprzed paru tygodni, kiedy jeszcze kochała Marlona, z którym tak naprawdę nigdy nie była! To nie ma sensu!

– Dla jednych nie, dla innych tak. Myślisz, że ludzie jeszcze pamiętają, kto tu jest kim? Tobie samej się myli. Dla nich Matylda i Serena to jedno. Piękny sen o życiu, które tak naprawdę nie istnieje.

– Biorę udział w oszustwie! – zasępiłam się. – Opowiadam historię, która nigdy się nie zdarzyła.

– Opowiadasz bajkę. Ludzie lubią bajki.

– Kiedy większość moich odcinków będzie emitowana, ja już dawno stąd zniknę! Trochę szkoda.

– Kto wie, co się może stać w ciągu dwóch tygodni... – Adam westchnął.

– Mnie może się przydarzyć wszystko. Nie rozumiem tylko, co on miał na myśli, mówiąc: „Proszę robić, co pani uważa za słuszne".

– Co TY uważasz za słuszne? Żebyś się przypadkiem nie zdziwiła! Co ty sądzisz, a on zaakceptuje, to już prędzej.

– Muszę wreszcie przeczytać tę umowę! – zdecydowałam.

– Przydałoby się. Ale że Lax sam się pofatygował, aby ci powiedzieć, co i jak, fiu, fiu! On prawie nigdy nie schodzi z tej swojej wieży. Musiałaś zarobić dla niego dużo pieniędzy.

– Jakim cudem?

– Już on to dobrze wie! To chodzący kalkulator. Ludzie liczą się dla niego tylko wtedy, jeśli przynoszą mu kasę.

– Straszne!

– Czy ja wiem? Przynajmniej reguły są jasne: zero sentymentów. Kiedyś pracował jako model. Podobno zrobił nawet karierę na Zachodzie. Przywiózł szmal i rozkręcił tu biznes. Zaczynał od agencji modelek, ale teraz robi też filmy, teledyski, reklamówki, projektuje ubrania, ma nawet kilka ekskluzywnych butików. Czego się tknie, zamienia w złoto.

– Jak król Midas.

– A skąpy! Trzęsie się nad każdym groszem.

– Mnie się wydał raczej hojny: ten dom, kabriolet, limuzyna, moje ciuchy, wciąż pełna lodówka…

– Pozory, słońce, pozory. To wszystko jest tylko dekoracją serialu o Serenie, który sprzedaje się w tygodnikach nie gorzej niż hit z Matyldą w telewizji. W każdym razie jedno wspiera drugie.

– Aż tu nagle Serena ginie. To musiał być dla niego cios?

– Prędzej pomyślałbym, że sam to zaplanował. W życiu Laksa nie sposób dopatrzyć się zbiegów okoliczności. Przypadek to nieobliczalny żywioł, a Piotr musi mieć wszystko pod kontrolą.

– Chodzą słuchy, że maczałeś palce w zniknięciu Sereny. Że to ty grasz tu pierwsze skrzypce…

– Kto był tak głupi, żeby puścić równie niedorzeczną plotkę?!

– Już nie pamiętam – skłamałam gładko.

– Ja w tej grze robię za pionka – westchnął Adam z wyraźnym żalem.

– Ale ciągle nie rozumiem, jak to się mogło stać, że Serena tak nagle zniknęła? Pod ziemię się zapadła? Ludzie nie giną ot tak.

– Nikt nie wie, co się stało. Przynajmniej z tych, którzy chcieliby mówić. Powody dałoby się wymieniać w nieskończoność: zniechęcenie spowodowane zmęczeniem, kłótnia z Laksem o pieniądze, bo Serena nigdy nie miała ich dosyć, kuracja odmładzająca, choroba, nowa miłość. Żaden nie jest zbyt szalony, nawet wersja o samobójstwie czy morderstwie. Wykluczałbym jedynie nagłą utratę pamięci. To dobre w serialu, w życiu prawie się nie zdarza.

– Skąd wiedzieliście, że zastępstwa potrzeba tylko na dwa tygodnie?

– Pod koniec urlopu dostałem SMS-a od naszego dobroczyńcy, który brzmiał dość niewinnie: „Znajdź dublerkę Sereny". Myślałem, że chodzi o jakąś rolę kaskaderską, jedną, dwie sceny. Znaleźliśmy parę dziewczyn, ale mu się nie spodobały. Powiedział, że ma być aktorka, podobna i młoda.

– Słowo „młoda" może coś znaczyć?

– Nie da się tego wykluczyć, ale my tu nie ufamy łatwym tropom. To świat dużo bardziej skomplikowany, niż mogłoby się wydawać. Duże pieniądze, bardzo duże. Kariery wybuchające i kończące się, właściwie nie wiadomo dlaczego. Żadnych jasnych reguł poza jedną: trzymaj z tymi na górze.

– A jeśli Serena nie wróci?

– Niewykluczone, że wygasimy serial. Może nawet ktoś napisał już ostatni odcinek.

– Kto? Nie dałoby się go zapytać?

– A znamy tego kogoś? Przecież to Lax spotyka się ze scenarzystami, dyktuje im, co ma się zdarzyć, a oni mu to tylko rozpisują na dialogi. Nigdy nie spotkałem tych ludzi, nie wiem, czy w ogóle istnieją.

– Nic z tego nie rozumiem! Nie obchodzi was, co się dzieje z Sereną?

– Skąd! Lubimy ją przecież, ale ona też ma prawo do odrobiny prywatności. Wyobraź sobie, że zastępujesz ją przez trzy lata.

– Co?!

– Przez cały ten czas robisz, co ci dyktuje ten tyran Lax, bo tak masz zapisane w kontrakcie. Żadnego wieczoru wolnego, codziennie od rana do nocy pod ostrzałem fotoreporterów: nosisz dostarczone przez niego sukienki, chodzisz tam, gdzie każe ci pójść, sypiasz z facetami, których ci podstawi, bo z badań rynku wynika, że z brunetem ci do twarzy, nawet najbardziej prostym, nazwijmy to delikatnie. Jesz te gówna, które on dla ciebie wymyśli, bo mu płacą pod stołem za reklamę tofu czy innego świństwa. Oto w dużym skrócie ekscytujące życie gwiazdy. Jak myślisz, długo da się to wytrzymać?

– O Boże, Adam! W coś ty mnie wpakował?!

25

– A jeśli Serena nigdy nie wróci? – wyszeptałam wstrząśnięta. – Co się wtedy ze mną stanie?

– Będziesz gwiazdą na pełny etat! – odparł ze śmiechem Adam.

– Ale ja nie chcę! – krzyknęłam przerażona, bo zrozumiałam, że moim światem jest teatr, przewidywalny do bólu dyrektor, koledzy i nawet zrzędzący wiecznie rekwizytor. I że nie chcę tego utracić.

– E tam, nie czaruj! Każda z was pragnie być gwiazdą! Po to zostajecie aktorkami albo nie znam się na ludziach. Skończyłem, Kopciuszku. Gdzie twoja suknia?

– Właśnie nie wiem. Do tej pory zawsze leżała na kanapie. A dziś nic nie ma. Wezmę po prostu coś z szafy. Spotkamy się wieczorem? – zapytałam z nadzieją.

– Na koncercie pani prezydentowej? Przykro mi, ale za wysokie progi. Idziemy z Markiem do kina.

W tej samej chwili ktoś zadzwonił do drzwi.

– Możesz zobaczyć, kto to? Jeśli pan Zygmunt, to mu powiedz, że zaraz schodzę.

– Dobra, do jutra, słońce! I nie zaśpij!

– A kiedyś mi się to zdarzyło?

Dzwonek zadźwięczał po raz drugi. Adam pocałował mnie w policzek i zbiegł na dół. Zdjęłam szlafrok i ubrana

tylko w bieliznę myszkowałam w garderobie. Malinowa su-
kienka z tafty obszyta czarną koronką od razu przypadła mi
do serca. Ale była też turkusowa z baaardzo dużym dekol-
tem. Położyłam obie na łóżku i raz jeszcze dałam nura do
środka, żeby rozejrzeć się za butami.

Podśpiewując *I will survive*, z dwiema parami pantofli
wróciłam do sypialni. Prosto na Piotra Laksa! Tym razem
ogolony i ubrany w smoking trzymał w jednej ręce blado-
niebieską suknię, w drugiej buty w tym samym kolorze.

– Co pan tu robi?! Proszę natychmiast wyjść! – wydarłam
się i złapałam za sukienkę, by się zasłonić.

– Przyniosłem pani toaletę na dziś wieczór. – Położył
suknię i buty na łóżku. Stał, lustrując mnie od stóp do głów.
Nie wyglądał na zachwyconego wynikami inspekcji.

– Obejdzie się! – burknęłam wściekła.

– Zapomina pani, że to ja decyduję o jej strojach – uciął
i odwrócił się twarzą do ściany.

– Tak?! Punkt piętnasty, paragraf osiem? – zapytałam ze
złością.

„To się zaraz przekonamy!" – pomyślałam i żeby mu zrobić na złość, sięgnęłam po malinową kreację.

– Nie ma takiego paragrafu. Ciągle nie przeczytała pani
umowy?

– Kiedy miałam to zrobić, skoro zasuwam dla pana przez
dwadzieścia godzin na dobę?! Nawet nie mam czasu, żeby
się dobrze wyspać!

– Jestem zobowiązany.

– W porządku. Mam tylko jedną prośbę… – Zapięłam
suwak. Jeszcze buty… Gotowe.

– Tak?

– Kiedy to wszystko już się skończy, proszę darować mi życie.

– Słucham? – Lax odwrócił się, chyba żeby sprawdzić, czy mówię poważnie, czy też mam niekonwencjonalne poczucie humoru. Jego mina zdradzała kompletny brak zrozumienia dla tego typu żartów.

„Dobra, dziś nie porozmawiamy o Serenie, trudno, może innym razem".

– Pan wybaczy, ale lecę do roboty. Prezydentowa, sfery rządowe, te klimaty… Zresztą widzę, że pan też chyba w drodze na jakieś wesele, być może własne, więc nie zatrzymuję.

Nie komentując mojej decyzji, choć spodziewałam się stanowczego nakazu włożenia sukni, którą przyniósł, nawiasem mówiąc przepięknej, Lax wyjął z kieszeni jakiś przedmiot ze złota.

– Proszę się odwrócić.

– Nie, dzięki. Założę coś z szuflady. Mam tu trochę różnego badziewia – oświadczyłam, chcąc zamanifestować swoją niezależność. Przy nim! Debilka!

– Sereno! – przywołał mnie do porządku. – Nie ma czasu na fochy!

Odwróciłam się, a on zapiął mi na szyi wspaniałą kolię.

– Idziemy? – zapytał.

Wzięłam szal, rękawiczki, torebkę, w której mieściła się tylko szminka, i wyszliśmy. Lax zamknął drzwi. Oczywiście miał swoje klucze! Schodząc po schodach, nie zauważyłam firmowej bryczki ani pana Zygmunta. Pod domem parkowała tylko moja czerwona empiątka i srebrna sportowa limuzyna audi.

– Niestety – powiedział z uśmiechem, widząc, jak powoli wszystko staje się dla mnie oczywiste. – Wiem, że nie potrafię zastąpić Marlona, ale mamy dziś pewne sprawy do załatwienia. Bardzo ważne sprawy.

Otworzył mi drzwiczki, wsiadł i ruszyliśmy.

„W sumie – dobrze mi tak! Sama chciałam! Przegnałam tego biednego Marlona dosłownie za nic i teraz w zamian, bo sprawiedliwości musi stać się zadość, dostaję radosne sam na sam z Doktorem Śmierć!" – gderałam w myślach, siedząc jak sparaliżowana i bojąc się poruszyć.

– Trochę się nam skomplikowała sytuacja w związku z jego dymisją, muszę to przyznać… – powiedział po chwili, jakby czytał w moich myślach. – Ale to daje pewne nowe możliwości. Bardzo interesujące zresztą.

Lax zamyślił się, a potem urwał, nie tłumacząc, o co chodzi.

– Taaak… W każdym razie dziś działamy w jednej drużynie, proszę o tym nie zapominać. Kilka wysoko postawionych osób wyraziło życzenie, aby panią poznać.

– Akurat mnie?! – zapytałam niby zdziwiona. – A to ciekawe!

– Na razie oczywiście chodzi o Serenę.

– I pan im wciśnie kit, że ja to ona?

– Nie mam innego wyjścia.

– Chyba prościej byłoby powiedzieć prawdę.

– *Show must go on!* – stwierdził z rozbrajającym uśmiechem.

– Ale z pana twardy zawodnik! – Pokręciłam niedowierzająco głową. – Jak pan im spojrzy w oczy? A jeśli wszystko opowiem? Co wtedy?

– Cóż, zawsze pozostaje improwizacja. Ale zalecałbym ostrożność, nie uwierzą w prawdę. Uznają ją za zbyt absurdalną.

– Więc pozostaję pańską zakładniczką?

– Ależ skąd! Jesteśmy wspólnikami. – Uśmiechnął się uroczo. Miał piękne zęby. „W sam raz, żeby cię schrupać, Kopciuszku!".

Zaparkowaliśmy przed budynkiem Teatru Wielkiego. Wejście z czerwonym dywanem rzęsiście oświetlały ogromne reflektory. Fotoreporterzy i ekipy telewizyjne nie pozwalały swobodnie przejść do środka. Posłałam słodki uśmiech do każdej z kamer i każdego aparatu. „Siemacie, chłopaki! Wszyscy jesteśmy w pracy!".

O rozmachu dzisiejszej gali najlepiej świadczyła koszmarna liczba ochroniarzy. Śmiesznie to wyglądało: kilkudziesięciu dobrze zbudowanych panów rozmawiających wyłącznie z klapą własnej marynarki. „Nie jest tak źle – pomyślałam. – Póki nie mam »anioła stróża« o wzroście trzech metrów i wadze trzystu kilo, mogę oddychać swobodnie".

Zdziwiło mnie, jak wielu polityków chciało sobie ze mną zrobić zdjęcie! Nawet takich z pierwszych stron gazet.

„Więc oni też oglądają ten serial?" – pomyślałam ze zdumieniem.

I wtedy dopadła nas szefowa telewizji, wysoka szczupła babeczka, którą znałam z ekranu, o ogniście rudych włosach:

– Piotr, Serena, chodźcie szybko! Prezydent chce was poznać!

26

Spojrzałam na Laksa, a on uśmiechnął się i skinął uspokajająco głową. Więc wiedział o wszystkim? Musiał! Spotka-
nia z głową państwa się nie improwizuje, tylko planuje z wy-
przedzeniem. I to z dużym! Wyglądało na to, że znalazł się
pod ścianą. Zamiast Sereny, która w każdej sytuacji potrafiła
się znaleźć, miał mnie. W dodatku nie w wytwornej błękitnej
sukni, którą przyniósł, tylko w trochę krzykliwej, nie oszukujmy się, malinowej z czarnymi dodatkami. Idiotka! Czego
dowiodłam? Własnej głupoty?! Było mi wstyd. Postawiłam
na swoim, a teraz on musi za mnie świecić oczami. Cholera!

Szliśmy schodami na piętro. Szefowa telewizji wymie-
niała z Laksem informacje, które przypominały zaszyfrowa-
ne meldunki z frontu: jakieś cyfry, procenty, dane na temat
oglądalności, udziały w rynku i grupy docelowe. Nie rozumiałam tego i nie przysłuchiwałam się rozmowie. Z za-
chwytem patrzyłam za to na cudowną architekturę Teatru
Wielkiego: kryształowe żyrandole, złocenia, marmury, pięknie utrzymane drewniane parkiety. Na każdym kroku czuło
się tchnienie wielkiego świata i wszystkie spektakle były tu
z pewnością świętem sztuki. Po chwili prowadząca nas kobieta zatrzymała się i zwróciła do mnie:

– Posłuchaj, Kasiu, nie odzywaj się do prezydenta niepy-
tana, nie opowiadaj o szczegółach swojego życia intymnego.
W ogóle im mniej powiesz, tym lepiej, rozumiemy się?

– Tak – odpowiedziałam speszona. Nie spodziewałam się równie obcesowego potraktowania.

– Jeżeli prezydent zaproponuje ci spotkanie, zgódź się, my wyznaczymy termin.

Rzuciłam zdumione spojrzenie Laksowi, ale uciekł ze wzrokiem. Po chwili staliśmy przed zamkniętymi drzwiami pilnowanymi przez dwóch przystojnych ochroniarzy. Wpuścili nas do środka, nie legitymując. Nogi miałam jak z waty. „Zaproponuje ci spotkanie?". Nie żebym się bała prezydenta, i tak na niego nie głosowałam, ale nie chciałabym wyjść na prowincjuszkę. Nie daj Boże, wywołam jakiś skandal dyplomatyczny – i co wtedy?

W eleganckiej sali zebrał się spory tłumek. Większości ludzi nie znałam, oczywiście oprócz głowy państwa, jego żony i stale towarzyszących im osób, które czasem pokazywały się w telewizji. Po krótkim oczekiwaniu podprowadzono nas w pobliże prezydenta. Akurat rozmawiał z jakąś egzotyczną hebanową pięknością i asystującą jej świtą. Gdy delegacja z Afryki została odholowana na bok i zaopatrzona w drinki, mistrz ceremonii zwrócił się ku nam:

– Panie prezydencie, pańska ulubiona gwiazda Serena Lipiec oraz jej menedżer Piotr Lax i pani Paulina Żemojć z telewizji.

Prezydent szerokim gestem wyciągnął do mnie rękę.

– Z zapartym tchem śledzimy pani zmagania i ośmielę się stwierdzić, że nie jest źle, skoro mamy w kraju równie przedsiębiorcze niewiasty! Tak trzymać! – Uniósł kciuk i pochylił się do mojego ucha. – Ten Marlon nie dorastał pani do pięt! Dobrze pani zrobiła, zrywając! Za to pies – po prostu bajka! A pani taka młoda! W telewizji wygląda pani znacznie... dojrzalej.

– Dziękuję, panie prezydencie – dygnęłam.

– Niezmiernie żałuję, ale nie mogę państwa zaprosić do naszej loży – powiedział, zwracając się do Laksa. – Mamy tu oficjalną delegację z Wysp Zielonego Przylądka. Najpierw obowiązki, potem przyjemności. *C'est la vie*! Może innym razem?

Podczas gdy Lax i szefowa telewizji kontynuowali pogawędkę z prezydentem, ja, czując ogromną ulgę, że nic nie zawaliłam, wzięłam od przechodzącego obok kelnera kieliszek szampana i popijając, przyglądałam się ludziom. Chwilę później zabrzmiał trzeci dzwonek – najwyższa pora, by odnaleźć nasze miejsca na widowni.

– Co on ci szeptał do ucha? – zapytała natarczywie Paulina.

– Tylko komplementy – odpowiedziałam tonem godnym Sereny, wywołując uśmiech na twarzy Laksa.

– Więc, Piotrze, sprawdzimy to jeszcze w poniedziałek. Jeśli Henio ma rację, myślę, że wszystko pójdzie gładko. Ona jest rzeczywiście... – rzuciła mi spojrzenie. – Zresztą sam widzisz, Adam to czarodziej! Dobrze się bawcie, dzieciaki!

Paulina Żemojć odwróciła się i po chwili zniknęła w tłumie.

– Co miało znaczyć „rzeczywiście"? – zapytałam ze złością.

– Podobna. Rzeczywiście podobna. Nie złość się. Od tego powstają zmarszczki – zażartował Lax.

– Nie cierpię, kiedy ktoś mnie ignoruje! Mówiła o mnie jak o jakiejś rzeczy!

– To twój problem. Tu wszyscy tak się zachowują. Taki mamy sposób na przetrwanie. Im wyżej postawionych ludzi ignorujesz, tym większy odniosłaś sukces. O, zdaje się, że to nasza loża.

Weszliśmy do środka. Byliśmy sami. Usiedliśmy, chwilę później zgasło światło i rozpoczął się koncert. Składały się nań pieśni oraz arie z repertuaru operowego i operetkowego. Pomiędzy poszczególne numery zgrabnie wpleciono konferansjerkę, a także podziękowania dla darczyńców wspierających akcje charytatywne pani prezydentowej. Trwało to i trwało. Śpiewacy wchodzili i wychodzili, prowadzący coś mówił, wręczał jakieś nagrody, laureat dziękował, potem rozlegały się brawa, znów ktoś wchodził, dziękował, znów śpiewali, mówili, wzywali na scenę…

– Serena? SERENA!

– Co? Co kręcimy? Scena w parku?

– Zaczęła się przerwa.

– Przerwa? Jaki tam był tekst? Podrzuć mi końcówkę.

– Wstań, wychodzimy.

– „Wstań, wychodzimy"? Miałam taką kwestię? – Współprzytomna patrzyłam na pochylającego się nade mną mężczyznę. – Należysz do ekipy?

– Jedziemy do domu.

– Ja nie mam domu. Jestem bezdomna jak mój pies. Auć! Uszczypnąłeś mnie!

Facet był przystojny, w smokingu, miał długie włosy i kogoś mi przypominał.

– Znamy się? – zapytałam, a on chwycił mnie mocno za łokieć i popchnął przed sobą. – Dokąd idziemy? – Rozejrzałam się dookoła i coś mi zaświtało. – Prezydent też jedzie?

– Też.

– To dobrze. Dobranoc.

Przed teatrem owionęło mnie chłodne powietrze i wreszcie się obudziłam. Lax nic nie mówił, ale jego oczy ciskały gromy.

27

– Chcesz mnie skompromitować?! Taki masz cel?!

– Dlaczego pan krzyczy?

– Wsiadaj! – warknął, otwierając drzwiczki.

Chętnie bym mu powiedziała: „Spadaj!", ale nie wzięłam pieniędzy na taksówkę, a na Mokotów było daleko. Zresztą pieszo i po nocy pewnie bym tam nie trafiła. Ruszyliśmy z piskiem opon.

– Jak ty się zachowujesz?! Psujesz mi projekt, samowolnie zwalniasz Marlona, instalujesz w eleganckiej willi tego pokracznego kundla, na złość ubierasz się w sukienkę absolutnie niepasującą do okazji, wreszcie zasypiasz podczas koncertu! Gdzieś ty się wychowała? W buszu?!

– Pan się zapomina – powiedziałam cicho.

– Jeśli ktoś zrobił ci zdjęcie, jak śpisz na koncercie prezydentowej, jestem skończony, rozumiesz?! Skończony! Mogę pakować walizki i wynosić się na wyspy Tonga. Taki afront wobec głowy państwa! Będzie mnie to kosztowało fortunę!

– A jeśli nie zrobili zdjęcia?

– Nie zrobili, nie zrobili! Mam czekać z założonymi rękami, aż wybuchnie skandal? Albo przekupić wszystkich paparazzich, żeby się na wszelki wypadek zabezpieczyć?! Możesz być z siebie dumna, znów postawiłaś na swoim!

Czułam się naprawdę głupio. Przecież powiedział: „Jesteśmy wspólnikami", a ja mu wszystko zepsułam. Ale nie zrobiłam tego celowo. Po prostu za mało śpię. Cały czas pracuję w strasznym napięciu i nikt mi nawet nie rzuci od niechcenia: „W porządku, mała! Nieźle się spisujesz. Dobrze ci poszło". Wszyscy tylko krzyczą, obrażają się albo straszą. Do dupy z takim życiem!

– I jeszcze się nadymasz!

– Wcale nie!

– Ludzie płacili po kilka tysięcy złotych, żeby dostać się na ten koncert! Z naszych miejsc widać było lożę prezydencką, więc... – mówił do siebie. – O Matko Boska, a jeśli o n ciebie zobaczył albo co gorsza o n a ? ! Paulina mnie zabije!

– Przykro mi...

– Niemożliwe?! Trzeba się wcześniej zastanowić, wypić kawę, uszczypnąć się, nie wiem, wsadzić głowę pod kran?! Ale nie, robimy to, na co nam akurat przyjdzie ochota, prawda?! Mała drzemka? Proszę bardzo! Tu i teraz, bez oglądania się na konsekwencje. Marlon się krzywo uśmiechnął? To go publicznie ośmieszmy! Jakiś pies się szwenda w okolicy? Przecież mamy tyle kanap w domu! Przygarnijmy go, niech zapchli meble, w końcu to nie nasze. Rozwalmy wszystko, bo tak nam się podoba. Cholerna gwiazda z pipidówki!

To było po prostu nie fair. Przecież niczego nie zrobiłam z własnego widzimisię! Starałam się, pracowałam jak wyrobnik w dzień i w nocy, a tu taka czarna niewdzięczność!

– I nie ciesz się, bo jeśli ja pójdę na dno, to ciebie z przyjemnością pociągnę za sobą! Do końca życia się nie wypłacisz!

Długo wytrzymałam. Chyba nawet za długo. Pozwoliłam się obrażać, bo czułam się winna. Zawaliłam sprawę, fakt. Należało mi się, zresztą zdążyłam się przyzwyczaić. Stolica, tu się nikt z nikim nie patyczkuje, słów nie owija się w bawełnę, walą cię pięścią między oczy i patrzą, czy jeszcze zachowujesz pion. Ale ja się szybko uczę. Wrażliwość ładnie wygląda w książkach, tu trzeba mieć skórę słonia. I umieć się odszczekać, inaczej pojadą po tobie, wdepczą cię w błoto dla sportu.

– Do końca życia! Zrozumiałaś?! – powtórzył Lax, jakbym miała kłopoty ze słuchem.

– Kim, do cholery, jesteś, żeby mnie straszyć?! Zasuwam dla ciebie jak jakiś niewolnik, więc co w tym dziwnego, że w końcu zasnęłam? Zabrałeś mnie na koncert nudny jak flaki z olejem. Miałam się ekscytować, że jakiś pan Kowalski dostał statuetkę? Niech się jego żona podnieca. Nie zaplanowałam, że zasnę i rozwalę twój projekt. Dobra, chętnie poniosę konsekwencje, możesz mnie zwolnić albo nic nie zapłacić, bo w odróżnieniu od ciebie jestem bogata i stać mnie na taki gest. Więc zabierz sobie całą moją gażę i się nią wypchaj!

Chciałam jeszcze coś dodać, ale Lax właśnie zatrzymał się przed furtką. Nie pomógł mi wysiąść. Bardzo mnie tym ukarał, chyba się popłaczę! Poradziłam sobie sama, dla efektu trzaskając jak najmocniej drzwiczkami tego wymuskanego cacka, a on ruszył, budząc przy okazji całą ulicę.

Odetchnęłam z ulgą. Zaraz podrapię psa za uchem, wezmę kąpiel, przeczytam jutrzejsze sceny i z egzemplarzem w ręku, nie gasząc nawet światła, pójdę spać. Weszłam po schodkach i z przyzwyczajenia nacisnęłam klamkę. Zamknięte. Trochę się zdziwiłam, ale przecież poza Leonem nikt na mnie nie czekał.

Leon darł się jak opętany, co nie ułatwiało mi zebrania myśli. O rany! Przecież to Lax zamykał! Nie mam kluczy, nie mam komórki! Superopcja, w sam raz na dzisiejszy nudny wieczór. Przygoda jak na Serenę przystało. Co robić? Prosić sąsiadów o pomoc? Szukać policjanta? I co mu powiem? Że zgubiłam klucze? A jeśli wezwie fotoreporterów i zrobi się afera? Spojrzałam do góry. Dostrzegłam uchylone okno w pokoju kąpielowym. Żeby tak mieć drabinę, weszłoby się i po sprawie. Z tym że powinna ona być całkiem spora, najlepiej strażacka. Mogłam też spróbować spaść z gałęzi, która prawie, prawie dotykała dachu, i przy okazji skręcić sobie kark.

Cholera, dlaczego jestem Sereną?! Każda inna kobieta spokojnie zapukałaby teraz do sąsiadów z prośbą o pomoc. A ja nawet nie znam tych ludzi! Niestety oni z pewnością znają mnie. Zdziwią się, że nie mówię im po imieniu, nie poznaję ich żon, dzieci i psów. Od razu wyda im się to podejrzane.

Usiadłam na schodkach i zdjęłam buty, które trochę uwierały. Spokojnie, nie ma sytuacji bez wyjścia. Zaraz znajdę rozwiązanie, wystarczy, że przez chwilę pomyślę logicznie, panika to zły doradca. Ale zimno. Dlaczego włożyłam taką cienką sukienkę? I ten szal też do niczego. Same dziury. Leon ciągle szczeka, może kogoś to wreszcie wkurzy.

Ale pies jak na złość po chwili położył się pod drzwiami i tylko raz po raz cicho popiskiwał. A ja bez pomysłu, skulona, żeby tracić jak najmniej ciepła, z głową opartą na metalowych prętach ogrodzenia, gwałtownie potrzebowałam cudu.

28

I cud się zdarzył. Jak zawsze, jeśli tylko odpowiednio mocno w niego wierzysz i uzbroisz się w cierpliwość, żeby dać mu szansę.

Lax musiał mieć niezły ubaw, kiedy godzinę później przyjechał pod dom na Malczewskiego, pewnie tknięty jakimś złym przeczuciem, i zobaczył mnie śpiącą na schodach w eleganckiej, choć niepasującej do okazji malinowej sukience obszytej czarną koronką, bez butów, z głową owiniętą szalem i wspartą na metalowych prętach oraz z miniaturową torebką w zaciśniętej dłoni. Na ulicy panował spokój, żadnych samochodów ani przechodniów. Obudziłam się w końcu, bo ile można drzemać w takiej pozycji. Miałam więcej szczęścia niż dziewczynka z zapałkami. Zresztą było lato. Otworzyłam oczy z nadzieją, że śpię wygodnie w łóżku Sereny albo jeszcze lepiej na moim wąskim tapczanie w Białymstoku. Wciąż jednak siedziałam na schodach, a przede mną, podpierając się pod boki, stał Lax. Miał na sobie dżinsy i sweter. Mój Boże, czyżby już było jutro?!

– Ty znowu śpisz?! – usłyszałam.

Durne pytanie i wciąż ten ton pełen wyrzutów! Zmroziło mnie.

– Skądże! Oglądam zachód słońca – odpowiedziałam, nie wstając.

Rozejrzał się, ale po wieczornej zorzy nie został nawet jeden nędzny promień.

– Zwłaszcza że to księżyc – stwierdził kwaśno.

Rzeczywiście, ogromna srebrna tarcza wisiała nad ulicą, zaplątana w gałęzie drzewa. Wydawało się, że wystarczy wyciągnąć rękę, by jej dotknąć.

– Już pan zbankrutował? – zapytałam, uprzejmie podtrzymując konwersację, ale on chyba nie załapał żartu.

– Jeśli do tego dojdzie, ty na pewno dowiesz się pierwsza! – Był zły. Ho, ho! Zanosiło się na kolejną awanturę. – Co robisz na tych schodach?!

– Nikt mi nie pstryknął zdjęcia, jeśli o to chodzi. I prezydent też tędy nie przejeżdżał. Przynajmniej ja go nie zauważyłam.

– To jakiś obłęd! Nie można cię nigdzie zostawić na pięć minut, bo od razu zasypiasz! Nie doszłaś nawet do drzwi?

– Bo to daleko.

– Ludzie śpią w łóżkach. Słyszałaś o takim meblu?

– Chyba ci, którym brakuje wyobraźni.

– Dlaczego nie odbierasz telefonu?

– A ktoś dzwonił?

– Wejdziemy do środka czy to zbyt prozaiczne?

– W końcu to pana dom… – Wzruszyłam ramionami. – Ale ostrzegam: pies na pewno leży na kanapie, wystarczy otworzyć, żeby się przekonać. Przy okazji też zresztą chętnie wejdę. Twarde te stopnie.

Lax patrzył na mnie, jakbym postradała zmysły. Podszedł do drzwi, chwycił za klamkę, poruszył nią raz i drugi. Zdziwił się, nie mogąc otworzyć, ale chyba wciąż nie rozumiał.

– Nie, nie śpię na schodach, żeby pana zrujnować – powiedziałam. – Czekam na spadające gwiazdy. Poza tym nie opanowałam jeszcze sztuki przenikania przez ściany.

Męka malująca się na jego twarzy zmusiła mnie do powiedzenia wprost:

– Chciałam panu tego zaoszczędzić, ale widzę, że kiepsko chwyta pan metafory. Więc dobrze: nie mam kluczy! Tak! Zostawił mnie pan pod zamkniętymi drzwiami i pojechał w siną dal, jasne?!

– Ale wystarczyło… – zawahał się przez chwilę. – Zadzwonić?

Wstałam, żeby pokazać mu zawartość mojej mikroskopijnej torebki.

– Próbowałam, tyle że szminka jakoś nie łapała zasięgu!

– I miałaś zamiar tak siedzieć do rana?

– Tylko do momentu, aż coś wymyślę.

– Na przykład co?

– Na przykład jak wejść po tym drzewie do łazienki bez użycia drabiny?

Spojrzał do góry, a potem na mnie.

– Taaak, to do ciebie podobne…

Jemu taki odlotowy pomysł nigdy nie wpadłby do głowy, poszedł więc do samochodu po klucze. Kiedy otwierał drzwi, Leon bez uprzedzenia rzucił się na dwór. Chcąc nie chcąc, musiałam mu towarzyszyć. Wróciwszy ze spaceru, zobaczyłam mojego gościa przy stole w kuchni, gdzie w najlepsze popijał herbatę.

– Zrobiłem też dla ciebie – oświadczył zachęcająco.

Nie miałam ochoty na jego towarzystwo.

– Czy to obowiązkowe? Paragraf iks, punkt igrek umowy?

– Nie, skąd…

„Czego się spodziewałeś, kretynie, że będę ci jadła z ręki?! Po takiej awanturze? Niedoczekanie!".

– Więc może szampana? – zaproponował.

– Jakaś szczególna okazja? – Usiadłam przy stole, proszę bardzo, niech wie, jaka jestem wspaniałomyślna!

– Zrobiłaś duże wrażenie na prezydencie.

– Więc ma pan problem.

– Ja?

– Tak sobie zakpić z głowy państwa? Nieładnie. A swoją drogą, cóż to za kompromitacja naszych służb specjalnych! Nie rozpoznać we mnie sobowtóra?

– Rzeczywiście. Nie popisały się.

– Dać się tak podejść zwykłej amatorce?

– Amatorka?! Ty?! Mata Hari mogłaby ci psa wyprowadzać!

Lax najwyraźniej próbował przełamać lody. Już miałam ochotę wybuchnąć śmiechem, ale powstrzymałam się resztką sił: on wciąż mnie nie przeprosił!

– Jakoś nie mogę sobie przypomnieć: kiedy właściwie przeszliśmy na „ty".

– Może się akurat wtedy zdrzemnęłaś? – zripostował z uroczym uśmiechem.

– Coś jeszcze przy okazji zaszło? Na przykład dał mi pan podwyżkę?

– Nie sądzę. Ale chyba zgodziłaś się zjeść ze mną kolację.

– Co to się ludziom nie przyśni! I może jeszcze umowę przeczytałam?

– Od początku do końca.

– Właściwie po co pan tu przyszedł?

– Już nie pamiętasz? Trzeba było wypuścić psa.

– Zadziwiająca troska wobec zapchlonego kundla. Podziękuj, Leon.

– A kto mnie nazwał dusigroszem?!

– Niech pomyślę: Serena? – Wciąż miałam na głowie perukę z grzywką, więc zabrzmiało to dość przewrotnie.

– Właśnie! Wypijmy za jej zdrowie! – powiedział Lax nie wiadomo o kim i już otwierał butelkę szampana.

Choć uparcie kierowałam rozmowę na tory przeprosin, on równie mocno do niczego się nie przyznawał. W końcu przestało mi na tym zależeć. To nie jest facet, który się kaja z byle powodu. Szampan pienił się w kieliszkach, a ja czułam, że mięknę.

– Za przyszłość! – usłyszałam.

Nasze spojrzenia się skrzyżowały. Wiedziałam, że zaraz usłyszę coś bardzo ważnego.

29

– I co? I co?

– I nic.

– Jak to: nic?!

– No nic.

– Ale co powiedział? – niecierpliwił się Adam.

Była sobota rano, a ja, śmiertelnie zmęczona, znów miałam przez cały dzień udawać Matyldę. Nie chciało mi się nawet poruszać ustami.

– Nic.

– Niemożliwe. Coś musiał powiedzieć!

– „Dobranoc”.

– „Dobranoc”?! Po takim wstępie?!

– Też się zdziwiłam.

– Więc po co otwierał szampana? Nie, nie. To się nie klei. Coś musiało się stać.

– Spojrzał na zegarek.

– Są tylko dwie możliwości: albo ci się to przyśniło, albo nie mówisz mi wszystkiego.

– Obie równie prawdopodobne – przyznałam uczciwie, starając się stłumić ziewnięcie.

W tej sprawie prawda i zmyślenie wyglądały jednakowo. Byłam oszołomiona, niewyspana, rozkojarzona, a na dodatek wymagano ode mnie stuprocentowej mobilizacji przynajmniej dwanaście, a często i dwadzieścia godzin na dobę. Jak, do licha, odróżnić rzeczywistość od fikcji w świecie, w którym splatają się one w nierozerwalną całość? Gdzie obsługuję trzy istnienia naraz, z czego moje własne, blade i nieciekawe, z konieczności zepchnięte na najodleglejszy plan, przycupnęło w kącie, czekając cierpliwie na swą kolej?

– Właściwie po co on do ciebie przyjechał? Zakładając, że nie wiedział o drzemce na schodach? – głośno zastanawiał się Adam.

– Na pewno nie po to, żeby przeprosić. Powiedz, czy on kogoś ma? Zresztą nieważne. Nie ma o czym mówić – ucięłam dyskusję, bo w garderobie pojawił się ogromny kosz róż, a tuż za nim Bogna, z nieodłącznym yorkiem pod pachą.

– Och, dziękuję, nie trzeba było! – zażartował Adam, udając zawstydzonego, a Bogna, nie zawracając sobie głowy konwenansami, wyciągnęła bilecik i przeczytała na głos, obrzydliwie się krzywiąc:

– „Serenie, jedynej prawdziwej gwieździe". Cha, cha, cha! „Serenie", sama widzisz, że to nie dla ciebie! – Rzuciła mi bilecik, wyrwała kosz z rąk kuriera i wyszła, uginając się pod ciężarem kwiatów.

– Chwileczkę! A kto pokwituje? – Posłaniec wybiegł za nią na korytarz.

Spojrzałam na bilecik.

– Od kogo? – zapytał Adam, zaglądając mi przez ramię. – Co to za litera? „Pe"? „Pe" jak Piotr? Czyżbyśmy właśnie dostali odpowiedź?

Nie wiem, czemu ta sugestia mnie rozdrażniła.

– A dlaczego nie „pe" jak „prezydent"?! – Zaśmiałam się kwaśno. – Idźmy na całość. Zresztą to nie moje zmartwienie. Jak słusznie zauważyła Bogna, te kwiaty nie były dla mnie.

– Gadanie! Jasne, że dla ciebie.

– Jakbym lizała cukierek przez szybę! – Wzruszyłam ramionami. – Niech je sobie weźmie.

– Powoli zaczynamy się przyzwyczajać, co?

– Nie widzisz, że właśnie n i e chcę się przyzwyczaić?! – krzyknęłam i pobiegłam na plan.

Mimo że dzień zapowiadał się ekscytująco, bo produkcji udało się zaangażować Wielkiego Aktora, który dotychczas uparcie odmawiał grania w serialach, nie mogłam przestać myśleć o bukiecie. Pozwoliłam go Bognie zabrać tylko dla niepoznaki, zresztą nie chodziło o kwiaty, to, co najważniejsze, trzymałam w zaciśniętej mocno dłoni.

Stanęłam zdenerwowana wśród dekoracji, myśląc o tym, jak się nakręcić i wykrzesać z siebie choć minimalną porcję energii, by zrobić dobrze to, na co nie mam absolutnie ochoty. Samo oczekiwanie na pierwszy klaps mnie osłabiało i wiedziałam, że wszystkie duble będą dziś do kitu.

„Więc tak wygląda bycie gwiazdą? O tym marzyłam? Codziennie ten sam duszny zapach dekoracji, wściekły reżyser, dziesiątki scen, jedna bez związku z drugą, partnerzy zmieniający się niczym w kalejdoskopie? Nie piękna bajka, sen śniony na żywo, łatwe zwycięstwa, szybkie pieniądze, wielki świat, tylko nudna fabryka wypluwająca kolorową taśmę zawikłanych ponad wszelką miarę ludzkich losów?".

– A cóż to za nieszczęście mi podstawiliście? – usłyszałam znienacka. – Z czymś takim przecież nie da się pracować! Albo bawimy się tu w film, albo w ciuciubabkę!

Od razu się obudziłam. Te słowa podziałały jak zimny prysznic. Już uwierzyłam, że jestem Sereną, polubiłam nawet tę myśl, zrobiłam porządki w jej życiu i zaczęłam budować swoją prywatną filozofię, aż tu nagle ktoś stawia mnie pod ścianą, a właściwie wdeptuje w ziemię, podważając moje zawodowe kompetencje! I to nie jakaś tam zazdrosna rywalka, tylko sam Wielki Aktor, którego role szekspirowskie przejdą do historii polskiego teatru. Zagryzłam policzki, żeby się nie poryczeć.

– Moje dziecko, przydałoby ci się kilka lekcji aktorstwa – rzucił Wielki Aktor z wyższością ponad moją głową, po czym nadął się i westchnął: – Masz duże braki.

– Też nad tym boleję nieustająco – przyznałam zgodnie z prawdą. – Ale wie pan, u nas na prowincji jakoś to przechodzi.

W dobie poprawności politycznej taki patriotyzm lokalny musiał zrobić wrażenie.

Wielki Aktor spojrzał na mnie badawczo. Zastanawiał się zapewne, czy kpię z niego, czy z siebie. A ja byłam szczera. Tak po prostu. Choć oczywiście wyglądało to na ironię.

Przekonałam się o tym, łapiąc przelotne spojrzenie Adama. Uniesionym kciukiem dał mi do zrozumienia, że świetnie się bawi.

– Prowincja… – zasępił się Wielki Aktor. – Wszędzie ta prowincja…

– Kamera! Akcja! – wydarł się reżyser, kończąc naszą pogawędkę.

Mimo wszystko udało mi się zmobilizować i ostatecznie nie ja byłam tą, która wciąż zawalała sprawę. Wielki Aktor narzekał na scenariusz, ciągle się mylił, podawał fałszywe intonacje. Wchodził w rytm dialogu wolno, z namaszczeniem, wypowiadał swoje kwestie teatralnie, z dużym gestem. Źle to wyglądało. Reżyser raz po raz przerywał nam, częściej niż trzeba poprawiając… mnie! Też czuł respekt przed taką sławą.

Nieważne, rozumiałam go. Obecność na planie Bogny i Wielkiego Aktora spowodowała, że dałam z siebie wszystko. I nikt, może z wyjątkiem Adama, nie domyślał się zapewne czemu. A ja chciałam, żeby dzień zdjęciowy jak najszybciej się skończył i bym mogła zostać sam na sam z moim wygniecionym bilecikiem z kwiaciarni.

Ale niespodziewanie dla wszystkich dzień pracy miał się tego dnia nienaturalnie wydłużyć. Po przerwie, podczas której techniczni zmieniali coś w dekoracjach, Wielki Aktor nagle zniknął! Jego komórka nie odpowiadała, ekipa szukała go po wszystkich pawilonach i na wszystkich planach. Bez rezultatu. Wyparował jak kamfora. Zaczęliśmy się zasta-

nawiać, co się właściwie stało. Atak serca w toalecie? Nie-
spodziewany rozstrój żołądka po obiedzie w bufecie Ziuty?
A może obraził się na kogoś z ekipy za nie dość czołobit-
ne traktowanie? Wreszcie po blisko godzinnych poszukiwa-
niach wrócił, choć nie do końca o własnych siłach. Eskorto-
wał go nieznany nikomu osobnik.

– Poznajcie Zyzia! – usłyszeliśmy zamiast przeprosin.

– Kto to, kurwa, jest?! – pieklił się reżyser.

– Mój przyjaciel – tłumaczył bełkotliwie Wielki Aktor. –
Może byście dali mu coś do zagrania? Zobaczcie, jaką ma zja-
wiskowo pobrużdżoną twarz.

– Trzymajcie mnie, bo ich obu zamorduję!

Zyziowi nie trzeba było tego dwa razy powtarzać. Wysunął
się spod Wielkiego Aktora, który miękko opadł na ziemię.

– Pod prysznic z nim! – darł się wściekły reżyser. – Przerwa!

Do dziś się zastanawiam, jakim cudem udało się Wielkiego Aktora doprowadzić do stanu używalności. Ale już do
końca zdjęć miał przydzielonego anioła stróża, którego za-
daniem było pilnowanie, by nie zawierał znajomości w okolicznych sklepach.

30

Co mi w ogóle przyszło do głowy?! To czyste szaleństwo! Tłukłam się po domu przy Malczewskiego, nie mogąc zebrać myśli. A przecież jeszcze niedawno o tym marzyłam. Mieliśmy siedzieć z Leonem na kanapie, wyżerać wszystko z lodówki i śmiecić na potęgę, ciesząc się z nadchodzącej niedzieli. Planowałam spędzić ją w łóżku, nie wstając nawet do toalety. Tymczasem nadszedł sobotni wieczór, a ja udaję, że oglądam telewizję, kiedy w rezultacie czekam na dzwonek do drzwi! Już mi się odciski na palcach porobiły od ciągłego sprawdzania, czy przypadkiem niepostrzeżenie (jakim cudem?!) nie wkradł się do mojej komórki jakiś całkiem nowy SMS.

Co się dzieje?! Sobota w milionowej metropolii i żadnego zaproszenia na imprezę dla Sereny Lipiec? Ludzie, zapomnieliście o swojej ulubionej gwieździe?! Chyba tak, bo notatnik telefonu nie dzwoni, nie wzywa mnie do dodatkowej pracy. Wszystko wskazuje na to, że dziś wieczorem naprawdę mam wolne. No super!

Składam i rozkładam złożony we czworo bilecik, pocieszając się, że to nie urojenia. Ale anonimowy adorator spoczął na laurach, nie dając znaku życia. A ktoś tu się odgrażał, że zaprosi mnie na kolację! I co? I figa! Wreszcie nie wytrzymałam i około dziesiątej wieczorem zadzwoniłam do Adama.

– Co tam, słońce?

– Czuję się taka samotna! – Stare zagranie zawsze skutkuje.

– Nudzisz się? Moje biedactwo... – Rozszyfrował mnie bez pudła. – Więc tajemniczy wielbiciel nie poszedł za ciosem? A, prawda, zdaje się, że wyjechał do Nowego Jorku.

Coś ścisnęło mnie w gardle.

– Kto? O kim ty mówisz?!

– Prezydent. Włącz Jedynkę, właśnie przemawia w ONZ.

Myślałam, że go zabiję!

– Nic innego nie robię przez cały czas! Oglądam na zmianę Jedynkę, Dwójkę, Regionalną Trójkę, Polonię, Polsat, TVN, HBO, Canal Plus, Animal Planet, MTV i National Geographic. Już mnie mdli od telewizji!

– Więc odpoczywasz? Bajecznie! Idź wcześnie spać. To świetnie działa na cerę.

– Chyba tak zrobię – powiedziałam z żalem.

Oczywiście nie mogłam się przyznać, że czekam na Laksa. Adam rozszyfrowałby moje prawdziwe intencje, więc nawet o nim nie wspomniałam. Z wątłą nadzieją na znalezienie choćby drobnej wzmianki przejrzałam wszystkie kolorowe czasopisma, które dostałam kilka dni temu od dwumetrowej asystentki reżysera. Oczywiście bez rezultatu. Zabrałam się więc do przeglądania filmów. Kiedy już prawie straciłam nadzieję, trafiłam na zapis jakiegoś przyjęcia. Znowu Serena brylowała w świetle reflektorów, ale cień smokingu tuż za nią nie mógł być nikim innym jak Laksem!

Obejrzałam ten kawałek filmu ze sto razy, jakby stanowił klucz do rozwiązania pasjonującego kryminału. Wreszcie zmęczona usnęłam. Obudziłam się po pierwszej. Leon dzielnie czekał na wieczorny spacer. Kiedy wychodząc z nim, zamykałam drzwi, jakiś parkujący pod moim domem samochód ostro wystartował. Dziwne, bo nie słyszałam trzaśnięcia drzwiczek. Trochę się przestraszyłam, ale kiedy auto zniknęło za rogiem, ulicę znów ogarnęła niezmącona cisza.

Niedziela! Cały tydzień na nią czekałam! Obiecywałam sobie bardzo długie leniuchowanie. Należało mi się naprawdę. Co więc robię o siódmej rano w kuchni? Parzę sobie kawę. O tej porze jestem już zazwyczaj umalowana i szykuję się do nagrania pierwszej sceny, oto siła przyzwyczajenia! A teraz na co czekam? Na Księcia z Bajki? Z kawą i kanapką siadłam przed telewizorem. Znów odtwarzałam do znudzenia nagranie wideo, w którym główną rolę grał rękaw smokingu Laksa. Nawet nie miałam pewności, że to on! Znając moje szczęście, zaraz się okaże, że gdzieś w ciemnościach kuluarów kryje się szanowna pani Lax z kilkorgiem laksiątek albo co gorsza jakiś Marek, Krzysztof lub Rafał! Co ja robię?! Przecież to absurd! Bądźmy profesjonalistami, gdzie ja rzuciłam ten egzemplarz?

Przytłoczona nadmiarem wolnego czasu, wkułam swoje kwestie na kilka dni naprzód. A niedziela wciąż nie chciała minąć! Trochę zgłodniałam, poza tym miałam ochotę zobaczyć jakichś normalnych warszawiaków, więc po raz pierwszy od tygodnia włożyłam prywatne ciuchy, umalowałam się po swojemu i nie sięgnęłam po perukę Sereny. Co za ulga! W pełnej konspiracji, z twarzą przysłoniętą największymi i najciemniejszymi w dziejach mody okularami słonecznymi, rozglądając się niczym złodziej, zamknęłam dom i pomaszerowałam na najbliższy postój taksówek.

– Chciałabym coś zjeść i pobyć trochę wśród ludzi, co pan proponuje?

– To może Arkadia? Restauracje, kino, sklepy. Akurat trwają wyprzedaże.

– Arkadia? Brzmi zachęcająco.

Nie tylko brzmiało, lecz także wyglądało. Wędrowałam od sklepu do sklepu w cudownym poczuciu całkowitej anonimowości. We własnych ciuchach, w mojej fryzurze, sama, ale nie samotna. Nabyłam parę książek, potem jakiś szal i zupełnie niepotrzebne kosmetyki. Śmiejąc się w duchu, przymierzyłam kilka peruk. Fantastycznie się bawiłam. Kupiłam dwie pary butów na wyprzedaży i zmęczona wolnością usiadłam, by popatrzeć na ludzi. Ja, kapłanka Wielkiej Tajemnicy.

– Masz chwilę? – Przede mną zatrzymał się chłopak, właściwie młody mężczyzna z aparatem fotograficznym zawieszonym na szyi. Wyglądał jak młodszy brat Adama. Paparazzi? Rozpoznał mnie? Trochę się przestraszyłam.

– O co chodzi?

– Mogę ci cyknąć fotkę?

– Nie.

– Tylko jedną, plizzz…

– Jestem strasznie niefotogeniczna.

– Znasz taką stronę w necie www.ulicemody.pl?

– Raczej nie.

Włączył cyfrówkę i zaczął mi pokazywać wcześniejsze zdjęcia.

– Zgodzisz się? Niczego nie obiecuję, bo żadna z ciebie młódka, ale masz niezły uśmiech i stajl. – Tak powiedział, słowo daję! „Stajl". Rozbroił mnie tym. – Znam paru ludzi w branży kosmetycznej. Oni tam coraz częściej szukają starszych.

– Wielkie dzięki!

– To co? Wchodzisz w to?

– Ale tylko jedno. I żadnego lansowania potem, bo mam męża i dzieci.

– Nie ściemniaj, na kilometr czuć cię singlem. To może na schodach ruchomych? Tak cię widzę: wjeżdżasz z tymi zakupami i patrzysz do góry, jakbyś tam zobaczyła swojego wymarzonego faceta.

– Dobra, a potem ty dajesz mi spokój i idziesz molestować inne starsze.

– Okej.

– I pamiętaj, wjadę po tych schodach tylko raz!

Chyba nie robię nic złego. Jedno anonimowe zdjęcie w internecie. Może go nawet wcale nie zamieszczą? A jednak miałam poczucie, że nie powinnam. Zarazem strasznie mnie podniecało to, że on nie wie i nigdy się nie dowie, kim jestem. I że nie zobaczył we mnie Sereny. Stanęłam na pierwszym stopniu schodów i zgodnie z umową spojrzałam do góry.

Nie wiem, jaką minę zrobiłam, widząc, że w dół jedzie Piotr Lax.

31

Lax prześliznął się niewidzącym wzrokiem po mojej twarzy i zjechał na parter galerii. Minęliśmy się bez słowa, bez jednego uśmiechu, jak nieznajomi. Zawiedziona, odetchnęłam z ulgą. Nie pytajcie, jak to możliwe. Tak było. Po prostu czułam, że coś tracę. Co? Dokładnie nie wiem. Jednocześnie doznałam ulgi, bo udało mi się uniknąć awantury. Więc minęliśmy się: ja pojechałam do góry, on w dół. Coś we mnie krzyczało, a ten idiota ciągle pstrykał jak oszalały! Nie miałam nawet siły, by spojrzeć za siebie. Zresztą po co?

– Cudnie! – ryczał zadowolony fotograf. – Tyle było prawdy w twoim spojrzeniu, zachowałaś się prawie jak profesjonalistka. Zrobiłem ze dwadzieścia zdjęć.

– Ile?! Miało być tylko jedno!

– Żeby wybrać jedno, trzeba trzasnąć setkę. To oczywiste.

– Zaraz ja ciebie trzasnę.

Byłam wściekła. Gdyby nie te głupie fotki, pewnie bym się odezwała do Laksa. Może poszlibyśmy na kawę? Albo nawet… Zawsze dam się w coś wkręcić, a potem to się obraca przeciwko mnie!

– Pokazuj te zdjęcia! – Rzuciłam jedno ukradkowe spojrzenie w dół, właściwie pół, ćwierć spojrzenia, ale producenta nigdzie nie zauważyłam. Dobrze mi tak!

– Na tym wyglądam, jakbym zobaczyła ducha. To musisz skasować i to, i to. – Decydowałam pośpiesznie, oglądając fotografie. – Na tym też wyszłam tragicznie.

– Głupie gadanie! Foty są świetne. Może zrobimy jeszcze parę?

– Nie, wystarczy.

– Nie przeszkadzam? – Między nami z kwaśnym uśmiechem zmaterializował się Piotr Lax. Więc jednak mnie poznał? Jak to się stało? Kiedy?

– Przeszkadzasz – odburknął chłopak, wpatrując się w wyświetlacz aparatu.

– Kasiu? – Lax chciał, żebym zaprzeczyła, ale (o rany, czy tak trudno to zrozumieć?) głos uwiązł mi w gardle.

– Czekaj! My tu załatwiamy interesy! To jak będzie? – ekscytował się fotograf.

– Co za interesy?

– Ratujemy świat przed globalnym ociepleniem! – młody rzucił Laksowi na odczepnego. – Albo wiesz co? – zwrócił się do mnie. – Daj mi swój numer, odezwę się w tygodniu. Akurat szukają modelek do kampanii Dove.

– Posłuchaj, gnoju, jeśli zdjęcia tej pani pojawią się gdziekolwiek, na papierze czy w necie, dopadnę cię i zniszczę, zrozumiano?! Nic nigdzie nie opublikujesz. – Lax sięgnął po swój ulubiony arsenał. Wiedziałam, że nie żartuje, znałam ten ton.

– E, co to za gość? – Ten od zdjęć troszkę się stropił. – Robisz u niego za niewolnicę?

– Zrób, jak mówi – poradziłam z ponurą miną, ciesząc się, że odzyskałam głos, i wściekając na Laksa.

– Trzeba było od razu powiedzieć, że masz upierdliwego faceta. Tylko czas straciłem. Pojeby! – zaklął pod nosem i odszedł.

Czułam się, jakby mnie przyłapano na wyżeraniu szynki w Wielki Piątek. Lax popatrzył ostrożnie dookoła, odczekał chwilę, a kiedy upewnił się, że tamten nie może nas usłyszeć, zaczął kazanie:

– Co tu robisz?!

– Zakupy.

– Dla kogo miały być te zdjęcia?

– Dla nikogo.

– Tak możesz odpowiadać swojej mamusi. Kto to był?

– Nie mam pojęcia! – prawie krzyknęłam, chcąc go przekonać, ale sama bym sobie nie uwierzyła.

– Skąd się tu wzięłaś?

– Z Mokotowa.

– Rozkoszne poczucie humoru!

– Chciałam coś zjeść.

– Na Mokotowie też się da.

– Nudziło mi się.

– Więc przyjechałaś się rozerwać? Tobie brak rozrywki?

– To, co pan mi proponuje, nie zasługuje na tę nazwę.

– I nagle jak spod ziemi wyskoczył ten gówniarz z aparatem?

– Dokładnie.

– Ledwo cię zobaczył, od razu zaproponował sesję dla Dove? Co za niesamowity zbieg okoliczności!

– To prawie tak, jakby ktoś zaproponował główną rolę w serialu dziewczynie jadącej pociągiem, prawda?

– Zdarza ci się czasami odmawiać?

– To zależy od oferty.

– Musisz tego się nauczyć. – Lax nagle zmienił ton, sięgnął po zakupy, które cały czas trzymałam, objął mnie drugą ręką i zaczął tłumaczyć jak dziecku. – Nie powinnaś się rozmieniać na drobne. Skup się na projektach, które dobrze rokują.

– Cenna rada. Na razie jednak siedzę w projekcie, który rokuje raczej kiepsko.

Lekko się zmieszał. Przez chwilę szliśmy w milczeniu.

– Dlaczego tak mówisz?

– Bo to prawda?

No i co? Jakoś nie zaprzeczył żywiołowo. Nie rzucił mi pod nogi egzemplarza z główną rolą żeńską w zupełnie nowym serialu, który zamierzał wyprodukować, najlepszym, jaki napisano od czasów *Nocy i dni*. Trafiliśmy na minę, niestety.

– Jadłaś już lunch?

Właściwie zdążyłam zapomnieć o głodzie. I nawet tak bardzo mnie nie ubodło, że Lax sprytnie wykręcił się od odpowiedzi. Zresztą czego oczekiwałam? Sytuacja była aż nazbyt jasna. Wiedziałam, że nie ma dla mnie żadnej nowej propozycji. Zgodziłam się zagrać to zastępstwo, więc wykonam swoją pracę najlepiej, jak umiem, i nie będę rozdzierać szat, jeśli przyjdzie mi wrócić do Białegostoku i zapomnieć o wszystkim. Kłamię. Kiedy będę wsiadać do pociągu, serce mi pęknie.

– Jeszcze nie.

– Znam tu jedną sympatyczną knajpkę. Lubisz włoskie jedzenie?

Szliśmy obok siebie, ja i facet, którego nie umiałam wyrzucić ze swoich myśli. Wszystko mi mówiło, że to niemożliwe: tak po prostu ja i on. Wiedziałam, że powinnam mieć się na baczności, że kompletnie nic o nim nie wiem, ale odrzucałam głos rozsądku. Chciałam, by został ze mną jak najdłużej. Dziś, jutro, zawsze. Patrząc w jego oczy, widziałam bezbrzeżne morze szczęścia. Nie liczyła się przeszłość ani przyszłość, istniało tylko teraz. My i ta chwila.

Coraz bardziej traciłam grunt pod nogami. Boże, co się ze mną dzieje? Jak to się stało? Kiedy pokochałam Piotra Laksa?

32

Więc znów jestem zadurzona? Trzeci raz w tym tygodniu? Niezły wynik! Podsumujmy, co z tego wynikło. Adam okazał się gejem, Marlon od początku mnie oszukiwał. Ciekawe, co zafunduje mi Lax? Postanowiłam na wszelki wypadek trzymać dystans i nie zdradzać się ze swoimi uczuciami. Zresztą wiedziałam, że nie mam żadnej szansy, więc po co się ośmieszać? W dodatku nie potrafię nawet mówić mu po imieniu! To bez sensu!

– Martini?

– Proszę.

Nie powinnam pić nic prócz wody. I tak byłam już oszołomiona ponad wszelką miarę. A im bardziej sytuacja uderzała mi do głowy, tym mocniej starałam się to ukryć i w efekcie tym głupiej się zachowywałam.

– Na co masz ochotę?

Spojrzałam w kartę. Owoce morza? Bleee… Pizza? Zbyt trywialne. Spaghetti? Podczas wsysania kluchy zawsze chłoszczą mnie po twarzy, zostawiając na policzkach czerwone pręgi. Co pozostaje? Jedyny rozsądny wybór to zachować się jak prawdziwa gwiazda.

– Może insalata alegria? – zaproponowałam.

Sałata, parmezan, melon, radicchio, ogórki, rukola – wygląda dobrze, lekkie, egzotyczne, wiadomo, że gwiazdy żyją powietrzem. Kiszki zaczynały mi grać marsza i chętnie wsunęłabym coś konkretniejszego, zwłaszcza w sytuacji gdy w pobliżu po raz pierwszy od tygodnia nie kręciła się pani Ziuta z bufetu przy Chełmskiej, zawsze gotowa podsunąć mi świeży kawałek tofu z pomidorem.

– Coś do tego? Jakieś wino?

– Woda niegazowana.

Podczas kiedy ja, udając całkowity brak zainteresowania dla tak przyziemnej czynności jak jedzenie, dziobałam ze znudzeniem w swój talerz, Lax pochłaniał po kolei: sałatkę z grillowanym kurczakiem, serem i oliwkami, zupę rybną, miecznika w sosie rozmarynowym, pieczone bakłażany, a na deser tiramisu plus espresso. O chlebie maczanym w oliwie nie wspomnę! To było niesmaczne, niestosowne i wredne!

Patrzyłam na niego przerażona i próbowałam przypomnieć sobie numer telefonu na pogotowie (zawsze mi się mylą te dziewiątki), a on przeżuwał wszystko powoli i z namaszczeniem, najwyraźniej mi na złość.

– Nic pan nie jadł od wprowadzenia stanu wojennego?! – nie wytrzymałam.

Spojrzał znad talerza, rozbawiony.

– Coś przełknąłem dwa lata temu.

– Grillowanego wieloryba z toną frytek i trzema wagonami sałaty?! – wściekałam się.

– Co cię ugryzło?

– Mnie? Nic. – Udawałam niewprawnie, a on żuł nawet deser, jakby to były kamienie, a nie świeżutki biszkopt, smakowicie rozmoczony w kawie!

O co mi chodzi? Nie mój interes, niech sobie je, niech pęknie z przejedzenia, niech mu to tiramisu bokiem wyjdzie!

– Przecież widzę.

I zrobiło mi się strasznie, przeokropnie żal. Już czułam, jak zaczyna mnie szczypać w nosie. To niesprawiedliwe, ja też chcę ciastko, dwa, trzy, dziesięć ciastek! Okropnie tłustych, potwornie słodkich, strasznie tuczących! Ale spoko, wciąż zgrywałam twardzielkę.

– Wie pan, jak smakuje tofu? – zagaiłam uprzejmie.

– Nie.

– A pasztet z soczewicy?

– Nie mam pojęcia.

– To dlaczego każe im pan wciąż mnie tym katować?!

Musiałam to wszystko wykrzyczeć. Dawno mu się należało.

– Ja każę?! Komu?! Jakie tofu?

– Niech pan nie udaje! Wszyscy wiedzą, że to przez pana układy z tymi od soi.

Spojrzał na mnie z troską. Chyba pomyślał, że bredzę.

– Niby z kim?!

– Amerykanami czy Chińczykami. Dlaczego oni tyle tego produkują? Ja już naprawdę nie daję rady… – Powoli zaczynałam się rozklejać.

Upiłam się tym martini? Jednym kieliszkiem? Wspomniałam swój marny los sieroty i ryczałam, jakbym właśnie piętnasty raz obejrzała *Titanica*.

– Wszystko w porządku?

– Nie!

– O co chodzi? Powiesz mi? – Lax troskliwy, Adam nigdy w to nie uwierzy! A jednak niezła ze mnie aktorka! – Albo nie, poczekaj! Masz ochotę na lody?

To trochę tak, jakby spytać narkomana, czy chce działkę.

– Mhm.

– Wytrzyj nos i wyrzuć to z siebie. – Skinął na kelnerkę.

– Więc co z tymi Chińczykami?

On nie był zwyczajnie troskliwy, raczej myślał, że mi odbiło. Z głodu, emocji, przepracowania, czy ja wiem?

– Na świecie uprawia się za dużo soi. Stanowczo za dużo. Ja tego wszystkiego nie zjem. I niech pan tak na mnie nie patrzy! Umowa nie wymaga ode mnie, żebym jadła wyłącznie tofu! Co pana tak śmieszy? – zapytałam, bo on od dłuższej chwili patrzył na mnie z uśmiechem, którego nawet w snach nie ośmieliłabym się nazwać błogim.

– Ty. Jesteś taka prawdziwa.

– A jaka mam być?

– Właśnie taka. Niczego nie udajesz. Niczego nie grasz.

– Mam to uznać za komplement?

– Mienisz się jak witraż. Nie musisz nic mówić, i tak wiem, co myślisz.

– Szkoda, że ja nie mogę tego powiedzieć o panu.

– W końcu każdy się tego uczy. Zwłaszcza w tym środowisku.

– Jednym słowem jestem niezdolna, tak? I pomyśleć, że zatrudnił mnie pan do głównej roli!

– To dwie zupełnie różne kwestie.

Kelnerka przyniosła olbrzymi pucharek lodów. Nieco złagodniałam. Rzuciłam się na nie, jakby za chwilę miały bezpowrotnie wsiąknąć w blat stołu. Lax świetnie się bawił. Ja trochę mniej, bo deser stanowczo zbyt szybko się kończył. Znów zrobiło mi się smutno. W dodatku musiałam wracać.

Leon jest nieprzewidywalny. Jeszcze zje kanapę, wyrzuci ziemię z doniczek, poprzegryza kable albo wyskoczy oknem.

Gdy wysiadałam z samochodu, Lax nie próbował mnie zatrzymać, powiedział tylko:

– A Chińczyków namówię, żeby produkowali mniej soi. Powiedzcie, czy on nie jest słodki?

33

Kiedy pięć minut później wyprowadzałam Leona na spacer, zobaczyłam, że wciąż jeszcze nie odjechał. Przechadzał się chodnikiem, jakby na coś czekając. Moje serce bez pytania o pozwolenie wycięło najradośniejszego hołubca.

– Mogę? – zapytał i wziął ode mnie smycz.

Pewnie! Leona to specjalnie nie obeszło.

– Nie boi się pan paparazzich? – rzuciłam zalotnie.

– Naucz się jednego: ich obecność rzadko bywa przypadkowa. Zresztą ja i Serena to taki oklepany temat. Nikt już nas nie uważa za parę.

– A kiedyś?

– Sama najlepiej wiesz, że pozory mylą.

– Teraz mamy na tapecie prezydenta?

– Właśnie. Możemy pogadać?

Tego mi było trzeba w tę cudowną niedzielę! Po co w ogóle zaczęłam temat? Że też nie ugryzłam się wcześniej w język! Tylko głowy państwa tu brakowało! Zaraz będę musiała ich obu posłać do diabła! Najpierw strzelam focha, a potem zostaję sama na wieczór! Oto mój sposób na życie.

– Nie, proszę. Nie rozmawiajmy dziś o interesach – nieśmiało próbowałam oponować. – Zostawmy kłótnię do jutra.

„Dziś będę słodka jak chałwa – postanowiłam. – Żadnych kwasów. Tylko kobieta, o jakiej marzysz".

– Popełniłem duży błąd, tak łatwo godząc się na tych Chińczyków – ciągnął Lax, jakby mnie nie dosłyszał.

– Nie rozumiem.

– W negocjacjach z zasady nie przyjmuje się od razu warunków strony przeciwnej. To byłaby porażka. Każdy musi trochę ustąpić. Tak wypracowuje się konsensus. Negocjujmy zatem.

– Łatwo panu mówić. Ja się kompletnie na tym nie znam.

– W tym właśnie upatruję swoją szansę na sukces.

– A zatem moja propozycja: soczewica może zostać, ale tofu stanowczo i raz na zawsze wyrzucamy z jadłospisu! Czy to pana zadowala?

– To grozi zachwianiem równowagi w handlu międzynarodowym... Ale powiedzmy, że ewentualnie dałoby się coś zrobić w kwestii soi...

– Taaak?

– Przejście na „ty" znacznie ułatwiłoby nam negocjacje, nie uważasz? Twój punkt widzenia staje się wtedy trochę bardziej mój.

– Ale... Nie wiem...

Skąd to wahanie? Przecież pragnę tego od chwili, kiedy go zobaczyłam po raz pierwszy. Kogo oszukuję? Siebie samą?

– Tak bez szampana? – poleciałam po całości. – Głupio jakoś.

– Zdecydowanie. Ale mamy chyba jeszcze jakiś niezły rocznik w lodówce?

– Obawiam się, że został już zużyty... – Zrobiłam zawstydzoną minę, a on tylko się uśmiechnął.

– Nie może pan wiedzieć, co mam w lodówce! Nawet jeśli formalnie należy do pana!

Uśmiechnął się. Trochę kpiarsko, trochę tajemniczo. Zaimponował mi, a jednocześnie odrobinę przeraził. On naprawdę zna jej zawartość!

– Chyba nie poukrywał pan w domu kamer? – zapytałam, ale właściwie nic mnie to nie obchodziło. Świadomość, że mnie podgląda, to niezasłużone pochlebstwo. – Ładny uśmiech.

– Tobie jednej się podoba. Nazywają mnie „rentgen", słyszałaś pewnie? Zresztą już się przyzwyczaiłem.

– Gdyby pan wiedział, jak ja pana nazwałam…

– Powiesz mi?

– Nigdy. Raczej zapadłabym się pod ziemię. Zresztą pan na pewno taki nie jest.

– Nie, taki nie, jeszcze gorszy! Ale lubię, kiedy ludzie się mnie boją.

– Nie wierzę.

Uśmiechnął się do siebie, a ja oczyma duszy zobaczyłam chwilę, kiedy będę mogła sto razy dziennie krzyczeć w niebo jego imię. Była tak blisko! Dzieliły mnie od niej trzy niewielkie posesje i jeden łyk szampana.

– O czym myślisz?

Przecież nie powiem: „Tak się składa, że zakochuję się w każdym napotkanym facecie. I teraz właśnie padło na pana!". Szczerość sprawdza się w powieściach, nie w życiu.

– Zastanawiam się…

– Nad czym?

– Ta historia z Sereną wydaje się taka pogmatwana. Trochę za bardzo jak dla mnie. Nie umiem się w tym wszystkim odnaleźć. – Postanowiłam zaryzykować. – Nikt nie wie, co się z nią stało, i trochę się boję, że mnie spotka taki sam los. Albo jeszcze gorzej: zostanę nią już na zawsze. Więc jeśli miałabym wybór, to odpuszczę tofu, ale naprawdę chciałabym wiedzieć, o co tu chodzi.

– Sprytne! – Lax momentalnie zmienił front. Jego uśmiech zgasł, a on sam przeistoczył się w chłodnego i oficjalnego rekina biznesu. – I kto tu udaje głupiutką gąskę? Jesteś z nami ledwo tydzień, a już chcesz wszystko wiedzieć? Może jeszcze zamierzasz tę historię sprzedać prasie? Ostrzegam, mamy umowę!

– Na wszystko się znajdzie jakiś paragraf. Nie rozumie pan tylko, że mnie to dotyczy osobiście. Jej historia to moja historia, jej interesy to moje interesy.

– Bez przesady! Zostało ci kilka dni zdjęć. Wykupiliśmy ci ubezpieczenie, mieszkasz jak królowa, dostajesz uczciwą gażę.

– Nie ja ją określałam. I właśnie zastanawiam się, skąd taka wysoka kwota. Czy aby nie po to, żebym potem bez rozgłosu i raz na zawsze znikła?

– Nikt ci nie każe znikać. Masz chyba jakieś swoje życie w tym Białymstoku? Wyjedziesz, jak przyjechałaś, tylko dwa tygodnie później.

– I w dodatku bogatsza o nowe, nieocenione doświadczenia.

– Masz do mnie żal, że jestem uczciwy? Nie pomyślałaś, że żądasz zbyt wiele? Nie mogę ci tyle dać. Zawsze tak wszystko komplikujesz?

– A pan zawsze dostaje wszystko, czego chce?

– Przeważnie.

– Więc teraz będzie inaczej. I nie życzę sobie, żeby pan mnie „tykał", jasne?

Wyszarpnęłam smycz z jego ręki i nie żegnając się, pobiegłam w kierunku domu.

34

Zatrzasnęłam za sobą drzwi, marząc w duchu, by Lax zaczął się do nich za chwilę dobijać. Choćby po to, by zrobić kolejną awanturę. Niech okaże się mądrzejszy ode mnie, proszę! Czy mnie do reszty pogięło?! Przecież mam w nosie Serenę i jej zmarszczki! Zamiast dać się upić szampanem, przejść z nim na „ty" i z radością zacieśniać świeżo zawartą znajomość, robię z siebie detektywa Rutkowskiego i Monikę Olejnik w jednej osobie! Który facet da się uwieść przenikliwej kobiecie o głębokim wnętrzu?

Ale on nie zapukał, nie zadzwonił. Odwróciłam się i dyskretnie wyjrzałam przez ozdobną szybkę w drzwiach. Odjechał! Naprawdę! Olał mnie. Bez zmysłów osunęłam się na podłogę. Chcę umrzeć! Natychmiast! Dajcie mi nóż, rewolwer, arszenik!

A jeśli w domu rzeczywiście poukrywano kamery? Nie mogę przecież pokazać, że cierpię. Teraz nawet tu będę się musiała mieć na baczności? Cudownie! Dodatkowe godziny udawania! Przecież nie umawialiśmy się na cholerne reality show! Jeśli on mnie podgląda, odpada nawet opowiedzenie o wszystkim Adamowi, jedyne, co mogłoby mi przynieść ulgę! Cały tydzień pod czujnym okiem Wielkiego Brata. Jak ja to wytrzymam?

Na szczęście jutrzejsze sceny są skomplikowane, wieloobsadowe, mnóstwo partnerów, sytuacje trudne do zapamiętania. Nie szkodzi, wykuję wszystko na blachę, nie mam lepszego zajęcia. Powtarzałam swoją rolę do znudzenia, drapiąc za uchem rozkosznie pochrapującego Leona. Poszliśmy spać grubo przed północą.

Rano przyjechałam na plan wyspana, ale zupełnie bez humoru. Starcie z Laksem przygnębiło mnie i wyczerpało do cna, a co gorsza ciągle o nim myślałam. Wyobrażałam go sobie przed monitorem, bezlitośnie śledzącego każdy mój krok i nieodpuszczającego nawet w najbardziej intymnych sytuacjach.

– Jak tam weekend, słońce? – Przynajmniej Adam tryskał radością, chociaż był poniedziałek, najbardziej wredny dzień tygodnia!

– Pracowity – odpowiedziałam zgodnie z prawdą.

– Puścisz parę? Jakieś tajemnicze SMS-y od pierwszego z wielbicieli? Mała randka w ogrodach pałacowych? Wycieczka limuzyną ze szczelnie zasłoniętymi oknami?

– Jesteś obleśny satyr! Nic z tych rzeczy! W ogóle nic!

– Moje biedactwo!

– Za to dziś wszystko pójdzie w dwóch dublach, bo ja się na pewno nie pomylę.

– Taka kaszana?! Mogłaś dać nam znać, zabralibyśmy cię chociaż na obiad… Ale, ale… Byłbym zapomniał! Dziś w Jedynce leci pierwszy odcinek z tobą!

– Naprawdę? O matko!

– Spoko, podobno świetnie wyszło!

Informacja, że już dzisiaj ma się odbyć telewizyjna premiera pierwszego z odcinków *Życia codziennego*, w których dublowałam Serenę, podziałała na mnie onieśmielająco. I mimo że wykułam wszystkie swoje kwestie na pamkę, myliłam się raz po raz, wzbudzając początkowo irytację, a później wściekłość reżysera.

Na dodatek podczas przerwy omal nie udławiłam się tofu, kiedy do bufetu wparował jakiś oberwaniec w asyście policjanta i wydzierając się: „To on, to mój Nero!", podbiegł do Leona i zaczął go ciągnąć. Nie chciałam być gorsza, złapałam za smycz i szarpałam psa w swoją stronę, ale muszę przyznać, że rzekomy Nero, czyli Leon, przyznawał się niestety do bliższej znajomości z menelem. Machał ogonem, jakby świetnie się bawił! Zdrajca!

– Nieładnie, paniusiu! Mało to psów na świecie? A pani akurat mojego jedynego przyjaciela zabiera.

– Przekaże pani psa dobrowolnie? – zawtórował mu policjant. – Czy nadajemy bieg sprawie?

– On należy do mnie i nie wiem, jakim prawem panowie mi się narzucają.

– Pies jest mi znany osobiście – wyrecytował policjant.

– Czyżby? To co robił na ulicy, w nocy, sam?

– Jedzenia szukał.

– U mnie nie musi się włóczyć po śmietnikach. Wreszcie go odkarmiłam. Był chudy i brudny. To się dla was nie liczy?

– Chodź, Nero, idziemy.

Domniemany Nero, machając radośnie ogonem, ruszył za łachmaniarzem.

– Chwileczkę! Nie możecie mi tego zrobić! Niech pan zaczeka! Ile pan za niego chce? – rzuciłam w odruchu rozpaczy.

– Dziesięć tysięcy – syknął tamten. – I pies należy do pani.

– Ile?! To szantaż!

– Więc jak? Ubijamy interes?

– Nie mam aż tyle… To mnóstwo pieniędzy.

– Nie oddaje się jedynego przyjaciela w obce ręce. W dodatku za darmo – uciął menel, odwrócił się i wyszedł.

Stałam jak skamieniała. To wszystko odbyło się tak nagle. Nawet nie wzięłam od niego adresu. Jak mnie tu znalazł? Skąd wiedział o psie? Prawda, gazety. Co mam teraz zrobić? Jak wrócę do domu bez Leona? Kto będzie przy stole podbijał nosem moją rękę, domagając się jedzenia? Komu będę się żalić? Kto mnie zrozumie? Wiedziałam, że popsuję charakteryzację, ale nie potrafiłam powstrzymać łez. Do głowy przychodziły mi absurdalne myśli, że menel tylko grał swoją rolę, że ktoś go nasłał, by mnie unieszczęśliwić, że to przebrany aktor, a policjant jest podstawiony.

Dlaczego tak łatwo bez żadnych dowodów dałam sobie odebrać Leona? Ta moja cholerna naiwność! Teraz to już kamień w wodę.

Po południu sceny szły topornie, dużo powtarzaliśmy, nikt nie wspominał o nieprzyjemnym incydencie, czułam jednak, że wszyscy mi współczują. Może z wyjątkiem Bogny, chociaż i ona zachowywała się dość powściągliwie. W rezultacie wielokrotnych pomyłek omal bym się spóźniła na emisję

Życia codziennego w Jedynce. Wpadłam do domu dosłownie w ostatniej chwili. Rzucając torebkę i żakiet na kanapę, włączyłam telewizor. Kiedy zobaczyłam siebie, z niewiadomego powodu przestraszyłam się. Tak, to ja. Wiedziałam. Pamiętałam te kwestie. Nagrywaliśmy je przecież całkiem niedawno. Patrzyłam, nie wierząc własnym oczom – byłam Sereną? Niewiarygodne. Kłębiły się we mnie różne uczucia. Na szczęście, gdy odcinek się skończył, zadzwonił Adam.

– Nieźle dałaś do pieca, mamy sukces. Co, słońce? Może wpadniesz do klubu? Oblejemy to.

– Nie, chyba się upiję sama. Na smutno.

– Rozumiem.

Rozejrzałam się wokół siebie z przyzwyczajenia, ale psa nie było. Trudno, muszę wziąć się w garść, jak na dużą dziewczynkę przystało. Otworzę szampana i z braku innych istot żywych wzniosę toast chociażby do lustra. Należy mi się. Usiadłam przy stole w kuchni, całkiem oklapła. Samej pić szampana? Chyba mi się nie chce. Może zadzwonię do mamy? Z zamyślenia wyrwał mnie natarczywy dzwonek. Zdziwiona poszłam otworzyć. Na progu stał Piotr Lax. W dłoni trzymał smycz.

35

Lax jak zwykle się uśmiechał, obok niego wesoło mer-
dający Leon patrzył na mnie z miną: „Wróciłem. No i co
się tak gapisz?". Wydało mi się, jakbym nagle posiadła moc
natychmiastowego urzeczywistniania swoich marzeń. Żeby nie wyjść na idiotkę, na wszelki wypadek zaniemówi-
łam.

– Pozwoli pani, że wejdziemy?

Bez słowa wpuściłam obu do środka, błyskawicznie przy-
gotowując w myślach rozmaite śmiałe scenariusze na dzisiejszy wieczór. Miały one jeden wspólny mianownik: gra-
niczące z pewnością przeczucie, że cokolwiek bym zrobiła,
wszystko pójdzie na opak.

Leon, spuszczony ze smyczy, biegał po domu, obwąchu-
jąc kąty, a ja i Lax patrzyliśmy na siebie, lekko skrępowa-
ni. Trwało to w nieskończoność, czyli jakieś dziesięć sekund,
podczas których wydawało mi się, że wszystko może się zdarzyć.

– Chciałbym pani podziękować. Przepraszam, że nie
mam kwiatów, ale pies obszedł się z nimi dość bezceremo-
nialnie.

– Nie szkodzi. To znaczy… Chciałam powiedzieć… Nie
szkodzi, że pan nie ma kwiatów – plątałam się, zawstydzo-
na. – Jakim cudem odnalazł pan Leona?

– Ci dwaj naciągacze dostali, co chcieli.

– Zapłacił im pan dziesięć tysięcy?!

– Pani spokój to nasz priorytet. Zresztą trochę opuścili podczas negocjacji.

– Znając pana, pewnie całkiem sporo. Wczoraj... Zachowałam się...

– Zapomnijmy o tym. Liczy się dziś. Nie proponuję szampana, bo źle się kojarzy, co pani powie na białe wino?

Patrzyłam na niego jak urzeczona. Gdyby teraz powiedział: „Oddaj mi swoją wątrobę", wydłubałabym ją widelcem i omdlewając z rozkoszy, podała jeszcze ciepłą na srebrnej tacy. Boję się jednak, że on niczego już ode mnie nie chce. Zachowuje się tak oficjalnie. Dba o swoje interesy, to wszystko. Jeśli bym się rozkleiła po stracie psa, mogłabym mu zawalić zdjęcia. Pewnie o to chodzi. O kasę. Westchnęłam ze smutkiem.

– Napije się pani ze mną?

– Oczywiście.

Gdy on otwierał wino, wybrane z kilku butelek, które wciąż znajdowały się w lodówce, ja usiłowałam radykalnie i najlepiej w piętnaście sekund raz na zawsze zmienić swoją osobowość, tak aby stać się ucieleśnieniem męskich marzeń. Jego marzeń.

– Za nasz sukces! – Lax podniósł kieliszek.

Zrobiłam to samo. Wino było pyszne. Starałam się myśleć raczej o tym, czego jeszcze tydzień temu nie miałam, a nie o tym, czego za tydzień przyjdzie mi żałować.

– Dziękuję panu za tę wspaniałą przygodę – powiedziałam, dziwiąc się sama sobie, miękkim, aksamitnym, omdlewającym głosem.

Udało się! Bez sarkania, uszczypliwości, marudzenia, szukania dziury w całym. Potrafię być miła, kiedy mi zależy. Lax spojrzał uważnie, jakby chciał przyłapać mnie na kłamstwie.

– O czym pani mówi?

– O pracy. Dał mi pan szansę. Obiecuję, że nie zawiodę.

– Właśnie tego się spodziewałem. Prawdziwa profesjonalistka.

„Skończyłby już to trucie i pocałował mnie wreszcie! Pewnie teraz zacznie coś o nowych projektach, na tapetę wróci temat prezydenta albo jakaś inna, równie pasjonująca kwestia. Przez tę sprawę z Leonem nie zapytałam Adama, czego się właściwie mogę po Laksie spodziewać. Chyba nie jest gejem? Chociaż, kto wie? To były model, cholera jasna! Ale jaki przystojny! Ta mocna szczęka, długi, prosty nos, pięknie oprawione oczy, usta, od których nie sposób oderwać wzroku! I zawsze nienagannie ubrany! Co z tego?! Nawet gdy siedzi na wyciągnięcie ręki, wydaje się daleki, tajemniczy, nieodgadniony…".

– Czemu pani zamilkła? – Zmrużył lekko oczy, jakby chciał mnie prześwietlić. Poczułam gorący prąd. Omal się nie zakrztusiłam.

– Bardzo dobre wino.

– Zręczny unik. Ale proszę uważać przy przełykaniu.

„Nie, to bez szans! Kim musiałabym być, żeby zasłużyć na uwagę kogoś takiego? Nie jestem Sereną, tylko Kaśką z Białegostoku i nie mam mu nic do zaoferowania. Kompletnie nic. Pochodzimy z różnych galaktyk. Czym mogłabym mu zaimponować? Tytułem Miss World? Oscarem? Milionem dolarów? Doktoratem z filozofii?".

– A pani wciąż tu nie ma…

– Przeciwnie, siedzę tuż obok.

– I na dodatek nie lubi pani siebie.

– Ja? Trochę tak.

„Rentgen. Ktoś trafił w dziesiątkę z tą ksywką".

– To błąd. Akceptacja własnej osobowości, choćby i ułomnej, a przecież pani nie może sobie nic zarzucić, to podstawa osiągnięcia szczęścia.

Uszczypnęłam się, kiedy dolewał mi wina. Powiedzcie, że on naprawdę istnieje! Że to człowiek z krwi i kości, a nie tylko twór mojej wyobraźni! I tak uroczo mówi to swoje „pani"! Gdzie w tym ciastku kryje się trucizna?

– Kasiu? Pani mnie nie słucha…

– Ależ tak.

– Jak wcześnie musi pani jutro wstać?

– Piąta trzydzieści. – „Pyta, jakby nie wiedział".

– Więc mamy mnóstwo czasu. Zabieram panią na wycieczkę.

– Dokąd?

– Poznała pani już trochę miasto?

– Głupio się przyznać, ale znam tylko drogę na Chełmską.

– To żaden wstyd. Do tej pory nie miała pani odpowiedniego przewodnika. Więc jak? Jedziemy?

– Ale ja mam jutro zdjęcia! – Rozsądek i serce toczyły we mnie zażartą walkę. – Muszę sobie przypomnieć tekst.

Spojrzałam na Laksa, chcąc w jego oczach uzyskać zwolnienie z jutrzejszych zajęć. Uniósł jedną brew, a mnie oblał zimny pot. On mnie uwodził? Namawiał do zejścia na złą

drogę? Nawet jeśli sam miałby za to zapłacić? Gdzie się podział wyrachowany i zimny producent?

    – Przecież wszystkim nam zdarzało się w szkole ściągać.
Jakoś pani sobie poradzi. Więc? Jaka decyzja?

    – Jedziemy!

36

– Przede wszystkim proszę już nie mówić do mnie „pani" – powiedziałam, siadając obok niego w samochodzie. Bardzo chciałam zapanować nad paraliżującym uczuciem skrępowania, które pojawiło się znienacka, właśnie w chwili gdy powinno ostatecznie minąć!

– Hm, dziękuję bardzo. – Lax jakby się zmartwił. – Plan był trochę inny, ale cóż, nieco go zmodyfikujemy.

– Zrobiłam coś nie tak?

– Skąd! Wybacz, pewnie wydam ci się staroświecki, ale chyba zgodzisz się ze mną, że piękne chwile wymagają odpowiedniej oprawy?

– Masz rację – ledwo zdołałam wykrztusić przez zaschnięte gardło, bo coraz bardziej pogrążałam się w odrętwieniu.

Tak bardzo starałam się panować nad sobą, że on na pewno doskonale widział całą sztuczność mojego zachowania. Udawanie braku zaangażowania wymaga nadludzkich wysiłków! Z drugiej strony nie walnę mu przecież z grubej rury: „Kocham cię! Skóra mi cierpnie na twój widok. Łydki mi się trzęsą. Wydaję się sobie brzydka i nie wiem, dlaczego w ogóle chcesz ze mną rozmawiać". Babcia zawsze mnie uczyła, żeby nie mówić tego, co się myśli.

– Nasze życie byłoby piękniejsze, gdybyśmy czasem umieli zdobyć się na odrobinę szaleństwa. – Myśli Laksa płynęły w cudownym kierunku.

– Szaleństwo bywa szkodliwe – rzuciłam złotą myśl jak ze sztambucha dziewiętnastowiecznej pensjonarki. On ze mną flirtuje, a ja siedzę sztywna, jakbym kij połknęła. Przecież jestem aktorką. Aktorką! Aktorki są łatwe, zepsute do szpiku kości, wodzące facetów na pokuszenie. Dlaczego nie mam żadnej z tych cech?

– Zmarzłaś? Chyba drżysz?

Delikatnie powiedziane! Regularnie się trzęsłam, a nawet szczękałam zębami! I to nie z zimna. Tak się po prostu objawiało moje podniecenie. Wyglądałam, jakbym przechodziła szczytowe stadium febry. Cudownie!

– Nie. To znaczy tak. Trochę tu chłodno.

Lax bez słowa włączył ogrzewanie. Jeśli mi nie przejdzie, istnieje szansa, że podczas pocałunku odgryzę mu język! Miałam być uwodzicielska, a wydzwaniam zębami marsz wojskowy! Porażka.

Wysiedliśmy z samochodu i weszliśmy do opustoszałych Łazienek. Po krótkim spacerze znaleźliśmy się w restauracji. Kelner podprowadził nas do stolika. Usiedliśmy wśród palm. Denerwowałam się, jakbym miała wylądować jumbo jetem, zjeść koninę albo upiec ciasto drożdżowe. Cholera, czy to nigdy nie minie?!

– Szampan? – Piotr świetnie się bawił. – A może kakao?

– Chyba się przeziębiłam. – Wszelkimi sposobami próbowałam ratować sytuację.

Wziął moją rękę. Zawsze mam zimne dłonie. Koszmar. Poczułam ciepło jego ciała.

– Poprosimy o kakao – rzucił kelnerowi. – Potrzebujemy mnóstwa kalorii.

Było mi wstyd, cudownie wstyd. W jego oczach dostrzegłam pogodny smutek. Patrzył z leciutkim uśmiechem, jakby oczekiwał zwierzeń. Wciąż trzymał moją dłoń i nie odrywając wzroku, dotknął jej wargami. Najbardziej zmysłowy pocałunek w rękę, jaki potrafiłam sobie wyobrazić.

I co? Zamiast zmrużyć oczy i wzorem Marilyn Monroe czy Sharon Stone przejechać językiem po wargach, musiałam się skupić na walce ze łzami, lada chwila gotowymi trysnąć na śnieżnobiały obrus! Do licha, reagowałam fizjologicznie! Mój organizm doświadczał straszliwych przeciążeń, tysiące mrówek biegało mi po plecach i nie umiałam już odróżnić, czy to miłość, czy grypa.

Kelner, profesjonalnie udając chłodną obojętność, postawił przed nami po filiżance kakao. Blady dymek płynął wolno ku górze, a my wciąż patrzyliśmy sobie w oczy. Nasze spojrzenia splotły się ciasno, by trwać zawieszone w chwili, która nie mijała. Nie płoszyli jej inni goście, kelnerzy, natarczywy dzwonek komórki Piotra.

Powoli dochodziłam do siebie. Zrobiło mi się cieplej, przestałam się trząść i szczękać zębami. Wypiliśmy kakao i wyszliśmy w noc, która jak gęste zasłony otulała zupełnie pusty park. Objęta ramieniem Piotra nigdy nie czułam się bardziej kochana. I szczęśliwa. Dookoła panowała absolutna cisza i nieprzenikniona ciemność. Wtedy Piotr zatrzymał się i pocałował mnie. On też lekko drżał. Zakręciło mi się w głowie.

– Wracamy?

– Tak – powiedziałam tylko, choć chciałam śmiać się i płakać, i krzyczeć.

Wróciliśmy do samochodu bez słowa. Czułam wdzięczność i ulgę. Byłam zmęczona, spragniona i zakochana.

– Trudno uznać to za szczególnie długą wycieczkę po Warszawie – zażartowałam, gdy dojechaliśmy na Malczewskiego.

– Nie sprawdziłem się jako przewodnik – odparł wesoło Piotr. – Wybaczysz mi kiedyś?

– Nie dam się nigdy zabrać na piękniejszą, nawet tobie, gdybyś kiedykolwiek próbował.

– Do wycieczki przysługuje bonus: bajka na dobranoc. Klient ma jednak prawo zrezygnować z dodatkowych atrakcji.

Nic nie powiedziałam. Wyciągnęłam do niego rękę i wysiadłam z samochodu. Trzęsącymi się dłońmi otwierałam kolejne zamki w drzwiach. Gdy weszliśmy do środka, nie zdążyliśmy nawet zapalić światła. Całując się, obejmując, rozpinając guziki i zamki błyskawiczne, nadeptując na psa, który nieopatrznie zaplątał się gdzieś pod nogami, kierowaliśmy się ku sypialni, znacząc drogę porozrzucanymi częściami garderoby.

Szaleńczo pragnęliśmy dawać i przyjmować to wszystko, czym tak szczodrze obdarza rodząca się właśnie miłość.

– A gdzie moja bajka? – zapytałam, gdy przytuleni rozmyślaliśmy nad zmianą, jaka właśnie zaszła w naszym życiu.

– Bajka. Tak – przypomniał sobie Piotr. – Oczywiście. Ponieważ opłaty nie wniesiono z góry, pakiet zawiera bajkę niezbyt oryginalną, za to niezwykle pouczającą.

– Jak to w *last minute*. Trzeba cieszyć się tym, co się ma.

– Otóż dawno, dawno temu…

– I bardzo daleko…

– Nie tak bardzo, ale dość daleko, w małym zamku, na uboczu traktów handlowych, mieszkała dzielna księżniczka.

– Dzielna? A cóż to za określenie?! – oburzyłam się. – Piękna, mądra, zdolna, dowcipna, uczona, ale dzielna?!

– No dobrze, piękna księżniczka. Pewnego razu wyjechała na konną przejażdżkę. Kiedy zamyślona oddaliła się od swego zamku, zobaczyła, że za lasem, którego nigdy nie przekraczała, znajduje się inny zamek, o wiele bardziej okazały.

– I ty będziesz księciem tego zamku? To obrzydliwie przewidywalne, nie uważasz?

– Ale puenta dobra.

– Jaka?

– I żyli długo i szczęśliwie.

– Masz rację. Doskonała.

Wtulona w jego ramię w końcu zasnęłam. Kiedy się ocknęłam, jak zwykle pięć minut przed budzikiem, Piotra już nie było.

37

Wyskoczyłam z pościeli i rzuciłam się na poszukiwania. Domu nie wypełniał rozkoszny zapach ciepłego pieczywa, aromat świeżo zaparzonej kawy ani nawet swąd przypalonej jajecznicy. Nikt nie pogwizdywał radośnie w łazience, nie niósł mi śniadania do łóżka, srebrne audi znikło sprzed furtki. To nie tak miało być. Na dodatek Leon patrzył na mnie z politowaniem, a jego wzrok mówił: „I czego się spodziewałaś, idiotko?".

Właśnie, czego? Po spędzonej wspólnie nocy Piotr mógł się przynajmniej pożegnać. Jakiś mały całus w policzek: „Było cudownie, kochanie". „Co robisz dziś wieczorem?" – napisane na lustrze moją szminką. Niechby ją nawet złamał, pal sześć. Czy ja wymagam tak wiele? A on się zmywa niczym pijany sprawca z miejsca wypadku. To bardzo, ale to bardzo nie fair!

Ale jakoś nie umiałam gniewać się na Laksa. Gdy tylko przypomniałam sobie jego spojrzenie spod wpółprzymkniętych powiek i kubek parującego kakao, natychmiast miękłam i usprawiedliwiałam go tysiącem niecierpiących zwłoki powodów zawodowych. Tak bardzo chciałam, by znów na mnie choć przez chwilę patrzył tym swoim świdrującym wzrokiem. Wtedy nie miałam wątpliwości, dlaczego pojawiły się teraz? Bo sobie poszedł? Bo palcem nie kiwnął, żeby cokolwiek stało się jasne? Przynajmniej odrobinę jaśniejsze. To miłość czy przygoda? Mam się cieszyć czy martwić?

Wypiłam mocną kawę i popędziłam na Chełmską. Czekał mnie cudowny dzień z fajną ekipą, w pracy, którą kochałam, a potem może kolacja z najwspanialszym facetem. Czy wypada żądać więcej? Mojej radości nie przyćmiewał zastanawiający bądź co bądź fakt, że Piotr wyszedł bez pożegnania. Tłumaczyłam go na wszelkie sposoby i w końcu uwierzyłam, że tak będzie najlepiej, bo nie ma powodu, aby zmieniać ustalony rytm dnia. Mieliśmy przed sobą całe życie, cóż więc znaczyło te kilka godzin spędzone osobno? Liczyłam też na Adama i jego chłodny komentarz.

– Opowiadaj! – krzyknął podekscytowany, gdy tylko rzucił okiem na moje odbicie w lustrze.

– Co?

– Co się stało? Masz superseks wymalowany na twarzy. Nigdy nie wyglądałaś lepiej.

– To sen. Dużo snu.

– Gadanie! – Nie uwierzył, a ja uśmiechnęłam się tajemniczo. – Więc to ktoś, kogo znam?

Adam drążył temat.

– A może Marlon wrócił do łask? Nieee... Ty mierzysz wyżej... Nie, nawet nie chcę o tym myśleć! – wykrzyknął i urwał nagle.

– O czym?

– Uważaj, to bomba z opóźnionym zapłonem.

– Nie rozumiem.

– Widzisz, teraz wszystko stało się mniej więcej jasne.

– Nieprawda!

– Może ty tak uważasz. Ale karty zostały rozdane, panuje jaka taka stabilizacja. Wiemy, kto z kim i dlaczego. Kto komu udzieli poparcia, a na kogo nie sposób liczyć. Cały ten światek opiera się na związkach. To dotyczy oczywiście samej góry. Kiedy tam następuje przetasowanie i tworzy się nowa relacja, trzeba przedefiniować stare układy. Jedni wyjdą z cienia i nagle zainteresują się nimi kolorowe pisma, inni znikną, jakby ktoś zamknął ich w zamrażarce. A zapomnienie boli. Tym bardziej że da się je przeliczyć na pieniądze.

– Co ty opowiadasz?

– Chyba nawet u was w Białymstoku ludzie mają uczucia?!

– I co z tego?

– To, że jeśli masz pięć jednakowo utalentowanych kandydatek do roli, o wyborze siłą rzeczy decydują kwestie pozamerytoryczne. Nie zrozum mnie źle, ale aktorki stać na wiele, żeby dostać szansę.

– Chyba nie myślisz, że ja…?

– Nie mnie oceniać kogokolwiek.

– Adam!

– Więc kto to był? – zapytał szybko.

– Lax – powiedziałam z rozpędu i natychmiast pożałowałam.

Na twarzy Adama malowało się trudne do opisania zdumienie.

– O kurczę, upolowałaś samego Laksa? – zapytał jakoś tak smutno, po czym zamilkł w nabożnym skupieniu. – To potwornie skomplikuje sprawy.

– Dlaczego?

– Bo oznacza wojnę.

– Oszalałeś?! Jaką znowu wojnę? Z kim?

– A jak ci się wydaje? Ty i Serena w jednym mieście?! Czy to w ogóle możliwe?

– Na razie jej nie ma.

– „Na razie" ci wystarczy? Ona wróci. Nie zapominaj, że kolorowe pisma docierają wszędzie, a Serena uwielbia czytać o sobie. Prędzej czy później dotrze do niej, co tu się święci. Zobaczy na okładkach zdjęcia ze sobą młodszą o piętnaście lat. Włączy telewizor i obejrzy odcinki *Życia codziennego*, których nie nagrywała. Swoją drogą chciałbym zobaczyć wtedy jej minę! – Zaśmiał się.

– Więc myślisz, że zjawi się w Warszawie? – Poczułam dreszcze.

– Jeśli tylko tam, gdzie się znajduje, dociera prąd. Bo prąd oznacza telewizor, a telewizor: patrz wyżej.

– Wersję, że nie żyje, na razie odrzucamy? – zapytałam nieśmiało.

– Jeżeli coś miałoby ją zabić, to tylko brak zainteresowania ze strony mediów.

– Zostały mi dwa dni zdjęciowe, może zdążę uciec, zanim mnie dopadnie?

– O czym ty do licha bredzisz?! Przecież teraz to Serena ma problem! Jeśli ty i Lax... Jeśli to prawda... To oznacza zmiany. Duże zmiany.

– Tylko że on wyszedł dziś rano bez słowa!

– Fatalnie.

– Przestań mnie straszyć!

– Czyżby Serena już mu się znudziła?

Poczułam się kiepsko. Adam otworzył mi oczy na sprawy, o których do tej pory nie myślałam. Patrzyłam na swoje odbicie w lustrze i zastanawiałam się, jak postąpię, jeśli ona wróci przed moim wyjazdem do Białegostoku. Podjęcie rękawicy i pozostanie w Warszawie skazywałoby mnie na rezygnację z zawodu. Bo nie wierzyłam w bajki o Kopciuszku, który nagle zostaje gwiazdą. Westchnęłam głęboko, zadowolona, że nie muszę na razie podejmować decyzji.

Mimo wzburzenia, a może dzięki niemu miałam całkiem dobry dzień. Robiliśmy niewiele dubli, reżyser był ze mnie zadowolony. I właśnie w chwili, kiedy zamierzaliśmy kręcić ostatnią scenę przed przerwą, na planie wszystko dziwnie ucichło. Miałam reflektory prosto w twarz, więc nie widziałam, co się dzieje za kamerami. Przyłożyłam dłoń do oczu, żeby zobaczyć, dlaczego ekipa nagle zamilkła.

Z cienkim papierosem między palcami, choć na planie obowiązywał całkowity zakaz palenia, i wyrazem wściekłości w oczach stanęła przede mną Serena.

38

Uniosła głowę w teatralnym geście, wypuściła ustami
kłąb dymu, po czym zlustrowała mnie od czubka peruki po
obcas pantofli i z powrotem.

– Co to ma być?!

Stałam sparaliżowana, a głos uwiązł mi w gardle. Chętnie odpowiedziałabym coś dowcipnego, ale błyskotliwe ripo-
sty z reguły przychodziły mi do głowy dopiero na korytarzu.

– Cóż to za nędzna podróbka?! – Skrzywiła się, a ja roz-
bieganym na wszystkie strony wzrokiem szukałam pomocy
u ekipy. Nikt jednak nie odpowiedział. Nikt nie wziął mnie
w obronę. Dla wszystkich było jasne, że to ja jestem podróbką. Stali w mroku, czekając na rozwój wypadków. – Może
mi do cholery powiecie, co tu się dzieje? Co to za zabawy moim kosztem? Heniu! – krzyknęła za siebie w ciemność.

Reżyser przytruchtał zgarbiony. On też był w szoku. Takiego obrotu spraw nikt nie przewidywał.

– Serena, miło cię widzieć. Świetnie wyglądasz! – wydy-
szał, bliski zawału.

– Co to jest?! – Oskarżycielski palec Sereny celował wprost
we mnie.

– Dub-lerka? – wyszeptał reżyser pytającym tonem, w połowie wyrazu przełykając ślinę.

– Jak mogłeś?! Chcesz zamordować ten serial?!

– Ja… My… To znaczy…

– Przecież ona jest… Nikt się na to nie nabierze! To mam być ja?! Ta nędzna imitacja kobiety? To niedopuszczalne! Nieetyczne! To… to… to zbrodnia!

Czułam palący wstyd. Dlaczego nie odważył się powiedzieć, że sama jest sobie winna? Dlaczego dawał się upokarzać? Reżyser najpopularniejszego serialu kulił się przed nią jak zbity psiak.

– Wyskakuj z tych ciuchów, moja panno! I znikaj stąd! Za pięć minut ma cię tu nie być! – rzuciła w moim kierunku, po czym zawołała: – Koniec planu! – i znów zaciągnęła się papierosem. – Nie można was nawet na tydzień spuścić z oka?

– Ależ Sereno… – Reżyser próbował nieśmiało oponować. – Musimy skończyć zdjęcia. Jeśli ten dzień nam wypadnie, nie zdążymy.

– Strasznie hardy się nagle zrobiłeś, Heniu. Już nie pamiętasz, kto cię wyciągnął z błota? Kto własnym samochodem woził na odwyk? Kto cię tu wstawił? Kto za ciebie zaręczył? Kim byś dziś był bez mojej protekcji?

„Czy nie ma nikogo, kto by z nią zrobił porządek?!” – zastanawiałam się wściekła.

Polubiłam Henia. Szanował ludzi i choć czasem wyrwało mu się mocniejsze słowo, zawsze umiał rozładować sytuację jakimś żartem. Nie wywyższał się i nikogo bez potrzeby nie gnoił. A teraz stał poniżony przed całą ekipą i nie wiedział, co zrobić.

– Przepraszam, panie reżyserze, ale chyba łapiemy opóźnienie? – powiedziałam, żeby dodać mu otuchy w chwili, kiedy wszyscy umieli tylko gapić się i milczeć.

Nie wiem, co mnie podkusiło, ale zawsze sądziłam, że to reżyser rządzi na planie. Zresztą mnie też się dostało, dawałam mu więc wsparcie niejako w obronie własnej.

– Jeszcze się tu kręcisz? – Serena ledwo raczyła mnie zauważyć. – Zapomniałaś, gdzie są drzwi? Może ktoś jej pokaże? Biedactwo, jeszcze się zgubi – rzuciła z udawanym współczuciem.

– Koniec przerwy! – krzyknął reżyser, jakby obudził się ze letargu. – Adam! Kasi nos blikuje!

Adam po chwili zawahania podbiegł i poprawił mi makijaż.

– Co?! Jak to?! Jak śmiesz?! – pieniła się Serena. Uważała sprawę za załatwioną, a tu nagle ktoś jej się stawia?

– Znajdzie pani drogę do wyjścia? Czy mam panią odprowadzić? – zapytał chłodno.

– Zniszczę cię! – Serena krzyknęła, grzebiąc w torebce i już po chwili trzęsącymi się rękoma próbowała wybrać jakiś numer na klawiaturze swojej komórki. Jej zdenerwowanie najlepiej świadczyło o tym, że takiego rozwoju wypadków w ogóle nie brała pod uwagę.

– Tu nie ma zasięgu. I proszę opuścić plan! – dodał reżyser.

Gdybym mogła, tobym go uściskała.

– Kim ty jesteś, żeby mnie wypraszać z planu?! – po gwiazdorsku piekliła się Serena Lipiec, potrząsając komórką, która oczywiście nie reagowała. – Jedno moje słowo i nie robisz tego serialu. Właściwie już możesz pakować manatki.

– Wszyscy na miejsca! – krzyknął Henio, jakby nie dosłyszał.

Właściwie nie musiał tego mówić, bo nikt się przecież nie ruszył.

– Kamera!

– Poszła.

– Akcja!

Słysząc te słowa, brzmiące niczym zaklęcie, Serena zrozumiała, że zdjęcia nie zostaną przerwane.

– Wszyscy jesteście zwolnieni! – fuknęła i ruszyła w kierunku drzwi, po czym trzasnęła nimi dla większego efektu.

Nikt się nie odezwał.

– Przerwa! – krzyknął reżyser i opadł bezsilnie na krzesło.

Podbiegły do niego długonoga asystentka ze szklanką wody i wściekła Bogna z chusteczkami. Jeszcze mu się dostanie i od niej. Poszłam do swojej garderoby. Nic bym nie przełknęła. Położyłam się na niewygodnej kozetce, żeby przez te pół godziny trochę ochłonąć. Czekało nas dziś jeszcze mnóstwo pracy, a plan na pewno się przedłuży.

– Powiedz, że mi się to przyśniło! – usłyszałam nagle głos Adama. Wyglądał na wstrząśniętego.

– Naprawdę zabijamy ten serial?

– Chyba już to zrobiliśmy. Super, że Henio tak nagle przypomniał sobie, że ma jaja!

– Ona jest straszna! To potwór!

– Tak, ale to dzięki niej spłacamy nasze kredyty. Wystarczy, że pstryknie palcami, i wszyscy mamy problem.

– Kręcisz się jak chorągiewka! Rano mówiłeś co innego. Zdecyduj się. Ona go upokorzyła. Wstrętne babsko!

– Nie pierwszy raz. Jakoś nigdy mu to nie przeszkadzało. Teraz pewnie dzwonią oboje do Laksa i zdają mu relację. Chciałaś, to masz.

– Co?

– Swój sprawdzian. Jeśli w ciągu kwadransa nie zostaniemy wylani, znaczy, że mu się wczoraj podobało.

– Jedno z drugim nie ma nic wspólnego.

– Mówiłem ci, to wojna.

– Dlaczego nikt się nie odezwał?

– Dwa trupy wystarczą. Wszystkich przecież nie zwolnią.

– Dlatego właśnie cała ekipa powinna się postawić!

– Nie ma czegoś takiego jak godność, są tylko sojusze. A trzyma się z silniejszymi. Zawsze i bez wyjątku.

– Potwory!

– Od razu potwory. Nawet fajnie wyglądało, jak Henio przypomniał sobie nagle o swojej godności i roli reżysera na planie. Ale każdy myśli o sobie i nikt nie ma ochoty ginąć w jego wojnie z Sereną. Poświęcając was dwoje, da się uratować resztę ekipy. Żart! – dodał szybko, widząc moją minę.

– Przecież właśnie tak myślicie. I to właśnie najgorsze.

– Kwestia podejścia. Może u was w Bajkolandii środkiem płatniczym jest słodki uśmiech, ale tutaj, w świecie ponurych złych ludzi, pieniądze to powszechnie akceptowany sposób rozmowy i zawsze najlepszy argument na pokonanie przeciwnika.

– Okropne!

– Dlaczego? Bardzo rozsądne. Pieniądz to jasna skala wartości w świecie, w którym zawiodły wszelkie autorytety.

Nie ma już środowiska, nie ma krytyki, nie ma drogowska-
zów. Poza jednym: „Do kasy".

– Chcesz mi od rana zepsuć humor?

– Jakby zostało jeszcze coś do zepsucia. A teraz biegnij na
plan. I bądź jak zwykle piękna i dobra. Tego wszyscy od ciebie oczekują! – Adam pokiwał głową i usiadł na krześle.

Miał teraz chwilę wolnego. Teoretycznie aż do momentu,
kiedy twarz znów zacznie mi się świecić.

39

Minęła przerwa i nic się nie wyjaśniło. Lax nie zadzwonił, Serena nie wróciła, reżyser nie odwołał zdjęć. Panowała cisza przed burzą. Pytanie, kto załapie się na szalupę ratunkową, a kogo fale nieodwołalnie zmyją za burtę, wciąż pozostawało bez odpowiedzi. Wśród członków ekipy panowało zrozumiałe podenerwowanie. Starałam się skoncentrować i myśleć tylko o swojej roli. Jednak przed oczyma wciąż migały mi obrazy z ostatniego tygodnia, jakby to było całe moje życie, które właśnie się kończyło.

Zdjęcia, bez żadnej interwencji, zakończyły się około szóstej. Wychodząc z hali, otrzymałam pierwszą odpowiedź: moja limuzyna razem z kierowcą wyparowała. Zapowiadał się ciekawy wieczór. Poszliśmy z Leonem na najbliższy postój taksówek. Mam się spakować i wracać do domu? Bez pożegnania? Bez mojej niebotycznej gaży? Tak po prostu?

Postanowiłam odszukać Piotra. Jeśli będzie trzeba, przykuję się do jego drzwi. Ciągle miałam nadzieję, że wszystko da się jeszcze odkręcić, a powrót Sereny nie oznacza dla mnie wyroku. Czekałam na taksówkę, gryząc palce. Całkowicie zwątpiłam w to, co się stało wczoraj. Wyobrażałam sobie powrót do Białegostoku i triumfalną minę mojego dyrektora, kiedy pójdę błagać go na kolanach, by dał mi drugą szansę. Kto uwierzy w bajeczkę o roli w serialu? Tak jak przewidywałam, wszystko obróciło się przeciwko mnie. Marna pociecha, że mam niezawodną intuicję.

– Do takiego dużego biurowca ze szklanymi windami – powiedziałam i uciekłam ze wzrokiem. Założę się, że taksówkarz spojrzał w lusterko wsteczne. – Gdzieś w centrum. – Zrobiłam nieokreślony ruch ręką.

– Domyślam się – wycedził przez zęby, krzywiąc się na widok Leona sadowiącego się obok mnie.

– W okolicy dworca – przypomniałam sobie. – Nie znam adresu.

Piotr był moją ostatnią nadzieją. Przecież nie wymyśliłam tego, co stało się wczoraj? Dlaczego nie wzięłam od niego numeru komórki? Wystarczyłby jeden telefon i przynajmniej wiedziałabym, na czym stoję. Tymczasem nie mam pojęcia, czy powinnam się pakować i dzwonić do mamy, żeby kupiła tonę chusteczek higienicznych, czy spokojnie czekać na rozwój wypadków. W końcu uratowałam jego tyłek wobec tej lali z telewizji, odgrywałam Serenę przez ostatni tydzień i nikt nie miał powodu się skarżyć. Dałam się sfotografować z prezydentem, chodziłam całymi dniami w tej idiotycznej peruce. Dlaczego ta baba musiała wrócić akurat teraz?!

– Ten? – usłyszałam znienacka.

Rozejrzałam się dookoła. Taksówkarz trafił bez pudła. Zapłaciłam i wysiadłam. Zaraz się wszystko wyjaśni.

– Gdzie z tym psem?!

– Tutaj? – Uśmiechnęłam się uroczo do bucowatego ochroniarza, wskazując wnętrze budynku.

– Zwierzętom wstęp wzbroniony.

– To pies pana Laksa! Strasznie się stęsknił, dawno się nie widzieli.

Na potwierdzenie moich słów Leon wesoło zamerdał ogonem.

– Więc pan Lax będzie musiał się tu pofatygować osobiście.

– Dobra, dobra! Niech pan potrzyma. – Wcisnęłam mu smycz w dłoń i pobiegłam do windy.

Jechałam do góry, obserwując wściekłego ochroniarza i Leona, który usiłował się z nim zaprzyjaźnić. W głowie miałam kompletną pustkę. Jak to rozegrać? Zrobić awanturę, a może się rozbeczeć? Brać go na litość czy żądać wywiązania się z kontraktu?

„W cywilizowanym świecie istnieją pewne normy, które należałoby uszanować, panie Lax!" – karciłam go w myślach.

– Pana Laksa nie ma – oznajmiła panienka w recepcji.

– Jak to nie ma? – zdziwiłam się. Gdzie on się podziewa w takiej chwili?

– Wyjechał na kilka dni.

– To bardzo ważne. Sprawa życia lub śmierci, można powiedzieć.

– Zarówno życie, jak i śmierć będą musiały poczekać. – Recepcjonistka uśmiechnęła się słodko. Nie zapomnę jej tej miny.

– A mogłaby mi pani dać numer jego komórki? – poprosiłam grzecznie.

– Przykro mi…

Postanowiłam zmienić front.

– Proszę zatem powtórzyć panu Laksowi…

– Taaak?

Co ona ma mu właściwie powtórzyć? Że Serena wróciła? On już to na pewno wie. Że Kaśka prosi o wyjaśnienia? Co tu wymyślić? To musi być coś naprawdę ważnego.

– Bo wie pani… Pojawił się problem z moją umową…

– Jak się pani nazywa? – zapytała niewinnie, od razu trafiając na minę.

– Pyta mnie pani o nazwisko? – próbowałam zyskać na czasie.

– Ma pani może wizytówkę?

Nie! Nie miałam cholernej wizytówki!

– Proszę mu powiedzieć, że chciała się z nim spotkać Katarzyna Zalewska. Zresztą nieważne – rzuciłam i wyszłam z niczym.

Zjechałam na dół wściekła jak osa. Po drugiej stronie holu znajdował się bankomat. Trzeba by sprawdzić, czy stać mnie chociaż na bilet powrotny. Odebrałam ochroniarzowi psa, wstukałam swój PIN i odpadłam. Byłam bogata! Miałam kupę szmalu! Wszystko, co mi się należało, a nawet więcej! Ale szybko zrozumiałam, że to znaczy tylko jedno: „Pani już dziękujemy!". W ten charakterystyczny dla siebie sposób

Piotr Lax żegnał się ze mną zawsze. Nawet nie powiedział: „Spadaj, mała". Wypłaciłam pięćset złotych i westchnęłam. Trudno, obejdzie się bez scen.

Nie pozostawało mi nic innego jak wrócić do rezydencji. Wszystkie znaki na niebie i ziemi wskazują, że wkrótce się z nią pożegnam. Nie ma się dokąd śpieszyć, wieczór jest piękny, a ja nie mam żadnych planów, w każdym razie nie zamierzałam kupić biletu powrotnego.

Gdy po ósmej wieczorem wraz z Leonem dotarłam wreszcie na Malczewskiego, drzwi otworzył nam Marlon. Uśmiechnął się ironicznie, bez słowa wystawiając moją torbę na schody. Zabrałam swój dobytek i ruszyłam ulicą. Dopóki mógł mnie widzieć z okna, nie zatrzymywałam się. Maszerowałam, jakbym realizowała wcześniejszy plan i wiedziała, dokąd zmierzam. Po chwili przypomniałam sobie, że w torebce mam firmową komórkę. Nie będzie mi już nigdy potrzebna. Wróciłam i oddałam ją Marlonowi. Moja przygoda z filmem dobiegła końca.

40

Opuszczona przez wszystkich młoda kobieta idzie pustą ulicą. W jednej ręce trzyma ciężką torbę podróżną, w drugiej psa na smyczy. Zapada zmierzch, a przed nią długa droga prowadząca w ciemność. Rzewna muzyka w tle potęguje smutny nastrój. Napisy. Widzowie ukradkiem ocierają łzy i wychodzą z kina. Tak mógłby wyglądać koniec filmu ze mną w roli głównej. Właśnie rozgrywał się na żywo.

Mnie samej też zbierało się na płacz. Trudno się dziwić: straciłam za jednym zamachem szansę na karierę w filmie, mężczyznę życia i najlepszego przyjaciela. Wczoraj gwiazda wożona amerykańską limuzyną, dziś dziewczyna z prowincji, która nie ma gdzie przenocować. To nastąpiło tak nagle. Nie zdążyłam się przygotować, wymyślić jakiegoś rozsądnego scenariusza ewakuacji.

A teraz co? Mam psa, torbę podróżną i pustkę w głowie. Ale trzeba uczciwie przyznać, że na koncie nigdy nie zebrałam więcej cyferek! Zdecydowanie zera, a zwłaszcza długie ich ciągi mają jakąś magiczną moc! One właśnie powodowały, że nie czułam się całkiem przegrana. Fakt, coś mi nie wyszło, ale czy nadszedł już moment ostatecznego podsumowania? To zaledwie wstęp, rozgrzewka w wielkim świecie. Rozsądnie gospodarując, mogę sobie teraz pozwolić nawet na kilka miesięcy wakacji. Bo zdecydowałam, że nie wrócę do domu. Najwyższa pora się usamodzielnić.

– Do jakiegoś niedrogiego hotelu proszę – rzuciłam, sadowiąc się w taksówce. Kierowca przygryzł wargi na widok Leona. Najwyraźniej walczył z pokusą zostawienia nas na postoju.

– A konkretnie?

– Konkretnie to pan powinien wiedzieć.

Ruszyliśmy. Nie wiem, czy chciał mi dać nauczkę, czy też nie ma tanich warszawskich hoteli, jedno jest pewne: około dziesiątej taksometr wskazywał pięćset złotych, a ja wciąż nie miałam noclegu. Kiedy zaczęłam rozważać przeczekanie do rana na Dworcu Centralnym, mimo wszystkich niewygód, jakie się z tym wiązały, i moich nie najlepszych doświadczeń, taksówka zatrzymała się przed obiecująco wyglądającym wysokim budynkiem o nazwie Riviera.

– Akademik? – zdziwiłam się. Byłam jednak tak zmęczona, że oddałam taksówkarzowi całe zasoby gotówki i rzucając wszystko na jedną kartę, zabrałam bagaż oraz psa z postanowieniem, że nigdzie dalej nie jadę. Nie miałam już zresztą za co.

W kantorku przy wejściu siedział starszy facet. Bezmyślnie gapił się w telewizor, gdzie akurat nadawali premierowy odcinek *Życia codziennego* ze mną w roli głównej. Stanęłam przy okienku przekonana, że kiedy tylko rzuci na mnie okiem, odda mi na wyłączność apartament prezydencki, jeśli takowym tu dysponują, w zamian błagając jedynie o autograf. Ale on nie zawracał sobie mną specjalnie głowy. Sceny toczyły się wartko, bohaterowie, stawiani przez scenarzystów w sytuacjach bez wyjścia, walczyli do upadłego. Wreszcie film się skończył. Starszy pan westchnął z żalem.

– Dobry wieczór! – przypomniałam o sobie, bo portier wciąż całą uwagę poświęcał telewizji. Chrząknęłam.

Spojrzał spod ciężkich powiek. Nie poznał we mnie Matyldy. Miał minę służbisty, a kiedy zobaczył leżącego na podłodze Leona, coś błysnęło w jego oczach.

– Gdzie z tym psem?!

Nie czekałam, aż mnie wygoni. Musiałam improwizować.

– Mógłby mi pan dać trochę wody?

– A co mu jest? Chory?

– Nie, zmęczył się… – Wymyślałam tę historyjkę na poczekaniu, to lepsze niż wykuta na pamięć rola w serialu. – Nienawidzę ludzi. Mój narzeczony… On… – Rozpłakałam się. Chyba naturalnie to wyglądało, bo facet wyszedł z kanciapy i zapytał z troską:

– Wyrzucił panią?

– Gorzej. Przyjechałam dziś z Sokółki. – Jakieś minimum prawdy obowiązuje, przynajmniej kierunek się zgadzał. – Mieliśmy jutro… planowaliśmy kupować obrączki, wyznaczyliśmy już termin ślubu, a on… u niego… On mnie zdradziiiiiiiiił! Przyłapałam go z tą kobieeeetą…

Aktorstwo godne Oscara. Szkoda, że miałam tylko jednego widza i nie wiedziałam, czy w ogóle są tu wolne pokoje.

– A to łobuz! I co? – Starszego pana moja historia najwyraźniej wciągnęła.

– Idziemy na dworzec. Daleko jeszcze?

– Na Centralny?! Pieszo?!

– Mamy czas, pociąg odjeżdża dopiero jutro.

– Dziecko złote, a skąd wy tak wędrujecie? – Moje nieszczęście go poruszyło.

– Nie wiem, ja nie znam Warszawy, chyba z Ursynowa.

– Matko Boska! Z Ursynowa?! I masz zamiar nocować na dworcu?!

– Bo ja nie mam na hotel – załkałam. Tu akurat nie kłamałam. Taksówkarz zabrał wszystko. – Jak ja się w domu pokażę? Mama mówiła, że to laaadaaacooo...

– Trzeba było jej słuchać.

– Chyba się rzucę pod pociąg! Wziąłby pan psa? Ostry, przyda się do pilnowania. – Coraz bardziej wchodziłam w rolę.

Portier popatrzył na Leona z respektem.

– Wiesz co, powinnaś się przespać. Wszystko się jakoś ułoży. Daj torbę – powiedział, wziął z kantorka jakieś klucze, chwycił mój bagaż i ruszył do windy.

Ulokował mnie w obskurnym pokoju na trzynastym piętrze. Przyniósł mocno zużytą, choć czystą pościel, zrobił herbaty, oddał swoją kanapkę z salcesonem, powiedział „dobranoc" i zostawił samą. Udało się!

Wyjrzałam przez okno. Warszawa ciągnęła się po horyzont. W ciemności sierpniowej nocy gdzieniegdzie połyskiwały światła. To obce, dalekie i przerażające miasto leżało teraz u moich stóp. Choć byłam sama i skazana tylko na siebie, uznałam to za dobry znak. Gdzieś tam, w dole, może całkiem niedaleko, czeka na mnie moje mieszkanie. Muszę je tylko odnaleźć.

Rozejrzałam się po pokoju. Nie była to willa przy Malczewskiego z jacuzzi, lodówką wypełnioną frykasami, gotowym na każde skinienie szoferem i reporterami łamiącymi gałęzie okolicznych drzew. Tu nikt mnie nie znał. Zaczynałam wszystko od nowa.

41

Długo nie mogłam zasnąć. Nie wiem, czy z powodu tapczanu, którego stare sprężyny niemiłosiernie skrzypiały i kłuły mnie przy każdy ruchu, czy też dlatego, że wreszcie zrozumiałam, co się tak naprawdę stało. Kręciłam się z boku na bok, liczyłam barany, recytowałam inwokację do *Pana Tadeusza*. Wszystko na nic.

A potem przyśnił mi się Piotr. Co za cudowny sen! Jego ręce żarłocznie mnie zagarniały, oczy były pełne ognia, a usta głodne moich pocałunków. Szeptał czułe słówka i wierzyłam, że wciąż trwa tamten niezwykły wieczór. Jedyny i niezapomniany: szalona jazda warszawskimi ulicami, kubek parującego kakao, spacer po Łazienkach. Wreszcie noc, która pewnie już nigdy się nie powtórzy.

Obudziłam się przed szóstą. Przyzwyczajenie. Wciąż myślałam o Piotrze. Gdyby wtedy nie wyszedł bez słowa… Ale wymknął się cichaczem i więcej nie zadzwonił. Nie jestem pierwszą ani ostatnią, której się coś takiego przytrafiło. Ale mam swoje życie i swój honor. Nie zamierzam rozpamiętywać tego w nieskończoność. Nie uważałam się za oszukaną ani wykorzystaną. Czułam się wtedy szczęśliwa, a że ta przygoda nie ma dalszego ciągu, czy to takie dziwne? Adam pewnie by mi ją po swojemu wytłumaczył: „Nie bądź sentymen-

talna, dziewczyno. Bierz, co ci w ręce wpada, i ciesz się, bo
życie to loteria fantowa z masą pustych losów". I jak zwykle
miałby rację.

Rano umyłam zęby, ubrałam się i zjechałam na parter.
Starszy pan drzemał w swoim kantorku. Na szczęście w aka-
demiku znajdował się bankomat. Wypłaciłam trochę pieniędzy i zaczęłam robić plany na resztę życia. Zaczęłam od zakupów. Kupiłam w najbliższym sklepiku gazetę, jogurt, kawę
i parę bułek. W drodze powrotnej studiowałam ogłoszenia.
Kolumny „wynajmę mieszkanie" i „dam pracę" przedstawiały
się obiecująco. Dziś jedno z tych mieszkań na pewno zostanie wynajęte. Co do zatrudnienia nie miałam niestety takiej
pewności. Nikt nie poszukiwał trzydziestoletniej aktorki. Brakowało kwiaciarek, ekspedientek, stylistek paznokci, kelnerek
i księgowych.

Kolejny problem stanowił brak ładowarki, powodujący,
że moja komórka nie działała. Musiałam czekać do otwarcia sklepów, żeby kupić ładowarkę lub nowy telefon. Drugi problem: co zrobić z Leonem podczas oglądania mieszkań? Stróż z akademika wzruszył się kawą, którą mu
przyniosłam, i kłamstwem, że nigdy mi się tak dobrze nie
spało. Gdy wróciłam ze spaceru z psem, zrobił mi miejsce
obok siebie i podsunął służbowy telefon, żebym nie musiała czekać do południa. Z uwagą studiował oferty wynajmu,
palcem wskazując mi numery, pod które warto zadzwonić. W ten sposób przed dziewiątą miałam już listę pięciu
mieszkań w najbliższej okolicy. Wtedy zaproponował, że

zajmie się Leonem podczas mojej nieobecności. Miły, choć warszawiak.

Byłam strasznie podniecona, bo czułam, że biorę los w swoje ręce, ale trochę tęskniłam za Adamem, jego radami, żartami i uśmiechem, no i płakać mi się chciało na wspomnienie Piotra. Trzymałam się jednak i taka wydawałam się sobie zorganizowana, taka po raz pierwszy w życiu pewna siebie, jakbym przez te kilka dni rzeczywiście stała się Sereną. Wiedziałam, że mi się uda. Musiało się udać. Nie brałam pod uwagę innej opcji.

Na moje pierwsze warszawskie mieszkanie wybrałam kawalerkę w bocznej uliczce odchodzącej od Puławskiej. Było ciche, zabawnie umeblowane, w jakieś sprzęty pamiętające głęboki PRL, ale z telewizorem i telefonem stacjonarnym, a co najważniejsze, właścicielka nie miała wygórowanych żądań, zgodziła się nawet na psa. W dodatku mogłam wprowadzić się od zaraz. Bez zbędnych ceregieli podpisałyśmy umowę. Pobiegłam po Leona i mój bagaż. Nie musiałam nawet brać taksówki! To się nazywa mieć szczęście!

Resztę dnia przeznaczyłam na zakupy. Potrzebowałam całego mnóstwa rzeczy i mogłam sobie na nie pozwolić bez względu na cenę! Zaczęłam od planu Warszawy. Taksówki są zdecydowanie zbyt drogie. Okazało się, że mam całkiem blisko do metra.

Z listą sprawunków pojechałam do Galerii Mokotów, ale samotne chodzenie po sklepach nie sprawiało mi żadnej radości. Zrobiłam zakupy w supermarkecie i wróciłam do domu. Cały optymizm ze mnie wyparował. Czułam się oklapnięta. Może tak objawiało się zmęczenie serialem? Nie miałam na nic ochoty ani sił, żeby cokolwiek robić.

Obłąkańczo tęskniłam za Chełmską, za drącym się wciąż reżyserem, za Adamem, nawet, choć trudno w to uwierzyć, za sprzeczkami z Bogną. A mieszkałam tak blisko, niepokojąco blisko! Krótki spacer ulicą. W sam raz, żeby zrobić jakieś głupstwo, dać upust emocjom, zabić kogoś przez przypadek, to znaczy w afekcie, i zasłużyć na dwadzieścia lat więzienia. Więc choć powinnam się trzymać jak najdalej od Chełmskiej, po prostu tam poszłam.

Usiłując zapanować nad drżeniem kolan, stałam znów przed bramą wytwórni. Udawałam, że wszystko gra, jestem Sereną, chwilowo poruszającą się na własnych nogach. Myślałam, że cieć będzie się głośno witał i zginał w ukłonach, minęłam więc szlaban, nic sobie z niego nie robiąc, ale portier nie dał się nabrać na mój urok osobisty i nie wpuścił mnie nawet za bramę! Wkurzona tłumaczyłam mu, z kim ma do czynienia, a on patrzył na mnie z politowaniem i odpowiadał, sepleniąc, że „pani Serena juz zaceła zdjęcia, psyjezdzając jak zwykle o casie". Łobuz jeden.

– To oszustka! – gorączkowałam się. – Nie rozumie pan? Ukradła mi samochód! Jak mam pana przekonać?

– Wymyślić jakąś lepsą bajeckę.

Usiadłam zrezygnowana na murku. Jestem *persona non grata*. Tak to się nazywa w dyplomacji. Pani już dziękujemy. Ale od kiedy Fenicjanie wymyślili pieniądze, któż potrafi oprzeć się ich szeleszczącemu wdziękowi? Sposobem znanym z amerykańskich kryminałów wsunęłam w dłoń portiera dwadzieścia złotych. Oczywiście tym razem mnie nie zatrzymywał! Ze ściśniętym sercem weszłam na plan. Trwały zdjęcia. Serena akurat posypała się z tekstem. A jakże, w końcu to ja go umiałam na pamięć! W cieniu, z boku, dostrzegłam Adama. Kiwnął mi głową, wskazując garderobę.

– Przyszłam się pożegnać – powiedziałam, kiedy zamknął za sobą drzwi.

– Bez sensu wyszło. Wróciła, jakby ktoś ją ostrzegł.

– Kto?

– Ktoś życzliwy. Marlon? Może Bogna?

– Kiedy się urwała, jakoś nikt nie wiedział, dokąd uciekła. Na gwałt szukaliście zastępstwa. Przed czym teraz ktoś miałby ją ostrzegać?

– To zaczynało się robić dla niej niebezpieczne.

– Czemu wobec tego odnoszę wrażenie, że to mnie wystawiono do wiatru?

– Jakie masz plany?

– A co mogłabym zrobić w tej sytuacji? W końcu przecież nic się nie stało. – Rozbeczałam się wreszcie. Marzyłam tylko o tym, żeby nikt mnie nie zobaczył.

– Nie rób niczego pochopnie.

– Czy da się pochopnie wrócić do domu? – Siąkałam nosem, litując się nad sobą coraz bardziej. I tak się rozsmakowałam w roli ofiary, że nawet nie powiedziałam Adamowi o mieszkaniu.

– Jeden dzień to dla ciebie bez różnicy. Marek wyjechał do Gdańska, zanocuj u mnie. Coś wymyślimy. Wpakowałem cię w ten cały syf, daj mi się wykazać.

– Dzięki wielkie, ale nikt nie może mi pomóc. Inaczej: ja tego nie potrzebuję. Mam kupę forsy, wiesz? Lax mi zapłacił.

Z planu ktoś wołał Adama, on sięgnął do swojej torby, wyjął z niej klucz, napisał na kartce adres i wcisnął mi go do kieszeni.

– Daj mi ten wieczór. Przynajmniej upijemy się na smutno.

– Ale ja nie jestem sama…

– Jak to?

– Zabieram ze sobą Leona.

– Znajdziemy dla niego kocyk. Wracam wieczorem. Tylko nie zrób jakiegoś głupstwa! Żadnych samobójstw aż do ósmej, zgoda? Za to możesz ugotować kolację. O ile znajdziesz coś w lodówce. Trzymaj się, mała – powiedział i pocałował mnie w policzek.

Spojrzałam na kartkę, włożyłam klucze do kieszeni i wyszłam, nie oglądając się. Miałam wolny dzień i ochotę, by popełnić jakieś straszne głupstwo. Zamiast tego zrobiłam zakupy i wróciłam do domu. Rzuciłam siatki w przedpokoju i wyszłam z psem na spacer. Leon penetrował nową dzielnicę, a ja zastanawiałam się, jak sensownie zagospodarować nadmiar wolnego czasu. W rezultacie, kiedy wróciliśmy, położyłam się „tylko na chwilę" i przespałam całe popołudnie.

42

Adam mieszkał w centrum, mniej więcej kwadrans drogi samochodem od Puławskiej, wliczając w to oczekiwanie na czerwonym świetle. Nim ułożyłam w myślach menu kolacji pożegnalnej, już dotarliśmy na miejsce. Po uporaniu się z trzema zamkami weszłam do środka i rozejrzałam się. Odniosłam wrażenie, jakbym kiedyś już tu była. Nie kilkanaście dni temu, tylko w jakimś odległym, nie całkiem realnym życiu. Nagle to wszystko wydało mi się takie odległe. Nie tak dawne wydarzenia poszarzały, wyblakły.

Miasto kusiło na tysiąc sposobów, ale rozrywka w pojedynkę to kiepska perspektywa. Generalnie samotność jest zdecydowanie przereklamowana. Nie rozumiem, dlaczego media tak wychwalają życie singla. Troski podzielone z kimś stają się o połowę mniejsze, a radości dwa razy większe. Ale jak dziś znaleźć kogoś biegłego w rachunkach? Tylko w ostatnich dniach popełniłam aż trzy fatalne błędy, bo to, co mnie połączyło z Piotrem, też zaczęłam do nich zaliczać. Miałam tylko kłopot ze sklasyfikowaniem, czyją pomyłką była ta noc: moją czy może jego?

Faceci, dlaczego mam z nimi aż takie problemy? Może to jakiś wyparty do podświadomości uraz z dzieciństwa? Dlaczego nic mi się nie udaje? Im bardziej chcę, tym gorzej mi wychodzi.

– Co ze mną nie tak? – zapytałam Adama, kiedy zjawił się wreszcie o wpół do siódmej i usiedliśmy nad czymś, co w zamierzeniu miało być kolacją, ale do złudzenia przypominało potrawy z pobliskiego barku prowadzonego przez Wietnamczyków.

– Może to, że nie umiesz gotować? – odparł, przeżuwając kawałek mięsa. – Zawsze się boję, że to psina… Miałaś tyle czasu, w sam raz na zrobienie pierogów albo bigosu. Bokiem mi wychodzi żarcie z tej wietnamskiej budy!

– Powiedz… albo nie, nie mów… – Urwałam, przeraziwszy się własnych myśli.

Adam spojrzał na mnie wymownie.

– Trudno się odzwyczaić, co?

– Od czego?

– Powinienem teraz powiedzieć, że Serena grała beznadziejnie, że jej Matylda to tylko cień twojej.

– Wiem, idiotka ze mnie.

– Gwiazdorstwo jest zaraźliwe, niestety.

– Przepraszam – wyszeptałam skruszona.

– Nie przejmuj się, a z Sereną to akurat prawda.

– Co?

– Niestety, straciła formę. Chyba Matylda ją znudziła. To nie rola w teatrze, tylko jakiś tam serial. Jeden z wielu. Dla ciebie to było wyzwanie. Dawałaś z siebie wszystko, ona nawet nie próbuje udawać zaangażowania.

– Dlaczego to wszystko jest takie obłąkane? Co powinnam teraz zrobić? Przeraża mnie perspektywa powrotu do domu. Wiem, że te kilka dni tutaj zapamiętam na zawsze. Ale zdaję sobie też sprawę, że tu nie ma dla mnie przyszłości. Powinnam czekać, aż ona znowu zniknie? A może zrobić sobie operację plastyczną?

– W Warszawie, podobnie jak w Białymstoku, również działają teatry lalkowe – zasugerował nieśmiało Adam, a ja miałam ochotę rzucić w niego talerzem. – Dobra, wiem, że już cię to nie kręci.

– Nie mam mieszkania ani pracy... – kłamałam w żywe oczy, ale lubię, kiedy ludzie się nade mną litują.

– Dokładnie tak samo jak w Białymstoku, prawda? Różnica polega na tym, że to tu się kręci biznes.

– Ale kto mnie zatrudni? Taką chodzącą kopię Sereny?

– Osobiście uważam, że Lax nie powinien cię wypuścić z rąk.

– Też tak sądzę. Tymczasem wyjechał bez słowa nie wiadomo dokąd.

– I będzie żałował, bo teraz ja zostanę twoim agentem.

– Jak to?

Adam spojrzał na zegarek.

– Za trzy godziny mamy spotkanie i sesję zdjęciową.

– Ej, nie świruj!

– Serio. Nie licz na cuda. To tylko zdjęcia do portfolio. Jeśli chcesz zacząć tu funkcjonować, powinnaś się zarejestrować w jakiejś agencji. Twoja twarz nie musi być przekleństwem, możesz z niej zrobić swój atut.

– Ciekawe jak?

– Serena nigdy nie zagrała w reklamie.

– Więc mam udawać, że dała się złamać jakiemuś producentowi batonów? Nie ma mowy!

– Nie zrobiła też sesji dla „Playboya"...

– Ty jednak masz nieźle nasrane we łbie! – wściekłam się.

– Mam jej jeszcze zrobić prezent ze swojego ciała?! Niedoczekanie! Nie rozebrałabym się nawet na własny rachunek, a co dopiero na cudzy!

– I błąd. Masz pojęcie, ile to otwiera drzwi?

– Nie zamierzam nikomu pokazywać cycków!

– Bo co? Kiepskie są?

– Dla ciebie i tak za dobre! Pieprzony koneser!

– Żebyś wiedziała!

– Chrzanię to! Te wasze drzwi, furtki i bramy. To wasze środowisko, układy, stosunki, uśmieszki i podlizywanie. Tu nikt nigdy nie jest sobą, chyba że się akurat uwali w trupa. Wszyscy udajecie kogoś innego. Mam tego po kokardkę!

– Jeszcze się nie przyzwyczaiłaś? Ale w porządku, twój wybór. Zamówić taksówkę na dworzec? Masz bilet?

– Dokładnie tak, chcę wrócić do prawdziwego życia.

– Czyli do grania kamieni polnych w podrzędnym teatrzyku na zabitej dechami prowincji? Cudownie!

– Do przebywania wśród normalnych ludzi, gdzie można się zwyczajnie przyjaźnić, gdzie dla roli nikt nikogo nie otruje, gdzie po pracy można pójść na piwo.

– Oj dobra, nie gorączkuj się tak.

– Ja się gorączkuję? Ja?! Reaguję jak normalny człowiek.

– W porządku, rób, co chcesz, i tak postawisz na swoim, a że nie zawsze mądrze, nie moja broszka. Zastanawiam się tylko, po co jak idiota wydzwaniałem do wszystkich znajomych, żeby ci zapewnić jakieś odbicie. Po co oddałem klucze do własnego mieszkania i pół łóżka? Co otrzymałem w zamian? Kolację od Wietnamca i tysiące wątpliwości natury etycznej. Świat nie jest etyczny. Wbij to sobie raz na zawsze do tej pięknej główki. Albo tu zostaniesz i coś wywalczysz, nawet wbrew sobie, albo wrócisz z poczuciem przegranej. Boże, dlaczego ja się tym tak przejmuję?

Ostatnie zdanie rzucił do Leona, nie otrzymał jednak odpowiedzi.

– Bo mnie lubisz? – zapytałam nieśmiało. Miał rację, jak zwykle.

– Nie! Nie lubię cię! Nie lubię głupich gęsi myślących, że świat został stworzony dla ich przyjemności. Że można się w nim rozeznać dzięki Dekalogowi. To nieprawda. Zresztą wracaj na prowincję, tak będzie najlepiej. Warszawa to dla ciebie za duże wyzwanie. Pogubisz się, a ja nie mam zamiaru prowadzić cię do końca życia za rączkę.

– Adaś… Proszę… Lubisz mnie trochę? Akurat dziś strasznie tego potrzebuję.

– Ty zawsze tego potrzebujesz! A kto mnie będzie lubił? – Westchnął i spojrzał na zegarek. – Dobra, dość tego mędzenia. Oczekuję jasnej i prostej decyzji: wóz albo przewóz.

– Czyli?

– Idziesz tam i do rana pozujesz, a jutro wynajmujesz sobie jakiś kąt czy upijamy się i wskakujesz z całym swoim majdanem i psem do nocnego pociągu?

– Myślisz, że mogłabym spróbować?

– Nie osłabiaj mnie! Ty po prostu nie masz wyjścia, musisz zagrać i wygrać. A to da się osiągnąć tylko tutaj. Zapomnij o Serenie. Teraz nazywasz się Kaśka Zalewska. Powtórz.

– Nazywam się Kaśka Zalewska.

– Na początek wystarczy.

43

Wyruszyliśmy na Kabaty późno, bo po jedenastej. Znajomy Adama, podobno bardzo znany w Warszawie fotograf mody, skończył właśnie sesję i w imię przyjaźni postanowił pstryknąć mi parę fotek do portfolio. Jego pracownia znajdowała się w mieszkaniu najzwyklejszego bloku, z tym że zamiast mebli na największej ścianie, niczym monstrualne rolety, wisiały różnokolorowe tła. Z boku stała toaletka do stylizacji, obok niej stolik z laptopem i metalowy wieszak na kółkach obwieszony jakimiś ciuchami. Obrazu całości dopełniało kilka krzeseł, stołków i niewielka kanapa. Fotograf, szczuplutki blondynek o twarzy cherubina, wyglądał, jakby wczoraj odebrał świadectwo ukończenia gimnazjum. Trochę się zmieszał na mój widok.

– Nazywam się Kaśka Zalewska – powiedziałam, akcentując każdą sylabę, i wyciągnęłam do niego dłoń.

– Carlos, witaj – przedstawił się (zdaje się, że nie miał nazwiska), po czym zamarł w niemym zachwycie. Ani przez chwilę nie brałam tego do siebie. – To niesamowite! – szepnął, wciąż patrząc jak urzeczony.

– Nie ciesz się – rzucił mi z tyłu Adam. – Też woli chłopców.

– Jesteś… To nie do wiary…

– Zaraz będziesz żałował, że ją poznałeś. – Adam tryskał humorem. – To najbardziej upierdliwa aktorka w Unii

Europejskiej. Na dodatek całkowicie niereformowalna i bez krzty talentu.

– Dokładnie tak – potwierdziłam bezwstydnie.

Carlos tylko się uśmiechnął. Znał ten kod.

– Twój talent mnie nie obchodzi. Grunt, żebyś była fotogeniczna. A jeśli nawet okaże się, że wręcz przeciwnie, od czego masz mnie?

Czy mówiłam już, że geje to najlepsi przyjaciele kobiet? Gdyby nie istnieli, trzeba by ich wymyślić! Tych dwóch cudnych facetów zapewniło mi miękkie lądowanie po największym kopniaku, jaki wymierzyło mi życie. Dzięki nim cała ta sytuacja zaczęła się wydawać wręcz zabawna.

– Rozgośćcie się. Zrobię kawy.

Z rozkoszą klapnęłam na fotel.

– Nie ma czasu – strofował mnie Adam. – Siadaj przed lustrem, muszę cię umalować. Chociaż raz powinnaś wyglądać na ładną.

Nie zareagowałam. Ale kiedy spojrzałam w lustro, zrozumiałam, że bynajmniej nie żartował. Z takim wyglądem nawet w olbrzymiej papierowej torbie na głowie mogłam reklamować wyłącznie cukier biały kryształ, ale na pewno nie zostałabym zaproszona na żaden casting, nawet do roli pasty do zębów.

– Adasiu, ale nie rób ze mnie Sereny, co? – poprosiłam ugodowo. W innych kwestiach zdałam się na niego.

Adam prawie godzinę męczył się, żeby upodobnić mnie do kobiety. Potem zaczęła się sesja. Matko Boska! Co to za katorga! Jeśli kiedykolwiek ktoś przy mnie będzie twierdził, że modelki mają lekkie życie, osobiście wymierzę mu kopniaka. To było gorsze niż maraton szorowania przypalonych garów, wyrywanie naraz wszystkich czterech zębów mądrości bez znieczulenia i zdawanie matury z chińskiego!

Nigdy w życiu nie dam się już na to namówić! Po dwóch godzinach bolał mnie każdy mięsień, usta miałam wykrzywione w sardonicznym uśmiechu, jakbym się zaraziła tężcem, a całodzienną pracę na planie uważałam za dziecinną igraszkę w porównaniu z tym horrorem gorszym od pracy w kopalni.

– Dobra, dzięki. Zobaczymy, czy coś da się wybrać – oznajmił Carlos. Też wydawał się zmęczony.

– Jeśli się nie da, przekwalifikuję się na przedszkolankę – powiedziałam i padłam jak długa. Była trzecia rano.

Kiedy się obudziłam, świtało. Obaj mężczyźni wstawali od komputera. Adam podał mi płytkę ze zdjęciami.

– Pilnuj tego jak oka w głowie, to twoja przepustka do sławy.

Półprzytomna włożyłam ją do torebki. Nawet nie wiem, czy podziękowałam Carlosowi, że zarwał dla mnie noc. Nie otwierając oczu, szłam potulnie za Adamem. Kiedy wreszcie usiadłam na jego łóżku, uważałam się za najszczęśliwszego człowieka na ziemi.

Obudziło mnie głośne szczekanie Leona i przykre wrażenie, że ktoś mną potrząsa. Otworzyłam jedną powiekę i poczułam w oku przydługi nos kolesia z blond pasemkami! Chwilę trwało, zanim oprzytomniałam.

– Co ty tu robisz?! – Marek ciskał się falsetem.

– Może byś się najpierw przedstawił? – zaproponowałam ugodowo.

Zegar wskazywał dziewiątą. Adam pojechał już pewnie do wytwórni. Miałam ochotę zrobić sobie kawę i przy śniadaniu wielkodusznie wybaczyć Markowi, że ukradł mi Adama. Dziś miałam serce otwarte na wszystkie orientacje seksualne. Ale jak się wkrótce okazało, gej gejowi nierówny.

– Ja?! Ja mam się przedstawić? Tobie? Wynoś się! Zrozumiałaś?! Wynocha! *Raus!* – Z wściekłości głos zawiesił mu się na niebotycznie wysokich rejestrach. Przez głowę przeleciała mi niedorzeczna myśl, że mógłby śpiewać w operze partie przeznaczone dla kastratów.

– Spokojnie, zaraz uciekam. – Próbowałam załagodzić sytuację. W końcu zastał mnie w łóżku Adama, poniekąd może nawet w swoim własnym, miał prawo się wkurzyć.

– Jeżeli jeszcze kiedykolwiek spróbujesz się spotkać z Adamem, dopadnę cię i wydrapię ci oczy. Jasne?! Nie ma tu miejsca dla ciebie. W tym związku ja robię za gwiazdę!

To brzmiało tak absurdalnie, że zrezygnowałam z podjęcia heroicznej bądź co bądź próby polubienia go. Co się będę dla gnojka wysilać? Biedny Adam, po świecie chodzi tylu fajnych gejów, a on musiał trafić akurat na takiego dupka! Cóż, serce nie sługa, ale żeby do tego stopnia stracić rozum?

Wyszliśmy z Leonem bez śniadania. Całe szczęście, mieliśmy dokąd wrócić. Znów straciłam humor. Zrozumiałam, ile Adam wciąż dla mnie znaczy. A teraz przecież nie będę się wciskać pomiędzy niego a jego, hmm… dziewczynę. Szkoda tylko, że nie zdążył mi powiedzieć, co zrobić ze zdjęciami, gdzie szukać agencji i jak to wszystko załatwić. Znów musiałam sobie poradzić sama. Wcale mnie to nie cieszyło. W dodatku kiedy już dotarłam do domu, zauważyłam, że płytka ze zdjęciami zniknęła z mojej torebki!

Zrobiłam sobie kawy i zaczęłam się zastanawiać, co mogło się z nią stać. Doszłam do wniosku, że to sprawka Marka, który musiał grzebać w moich rzeczach, i że cały wysiłek włożony we wczorajszą sesję poszedł na marne. Z takim trudem stanęłam na prostej ścieżce, a ona niespodziewanie porosła cierniami.

44

Na kolce pod stopami i doła w sercu miałam w lodówce niezawodne lekarstwo. Całkiem niedawno odkryłam, że
szampanem, nawet jego nędzną namiastką – winem musu-
jącym, upijam się na wesoło. Od tej pory starałam się mieć
zawsze zachomikowaną małą buteleczkę, niby dla niespodziewanych gości. Wieczorem, kiedy rodzice już słodko spa-
li, wlewałam w siebie zawartość i potem zawsze miałam lekkie sny. Dlatego dziś, w obliczu zbliżających się czarnych
chmur, kupiłam już nie małpeczkę, ale całą dużą butelkę, bo
przeczuwałam, że będę musiała gasić niemal pewny, dzięki
Markowi, minorowy nastrój.

A zatem najpierw poszliśmy z Leonem na długi spacer,
potem odsypialiśmy noc, a wieczorem, siedząc przy włączo-
nym telewizorze, piliśmy szampana: ja z kieliszka, on ze
spodeczka, i próbowaliśmy zapomnieć, że znów jest nam
tak strasznie źle na świecie. Ale inaczej niż zwykle z każdym kolejnym kieliszkiem wpadałam w coraz bardziej po-
nury nastrój, jakby już nigdy w życiu nie miało mi się zdarzyć nic pięknego.

W telewizji leciało *Życie codzienne*, a jego chwilowa gwiazda sama jak palec w obcym mieszkaniu piła koktajl z szampana i łez. Minie kilka dni i nawet ja przestanę wierzyć w to,
że kiedykolwiek grałam w tym serialu. Po co właściwie wy-

najęłam mieszkanie? Powinnam wracać do domu. Tam są przynajmniej przyjaciele, tu nie ma nawet do kogo gęby otworzyć.

W głębokiej depresji, nie zdając sobie do końca sprawy z tego, co robię, wystukałam numer do domu.

– Mamo...

Oczekiwałam odrobiny współczucia, ale niemal natychmiast zaczęłam żałować. Moja rodzicielka, zwykle pełna empatii, tonem nieznoszącym sprzeciwu kazała mi wytłumaczyć w najdrobniejszych szczegółach, jakie sprawy tyle czasu zatrzymują mnie w Warszawie, oraz zrelacjonować, gdzie mieszkam i kiedy wrócę. Większości odpowiedzi nie znałam. W dodatku język mi się plątał i czułam, że za chwilę zacznie się prawienie morałów.

– Zadzwonię jutro. Dobranoc.

Tak to już jest z najbliższymi: kiedy oczekujesz od nich wsparcia, dostajesz przeważnie kolejnego kopniaka w tyłek.

Oddychał ciężko, prawie dyszał. Poczułam na szyi gorące tchnienie, a zaraz potem jego mokre wargi. Jednocześnie objął mnie w talii. Chciałam się przekręcić i oddać mu pocałunek, ale był we mnie tak ciasno wtulony, że po wyplątaniu ręki ze zwojów kołdry mogłam go tylko pogładzić po głowie. Kiedy moja dłoń zsunęła się nieco niżej, tam, gdzie powinny się znajdować plecy, i trafiła na skłębiony, nieprawdopodobnie wręcz gęsty zarost, zerwałam się na równe nogi.

– Leon! – wydarłam się jak oparzona. – Wyłaź stąd natychmiast!

Biedny psiak z podwiniętym ogonem i miną „co złego, to nie ja", zeskoczył z tapczanu i skulił się w kącie.

– Co ci strzeliło do łba! To nie twoje łóżko! – wrzeszczałam, choć pierwsza złość powoli mijała. Nie mogłam jednak darować mu tego, że nie jest facetem, a najlepiej Piotrem Laksem, który w tajemniczy sposób odnalazł mnie i zniewolił.

Momentalnie wróciłam do rzeczywistości. Biedny psiak! Wyczuwał sytuację i chciał jakoś pomóc, a ja jeszcze na niego nakrzyczałam! Nie jego wina, że jako jedyny osobnik płci męskiej toleruje mnie przez dłuższy czas. Usiadłam i w ramach przeprosin podrapałam go za uchem.

– Poszukamy dziś pracy – poinformowałam pojednawczo. – To znaczy ja będę szukała, a ty potrzymasz za mnie kciuki. Możesz też posprzątać i ewentualnie zrobić obiad.

Spojrzałam na zegarek. Druga po południu! Niech żyje wolność! Co bym robiła o tej porze na planie? Padała z wyczerpania? Siódmy raz powtarzała jakiś durny dubel? Plotkowała z Adamem? I to nie jest wcale taki superserial. Normalny, wręcz nudny tasiemiec dla niewybrednej publiczności. W gruncie rzeczy byle co. Na pewno nie przejdzie do historii kina, nie ma czego żałować.

Westchnęłam mimo woli i powlokłam się do kuchni. Czułam się wyschnięta na wiór. Pochłaniając wszystko, co wczoraj zapobiegliwie udało mi się kupić, to znaczy mleko, colę i sok pomarańczowy, studiowałam plan Warszawy. Gdzie powinnam szukać pracy? Do tej pory nigdy tego nie robiłam. Po prostu po ukończeniu studiów z dyplomem w garści pomaszerowałam do Złotej Ważki i bez jakiegokolwiek wysiłku dostałam angaż. W dodatku nie zabrałam ze sobą żadnych dokumentów potwierdzających moje kwalifikacje.

Ta myśl, zamiast zestresować, tylko mnie ucieszyła. Poczułam się zwolniona z konieczności starań o pracę w zawodzie, co uznałam za zajęcie z góry skazane na niepowodzenie. Tu? W Warszawie? Wolny etat dla aktorki? Zapomnijcie. Jednocześnie nie wyobrażałam sobie spędzenia najbliższych miesięcy na oglądaniu telewizji i wydawaniu ciężko zarobionej u Laksa kasy.

Ubrałam się i wyszłam na miasto. Dziś wydawało się trochę sympatyczniejsze. Cudowna słoneczna pogoda zapowiadała długą, pogodną jesień. Co prawda o jesieni jeszcze nie mogło być mowy, ale wystawy sklepów i dzieciaki uginające się pod ciężkimi plecakami nieśmiało przypominały o tym, że wakacje nieodwołalnie się skończyły.

Pojechałam do Galerii Mokotów, bo przypomniałam sobie, że w jednym ze sklepów widziałam kartkę: „Potrzebna ekspedientka". Nie potrafiłam sobie tylko przypomnieć w którym. Wałęsałam się po piętrach, wchodziłam do kolejnych butików, bez rezultatu. Nigdzie nie zaproponowano mi dobrze płatnej pracy. Być może dlatego, że o nią nie zapytałam. W końcu zmęczona poszukiwaniami usiadłam w jakiejś kafejce.

Piłam kawę i snułam niewesołe refleksje dotyczące przyszłości, kiedy mój wzrok niechcący zahaczył o ogródek dla dzieci. Mamy potrzebowały miejsca, gdzie mogłyby zostawić swoje pociechy, by móc w spokoju oddać się mierzeniu ciuchów. Ktoś postanowił ułatwić im życie, organizując przedszkole na godziny: kawałek korytarza odgrodzono plastikowym płotkiem trudnym do sforsowania przez maluchy. W środku stał plastikowy domek Baby-Jagi, plastikowa zjeżdżalnia i kilka plastikowych ławeczek, a na podłodze walało się mnóstwo rozmaitych plastikowych zabawek. Plastikowy raj, można by rzec. Kilkorgiem dzieci w wieku od dwóch do mniej więcej pięciu lat zajmowała się jedna dziewczyna, ewidentnie padająca z nóg. Dopiłam kawę i poszukałam księgarni. Wybrałam zbiór bajek, w sklepie z zabawkami kupiłam rekwizyt – sympatyczną owieczkę – i wróciłam do ogródka. Tym razem zdobyłam się na odwagę:

– Nie potrzebujesz pomocy? – zagadnęłam opiekunkę. – Masz tu niezłe urwanie głowy.

Spojrzała na mnie, jakby zmaterializowała się przed nią święta Teresa. Prawie słyszałam chóry anielskie, śpiewające: „Alleluja!", więc kułam żelazo póki gorące.

– Jestem z wykształcenia aktorką, pracowałam w teatrze lalkowym, rozumiesz, chwilowo bez pracy.

– Potrzymaj ją. – Dziewczyna wsadziła mi na ręce pulchną dwulatkę, a sama sięgnęła do torebki po komórkę. – Halo, szefowo, tak, to ja, Magda. Więc mam tę obiecaną zmienniczkę. Aktorka. Ile masz lat?

– Dwadzieścia osiem – powiedziałam, na wszelki wypadek odejmując sobie dwa.

– Dwadzieścia sześć – relacjonowała Magda do słuchawki. – Dobrze. Dwadzieścia złotych za godzinę, reszta bez zmian. Jasne, powtórzę. Słyszałaś? – znów zwróciła się do mnie. – Masz tę pracę.

Tak zostałam przedszkolanką.

45

– Nie ma żadnych umów. Wszystko opiera się na zaufaniu. Przyjmujesz dzieciaka, potem oddajesz, to wszystko. Jest lista jak w szkole, tu zapisujesz personalia i czas. Potem legitymujesz rodziców i inkasujesz należność. Prościzna. Z tego odliczasz codziennie, co ci się należy. Szefowa wpada raz na dzień, ale nigdy nie wiadomo kiedy. Może cię obserwować z kafejki albo z balkonu, więc lepiej się staraj.

– A dzieci?

– Standard. Raz mi jedna taka paniusia zostawiła pampersy, że niby mam zmienić dziecku, bo ona ma bizneslunch! Pinda jedna! Od tej pory noszę przy sobie chusteczki higieniczne dla niemowląt. Też sobie kup na wszelki wypadek. Albo wiesz co? Weź moje, żeby ci się pofarciło.

– Dzięki! – Patrzyłam na opakowanie chusteczek higienicznych do niemowlęcych pup i myślałam, ile głębokiej prawdy niesie w sobie powiedzenie, że człowiek nie zna dnia ani godziny.

– Dobra, to ja lecę! – rzuciła mi niefrasobliwie Magda. – Tu masz listę, tu kasę. Biorę stówę, resztę oddasz szefowej, kiedy przyjdzie. Powodzenia!

Klepnęła mnie w ramię i pozostawiła z pulchną dwulatką na rękach. Przeskoczyła przez płotek bez otwierania furtki. Reszta przychówku, to znaczy siódemka maleństw, którym chyba dopiero co zmieniono baterie, w najlepsze demolowała ogródek. Próbowałam zebrać do kupy rozbrykane towarzystwo, proponując jakąś pouczającą zabawę, ale miały w nosie mój eksperyment pedagogiczny, zajmowały się swoimi interesami, a dokładnie prowadzonymi za pomocą poszturchiwań i strumieni łez zażartymi negocjacjami o kolejność zjeżdżania.

Moja bajka na nikogo nie podziałała. Ten typ wysmakowanej literatury, w której rytm trzeba się wsłuchać, w dobie krwawych kreskówek serwujących na każdym kroku przemoc nie ma większych szans. Przystąpiłam więc do kontrataku owieczką. Pluszak i owszem, wzbudził chwilowe zainteresowanie. Czteroletni Wojtuś postanowił sprawdzić, skąd wydobywa się głos zwierzątka, i o mało nie oderwał biedactwu głowy. Było naprawdę bardzo wesoło. Igorek i Lenka? Dziękuję, może innym razem...

Pół godziny później zaczęłam rozglądać się w poszukiwaniu wsparcia. Miałam nadzieję, że jakaś spragniona pracy dziewczyna siedzi właśnie w kafejce i przyglądając się moim poczynaniom, gotowa jest zatrudnić się tu nawet na stałe. Coraz bardziej się stresowałam, bo co prawda dwójka najbardziej uroczych maluchów została już odebrana przez swoje syte zakupów mamy, lecz do grupy dołączyły cztery kolejne aniołki, które nie tylko w mgnieniu oka porwały na strzępy książkę z subtelnymi bajkami (może rzeczywiście nie nadawały się na te czasy?), ale także ostatecznie rozprawiły się z owieczką. *Requiescat in pace!*

Dwie godziny później marzyłam tylko o zostaniu modelką. Kusząca wydawała mi się też praca dozorcy, a myśl o posadzie babci klozetowej wprawiała w ekstazę. Że też po świecie chodzą ludzie z własnej woli spędzający całe dnie w przedszkolach!

Ale spoko, do wszystkiego można się przyzwyczaić. Trzeba się tylko dostosować. „Nie stawiaj oporu, idź z prądem" – przypomniałam sobie znaną maksymę. Znaczyło to, by zachowywać się jak reszta. Kiedy wykorzystałam swoją przewagę i raz czy drugi zjechałam poza kolejnością ze zjeżdżalni, dzieciarnia nabrała dla mnie respektu. Potem zaczęliśmy bawić się w wojsko – spodziewałam się efektownego sukcesu, bo wpojenie małolatom zasad musztry wyglądało na kaszkę z mlekiem. Właśnie wtedy spojrzałam do góry, żeby sprawdzić, czy przypadkiem nie stoi tam szefowa ogródka podziwiająca moje talenty pedagogiczne. Ale zamiast niej zobaczyłam Piotra Laksa.

Wyglądało, jakby na kogoś czekał.

„Chyba nie zostawił w moim przedszkolu tuzina nieślubnych dzieci?" – zastanawiałam się w panice. Zaczęłam przemykać chyłkiem do krańca ogródka, ale niestety Lax miał mnie jak na widelcu. Tylko tego brakuje, żeby spostrzegł tę kompromitującą akcję! Czy da się upaść jeszcze niżej? Niedawna gwiazda babysitterką na godziny, niech to szlag! Wzięłam na barana Wojtusia i zasłoniłam się nim w nadziei, że producent zaraz sobie pójdzie. Ale on wciąż tam tkwił. Na razie niezbyt zainteresowany, tyłem do balustrady, ale wystarczy jeden nieostrożny ruch, pół obrotu, rzut oka w dół i będzie po mnie. Urok pryśnie, czar gwiazdy ulotni się, cholera jasna! W żadnym wypadku nie mogę do tego dopuścić!

Uniosłam nieco nogę Wojtusia i spod pulchnego kolanka rzuciłam okiem na Laksa. Odwrócił się! Ratunku! Patrzył w dół! Zobaczył mnie?

— Widzę, że świetnie pani sobie radzi — usłyszałam za plecami damski głos. — Znakomicie. Na pewno doskonale będzie nam się razem pracowało.

Domyśliłam się, że to szefowa. Ale zamiast postawić malca na ziemi i uprzejmie się przywitać, dziękując za danie mi szansy, manewrowałam we wszystkie strony Bogu ducha winnym dzieciakiem, który był w tej chwili moją jedyną polisą ubezpieczeniową.

I stało się! Lax zaczął schodzić po schodach! Nie miałam chwili do stracenia! Z Wojtusiem na karku przeskoczyłam płotek i dałam w długą. Z tyłu słyszałam przeraźliwy wrzask właścicielki ogródka:

— Oddaj dziecko, złodziejko!

Rzuciła się za mną w pogoń, a za nią, choć nie miałam okazji tego sprawdzić, pewnie pędził Lax i reszta klientów galerii. Tylko cud mógł mnie uratować.

46

Wyglądało to na kidnaping, ale Wojtuś był zachwycony. Gdyby nie obciążenie, biegłabym o wiele szybciej. W szkole zawsze biłam rekordy na sześćdziesiątkę. Na domiar złego koniec korytarza zbliżał się w niepokojącym tempie, znacząc kres mojej wolności. Szczęśliwie łączył się tam z drugim, poprzecznym pasażem wychodzącym na schody i parking. Za rogiem postawiłam Wojtka na ziemi i rzuciłam się ku drzwiom z rysunkiem uciekającego człowieka. W końcu schody ewakuacyjne zaprojektowano dokładnie z myślą o takiej chwili. Goniący mnie tłum zatrzymał się chyba przy dziecku, bo nie słyszałam, żeby ktoś pędził schodami w dół, wołając: „Łapać złodzieja!".

Piętro niżej wyszłam na parking. Udając właścicielkę jednego z aut, chyłkiem przemykałam wśród samochodów, oddalając się od pokrzykujących ochroniarzy przekazujących sobie przez krótkofalówkę mój rysopis, niezgodny zresztą z rzeczywistością.

Na ulicy w końcu odetchnęłam. Jakie szczęście, że nie zostawiłam w ogródku torebki! Z obawy przed złodziejami przewiesiłam ją sobie na samym początku zabawy przez plecy! Doceniłam zalety staroświeckiego modelu na długim pasku. Gdybym była niewolnicą mody i miała większą wiarę w uczciwość rodaków, odłożyłabym ją gdzieś na bok. Wtedy pogoń w ogóle mijałaby się z celem. Już by mnie mieli, a ja zostałabym bez dokumentów, pieniędzy i kluczy do mieszkania, za to z jedynym rozsądnym planem na przyszłość – wstąpienia na ochotnika do mafii.

Nie pękałam z dumy, co to, to nie! Ale czy miałam inne wyjście, niż uciec Laksowi? Pchać mu się pod oczy w sytuacji, która boleśnie obnażała mój brak życiowej zaradności? Nigdy! Co innego, gdybym osiągnęła jakiś spektakularny sukces. Wtedy ho, ho, pozwoliłabym się podziwiać, może nawet zagadnęłabym do niego: „Halo, Piotrze! Ciągle jeszcze produkujesz ten serial? Zaraz, zaraz, jaki on miał tytuł? Kompletnie wyleciało mi z głowy... *Życie codzienne?* Ach, rzeczywiście! Wybacz, ale tyle pracuję... Absolutnie nie mam czasu na oglądanie telewizji". W tej chwili pojawiłby się na horyzoncie ktoś równie interesujący, a ja właśnie z tym kimś miałabym do omówienia niesłychanie ważne kwestie. Zrobiłabym *cheese* taki, żeby Lax nie dał rady go przeoczyć. Niech cierpi, niech się zwija z zazdrości, niech go skręca!

Tymczasem nie mając się absolutnie czym pochwalić, wsiadłam do pierwszego z brzegu tramwaju i zagapiłam się bezmyślnie w okno. Pojazd ruszył, a kiedy zatrzymał się na czerwonym świetle, zauważyłam, że na pasie obok stoi srebrne audi, zupełnie takie samo jak Laksa! Jak zahipnotyzowana wpatrywałam się w samochód i kierowcę. Lax pochwycił moje spojrzenie i przypatrywał mi się z uwagą, dając jakieś znaki. Chyba chodziło o to, żebym wysiadła. Więc jednak?

Dopadli mnie? W chwili gdy zaczynałam się cieszyć wolnością?

Niedoczekanie, i tym razem was przechytrzę! Kiwnęłam głową, udałam, że wychodzę, Lax pokazał, że zaparkuje w bocznej uliczce, i odjechał. Wtedy jednym zgrabnym susem wskoczyłam do następnego tramwaju i przezornie zajęłam miejsce w głębi wagonu. Tym sposobem mogłam go swobodnie obserwować, ukryta za innymi pasażerami. Zaparkował i wysiadł. Rozglądał się, ale mnie nie widział. Kiedy tramwaj ruszył, Piotr przejrzał chyba moją grę, wskoczył do auta i z piskiem opon rzucił się w pogoń. Tyle że tramwaj, w którym siedziałam, nie pojechał prosto, lecz skręcił w prawo... Ups! Nie podejrzewałam siebie o taką przebiegłość. Potem przesiadłam się jeszcze raz, by mieć całkowitą pewność, że zatarłam za sobą wszelkie ślady. Pora wracać, Leon pewnie czeka z obiadem.

Chwilę później zaczęłam się wahać. To dla mnie typowe: reaguję błyskawicznie, ale jeszcze szybciej żałuję podjętej decyzji. I właśnie gdy przestępowałam próg mieszkania, poczułam się rozdarta wewnętrznie, a wątpliwości dopadły mnie niczym stado wilków po czterdziestodniowym poście. Siadłam załamana na kanapie, a one szarpały bezlitośnie moją i tak nadwątloną pewność siebie.

Co powinnam zrobić? Dać Laksowi szansę? Może nie był w zmowie z właścicielką przedszkola, a po prostu chciał się przywitać? Dać mi nową rolę, szansę wybicia się, zaistnienia w polskim kinie? Taka naiwna to nawet ja nie jestem. Czego więc chciał? Zaprosić mnie na kolację? Wyznać dozgonną miłość? Ta myśl w końcu przywróciła mi dobry nastrój.

Rozśmieszyła mnie tak bardzo, że zaczęłam rechotać, turlając się po podłodze, jak kiedyś, dawno temu, podczas lektury *Rekreacji Mikołajka*. Nie sądziłam, że jestem taka zabawna. Miałam natomiast stuprocentową pewność, że on nigdy nie wzniósłby się na ten poziom dowcipu. Zaprosić Kopciuszka na kolację? Pewnie żeby posprzątał po przyjęciu. Tak, w to mogłam uwierzyć.

Wtedy przypomniał mi się Adam i jego sugestia, abym pomyślała o sesji dla „Playboya". Załóżmy, że podzielił się swoją genialną koncepcją z reżyserem. To wystarczyło, by wspólnie podsunęli Laksowi pomysł, jak znów moim kosztem podnieść oglądalność *Życia codziennego*. Musieli mu to zasugerować! I on pewnie zamierzał mi powiedzieć: „Słuchaj, Kasiu. Niezła z ciebie dupcia. Może chciałabyś zarobić trochę kasy? Płacę ekstra. To dla ciebie szansa, nie zmarnuj jej!".

O nie, panie sprytny! Tak się bawić nie będziemy. Niech Serena sama wystawia swoje cycki na sprzedaż. Moje na razie pozostaną anonimowe.

W sumie nawet byłam zadowolona, że nikt nie wie, gdzie mnie szukać. Postanowiłam zaszyć się w swojej kryjówce i zaczekać na rozwój wypadków.

47

Wyglądałam przez okno i choć widziałam przechodniów, czułam się tak, jakbym samotnie przemierzała bezkresny ocean albo siedziała pod palmą na bezludnej wyspie, czekając, aż ktoś mnie uratuje. Tu, wśród tych ludzi, z których każdy gdzieś pędził, ja jedna nie miałam absolutnie żadnych planów. Nie tylko planów – lecz także celu. Siedziałam w domu i nawet wyjść mi się nie chciało.

Na szczęście był Leon. On mnie jakoś dyscyplinował, inaczej przez tydzień nie wstawałabym z łóżka. Dzięki niemu trzy razy dziennie obchodziłam swoją wyspę, za każdym razem uważnie rozglądając się dookoła, czy przypadkiem nikt mnie nie śledzi. Zbyt dużo już się zdarzyło rozmaitych cudownych przypadków, że nie zdziwiłoby mnie, gdyby Lax jakimś trafem wytropił mój adres. To wprawdzie mało prawdopodobne, ale ciągle nie utraciłam wiary, że byłby do tego zdolny. Albo raczej nadziei. Chyba właśnie ta trochę naciągana nadzieja trzymała mnie w Warszawie, zmuszając do trwonienia hojnej gaży, którą powinnam zachomikować na gorsze czasy.

Jakie gorsze czasy?! Przecież one właśnie nastały! Mogłam trafić jeszcze beznadziejniej? Siedzę sama w obcym mieszkaniu, nie mam nawet do kogo gęby otworzyć. Gdyby nie pies, struny głosowe zarosłyby mi pajęczyną! Klapa zawodowa, fiasko miłości, przyjaźni, marzeń. I jako bonus jeszcze ta wszechogarniająca nuda! Źle ze mną, skoro zaczynam tęsknić za zrzędzeniem mamy. Ale nie odważę się wrócić do domu, bo tam by mnie na pewno znaleźli. Białystok należy na zawsze uznać za spalony.

W lenistwo człowiek zapada jak w bagno. Najpierw po kostki, niby nic strasznego, zawsze się przecież da wyciągnąć nogę, choć może bez buta. Ale z każdym krokiem grzęźniesz głębiej i głębiej, po kolana, po pas, wreszcie zaczynasz rozumieć, że to nie przelewki.

„Co się dzieje? Mam kasę, mieszkam w Warszawie, a nie chce mi się nawet iść do teatru! Siedzę w domu niczym obarczona liczną dzieciarnią kwoka i nawet nosa nie wyściubię. To chore! Kiedy mam żyć, jak nie właśnie teraz? W końcu nikogo nie zabiłam. A Wojtuś? Nic mu się nie stało. Zawsze mogę powiedzieć, że to była tylko zabawa. Przecież nie zamuruję się tu żywcem! Zresztą tkwiąc w domu, nigdy nie poznam najświeższych nowin".

Tak długo się przekonywałam, aż wreszcie udało mi się zmiękczyć resztki własnych oporów i wybrać się na samotny spacer.

Zawikłanym zbiegiem kilku przedziwnych okoliczności znalazłam się w ogrodach Biblioteki Uniwersyteckiej. Od razu pokochałam to miejsce! Z kawą w papierowym kubku i plikiem kolorowych czasopism weszłam na samą górę, czyli na porośnięty bluszczem dach, skąd rozciąga się widok na drugi brzeg Wisły. Od razu poczułam, że tego mi właśnie brakowało: nowych doznań! Separując się od świata, marnieję zewnętrznie i wewnętrznie, a przecież muszę działać. Zwłaszcza teraz, kiedy przyszło mi liczyć tylko na siebie. Nie mogę wiecznie czepiać się spodni Adama, wierząc, że rozwikła za mnie wszystkie zagadki i wyprostuje każdą ścieżkę. Nie powinnam traktować go jak brata! I tak dużo dla mnie zrobił. Właściwie mnie stworzył. Gdyby nie on, nie siedziałabym na tym szpanerskim dachu i nie zastanawiała się, do którego teatru pójdę dziś wieczorem. Sama? I co z tego? Najwyżej wezmę notes, niech myślą, że pracuję jako recenzentka.

Usiadłam na ławce i zaczęłam przeglądać prasę. W teatrach sezon urlopowy jeszcze się nie skończył, ale znalazłam dwa lub trzy przedstawienia, które mnie zainteresowały. Zakreśliłam je długopisem i przeszłam do plotek. Ze zdziwieniem stwierdziłam, że nikt nie pisze o Serenie. Nikogo nie zastanawiało, czemu tak bardzo posunęła się w latach w wyniku niedawnej kuracji odmładzającej. Czyżby obowiązywało w tej kwestii jakieś tabu? Przecież to wymarzony temat na okładkę! A tu nic, kompletna cisza.

Nikt niczego nie zauważył. Na rozkładówkach królowali nieznani mi bliżej tancerze i świeżo upieczeni idole, o których jutro nikt nie będzie pamiętał. Serena i Marlon jakby się pod ziemię zapadli. Kto mógł maczać w tym palce? Nie ulegało wątpliwości, że ktoś rozpostarł nad nimi parasol ochronny. Chyba nawet znałam jego nazwisko. Zastanawiałam się tylko, jaką metodę przyjął: przekupstwa czy zastraszania. Po krótkim wahaniu obstawiłam szantaż. Ja go chyba jednak nie lubię.

Prześlizgiwałam się po tytułach, ledwo rzucając okiem na nagłówki, kiedy kompletnie niespodziewanie zmaterializował się tuż przede mną. Wielki na całą stronę, w swej najbardziej niedbałej pozie, z jedną ręką w kieszeni spodni, drugą odgarniał niesforny kosmyk opadający na oczy. Świdrował mnie wzrokiem, jakby mówił: „Nie uciekniesz mi, mała!". Więc tak to rozegrał? Rzucił im na pożarcie… samego siebie?

NAJBARDZIEJ POŻĄDANY KAWALER SEZONU

– wrzeszczało dziennikarskie odkrycie, spóźnione o co najmniej trzy tygodnie. Też mi rewelacja.

Rzucając na prawo i lewo ukradkowe spojrzenia, zatopiłam się w lekturze. Okazało się to niełatwe, bo nie chcąc, aby ktoś przyłapał mnie na czytaniu akurat o Laksie, zamykałam „Firmament" po każdym skonsumowanym zdaniu. Potem otwierałam pismo leciutko, jakby litery miały skrzydła, i znów składałam. Co by się działo, gdyby przypadkowi przechodnie pomyśleli, że dybię na jego kawalerstwo? Bo pomyśleliby słusznie.

Dybałam. Całą sobą. Milionowe armie mrówek maszerowały od zdartych fleków moich pantofli po rozdwojone końcówki włosów, serce niespokojnie trzepotało mi w piersi, ciśnienie krwi rosło i spadało niczym długoterminowy wykres spółek giełdowych, a ja pożerałam Laksa. Każdy szczegół, każdą literę, przecinek i kropkę rozbierałam na części pierwsze, chcąc się nim nasycić aż do obrzydzenia. Ale wciąż miałam ochotę na więcej. Cały czas było mi mało.

48

Wykułam na pamięć wszystkie szczegóły biografii Laksa, zapamiętałam nawet nazwiska moich rywalek, polujących na jego boskie ciało i nie mniej ponętną fortunę. Żałuję, że nie znałam go, gdy nie miał grosza przy duszy, przynajmniej nikt nie posądziłby mnie o interesowność. Wzięłabym go nagiego i bosego. A zwłaszcza nagiego, gdyby tylko ktoś chciał mi go podarować. Ale czekała mnie trudna batalia. Wokół Laksa panował spory tłok. Zbyt duży jak na mój gust. Zagraniczne piękności lgnęły do niego całymi dziesiątkami. Piękna Włoszka chciała mu wraz z sercem oddać pałac od trzynastu pokoleń zamieszkany tylko przez herbową szlachtę, Francuzka, spadkobierczyni słynnego domu mody, zamierzała przenieść do Warszawy rodzinną firmę i nauczyć się języka polskiego tudzież gotowania bigosu i lepienia pierogów, Amerykanka wabiła go na teksańskie pola naftowe swego tatusia i jego jumbo jeta.

A co ja mogłam mu dać? Mojego psa? Humory? Urodę jak na złość przypominającą kogoś zupełnie innego? Nie miałam żadnych atutów. Byłam bez szans.

Pocieszałam się, że kilkanaście ładniejszych i bogatszych ode mnie też będzie się musiało obejść smakiem, ale marna to pociecha. Oczywiście uważałam się za lepszą od włoskiej księżniczki i amerykańskiej milionerki. Tylko jak o tym przekonać Laksa? W dodatku telepatycznie i bez pomocy

Adama. Istniał tylko jeden sposób: nie dać się złapać. Oczywiście ryzykowałam, że Lax zapomni o mnie, nim zdążę cokolwiek przedsięwziąć: kupię jakiś zrujnowany pałac, zbankrutuję razem z moją firmą albo odkryję złoża ropy naftowej w okolicach Iłży.

Ale nie miałam innego wyjścia. Muszę działać przez zaniechanie. Mogę się odróżnić tylko tym, że będę jedyną, która na niego nie poleciała. Bzdury gadam, przecież już to zrobiłam. Ale przynajmniej nie pcham mu się bez przerwy w oczy, nie sprzedaję swojego bólu i tęsknoty tym krwiopijcom z „Firmamentu". Nikt o mnie nie wie… Swoją drogą ciekawe, czego on wtedy ode mnie chciał?

Snując te niewesołe rozmyślania, przypomniałam sobie, że zamierzam pójść na wieczorny spektakl. Wróciłam do domu, aby się przebrać i wyprowadzić psa. Zwabiona nazwiskiem Bogny na afiszu, wybrałam sztukę w Teatrze Literackim. Jeszcze nigdy nie byłam sama na żadnym przedstawieniu. Co za parszywe uczucie! Nic dziwnego, że recenzentom prawie wszystko w teatrze przeszkadza. Nudzi ich reżyseria, gra aktorska wywraca im flaki, a scenografia stawia włosy dęba. Skoro prawie zawsze chodzą tam bez towarzystwa, muszą się czuć tak samo jak ja dzisiaj. Potem z całego przedstawienia pamiętają tylko, że podczas przerwy podpierali ściany, nie mając do kogo gęby otworzyć, i nikt im nie zaproponował kawy w bufecie. Siłą rzeczy winę za popsuty wieczór zwalają na aktorów i reżysera, bo to z ich powodu się tam znaleźli. Zamiast oglądać telewizję na łonie rodziny albo bawić się w klubie z przyjaciółmi, odwalają samotną pańszczyznę. W ten sposób rodzi się mit o kiepskim poziomie polskiego teatru. A gdyby tak na każdy spektakl dać krytykom kogoś miłego do towarzystwa? Założę się, że recenzje od razu by się poprawiły.

Nie wiedziałam, w jakich układach z Laksem jest Bogna, ale na wszelki wypadek kupiłam bilet w pierwszym rzędzie. Jeśli tylko mnie zauważy, nie ma szans, żeby nie powiedziała o wszystkim Heniowi. Jego zaś od Laksa dzieliła tylko cienka nitka telefonii komórkowej.

Spektakl grany był na małej scenie. Jakiś współczesny dramat bez ładu i składu. Na widowni też nie widziałam tłoku. Nagle zrozumiałam, że to, co robię, to strategia. Podniecona czekałam, kiedy Bogna wyjdzie wreszcie na proscenium, zobaczy mnie i zastygnie bez ruchu jak żona Lota. Ale chyba przesadziłam z nadziejami. Co sobie wyobrażałam? Że ona tekstu zapomni na mój widok? Że zadzwoni w przerwie do Laksa? W końcu miała zawodową klasę! Trzeba przyznać, że uczciwie zapracowała na swoje nazwisko w branży. Najmniejszym gestem nie dała do zrozumienia, że moja obecność zrobiła na niej jakiekolwiek wrażenie. Tym razem ona była górą. Wyszłam z teatru w przekonaniu, że mój plan się nie powiódł.

Wieczór był zbyt piękny, by spędzać go samotnie. Ale najlepsze, na co mogłam liczyć, idąc o tej porze pustą ulicą w odległej od centrum dzielnicy, to propozycja szybkiego numerka za dwadzieścia złotych. Wszystkie inne opcje wydawały się jeszcze mniej interesujące.

Kupiłam w nocnym sklepie dwie butelki piwa i pojechałam taksówką do domu. Mijając rondo Jazdy Polskiej, zmieniłam jednak zdanie, wysiadłam i skierowałam się do Riviery. Z braku towarzystwa gotowa byłam upić się nawet z cieciem z akademika! Co prawda trudno wstawić się jednym piwem, ale liczył się gest. O mamo, chyba wolałabyś przyłapać mnie w łóżku z Laksem niż w stróżówce z portierem? W tym jednym akurat się z tobą zgadzam.

Gdy zapukałam w szybkę, starszy pan odwrócił się od telewizora i przywitał mnie z uśmiechem.

– A, to pani! Znów nie ma pani gdzie nocować?

– Nie, znalazłam mieszkanie. Przyszłam podziękować.

– Naprawdę? – Wydawał się szczerze zdziwiony, aż się podniósł. – A ja już chciałem szykować apartament prezydencki.

– Może innym razem?

Otworzył mi drzwi do swojego królestwa. Weszłam i postawiłam piwo na biurku. Jeszcze nigdy nie przyjaźniłam się z żadnym nocnym stróżem. Zaiste bardzo nisko upadłam.

– A jak tam ułożyły się sprawy z tym, no wie pani, hm… narzeczonym?

– Nie ma co gadać. Chyba stoję na straconej pozycji.

– Słowo daję to jakiś osioł. Albo facet ma coś z oczami!

– Raczej nie, ale na pewno nie brak kandydatek na moje miejsce.

– Jeszcze znajdzie sobie pani jakiegoś miłego chłopaka.

Nie tego oczekiwałam. Tego rodzaju osoba w ogóle nie wchodziła w rachubę.

– Bo z facetami, droga pani, jest jak z psami. – Po chwili milczenia cieć zaczął z zupełnie innej beczki.

– Czyli?

– Jak za nimi gonić, zawsze będą uciekać. To udowodnione. Zresztą ma pani psa, więc doskonale to pani wie. Ale jak się samemu zacznie zwiewać, natychmiast pobiegną za panią. Co, nie jest tak, jak mówię?

Wypiliśmy. I tak za cenę dwóch butelek piwa dostałam podbudowę teoretyczną do mojej wcześniejszej decyzji. Gdyby tylko wszystko było takie proste…

Plan miałam iście szatański, chytry i psychologicznie uzasadniony. Dlaczego więc jednocześnie odnosiłam wrażenie, że jest kompletnie pozbawiony sensu? Bo mogłam zaszyć się w najgłębszych ostępach Puszczy Białowieskiej, zaprzyjaźniać z żubrami i porastać listowiem aż do następnego tysiąclecia. Albo wyjechać do Honolulu lub na Alaskę. Tymczasem Lax, nieświadomy mojego poświęcenia, wżeni się w jumbo jeta i pola naftowe południowego Teksasu. Ja muszę uciekać spektakularnie, widowiskowo, w blasku fleszy, na oczach milionowej widowni, inaczej w ogóle szkoda fatygi.

„Cholera, że zgubiłam tę płytkę ze zdjęciami, byłoby się od czego odbić! Poszłabym do paru agencji, może znalazłaby się jakaś mała rola, epizod, cokolwiek na początek... A gdyby tak wywołać skandal? Napaść na bank? Oblać farbą jakiegoś polityka? Przyłączyć się do Greenpeace'u?" – bredziłam jak w malignie, całkowicie tracąc poczucie zdrowego rozsądku. Miałam zbyt dużo wolnego czasu i za mało pomysłów, jak go wypełnić. A przede wszystkim nikogo, kto odsiałby te najgłupsze. Całkiem serio rozważałam nawet operację plastyczną. Któregoś dnia z okna tramwaju zobaczyłam szyld kliniki chirurgii estetycznej. Bez namysłu wysiadłam i zapisałam się na konsultację.

Lekarz był chyba po trzech dyżurach w państwowej służbie zdrowia, bo długo rozwodził się nad przypadkami, które mu nie wyszły, pokazał mi nawet zdjęcia nieudolnie pozszywanych, opuchniętych, zsiniałych i pożółkłych twarzy w różnym stadium rozkładu, po czym zawisł nade mną i krzyknął w uniesieniu godnym Zapasiewicza:

– Czy tego właśnie pani chce?!

Co on taki szczery, nie za to mu zapłaciłam! Chciałam, żeby mnie kusił wyglądem jak z „Cosmopolitana", roztaczał cudowne perspektywy, uspokajał, że jeszcze żadnej laski nie przerobił na Quasimodo.

– Nie… – wyszeptałam małymi literami. – Myślałam… Myślałam, że będzie zupełnie inaczej…

Przede wszystkim wydawało mi się, że podnieca go wypełnianie ust silikonem, cięcie kości policzkowych piłą mechaniczną i podciąganie obwisłej skóry za pomocą zimnych metalowych szczypców. Miałam nadzieję, że mnie zachęci, że zrozumie mój problem i wspólnie znajdziemy jakąś inną osobę, do której mogłabym być o wiele przyjemniej podobna. Cindy Crawford na przykład? Albo Scarlett Johansson? A on tu się wytrząsa, jakby mnie przyłapał na paleniu w szkolnej toalecie! Wyszłam zniesmaczona, ale przekonana, że jednak nie dam się pokroić za życia, a w każdym razie nie przed czterdziestką.

Gdy opuszczałam niegościnne progi kliniki, nagle mnie olśniło. A jeśli zagrałabym w tę samą grę co Lax? „Firmament" na pewno kupiłby moją historię. To mogłoby drogo kosztować. Nawet skończyć się ostatecznym zerwaniem, chociaż niekoniecznie. Nie wiadomo, jak opowiedziane przeze mnie rewelacje zaprocentowałyby dla serialu. Bo ja, sobowtór Sereny, przynajmniej na tydzień stałabym się numerem jeden kolorowych czasopism.

Chyba muszę w końcu przeczytać tę umowę. Żeby przynajmniej mieć pewność, że Lax chociaż w sądzie zjawi się osobiście. Marzenia, na pewno kogoś by sobie wynajął do czarnej roboty. Ależ on jest wstrętny! Dlaczego podoba mi się taki potwór? Po świecie chodzi tylu miłych, sympatycznych facetów, co to i naleśniki usmażą, i zaopiekują się tobą, kiedy masz grypę. Podadzą herbatę z malinami, pyralginę i syrop. Czy Lax do nich należy? Nie!

Pijąc kawę w jakimś ogródku przy Nowym Świecie, wpadłam na genialny w swej prostocie pomysł: a gdyby tak poszukać pracy w teatrze? Trochę się z początku przestraszyłam radykalności tego przedsięwzięcia, ale co miałam do stracenia? Najwyżej wrócę do punktu wyjścia. Poszukałam kawiarenki internetowej. W Warszawie działają cztery teatry lalkowe. A więc miałam cztery razy większe szanse niż w Białymstoku. Zapisałam w notesie numery telefonów i pognałam do domu, by obdzwonić je wszystkie w spokoju.

Początek trudno uznać za zachęcający. W pierwszym teatrze automatyczna sekretarka informowała, że placówka rozpocznie pracę za dwa tygodnie, w drugim nikt nie podnosił słuchawki, w trzecim nie zastałam dyrektora. Dlatego kiedy zrezygnowana prosiłam o połączenie z szefem czwartego, prawie zdziwiłam się, usłyszawszy męski głos:

– ...szewski, słucham.

– Panie dyrektorze, mam taką sprawę... To znaczy chciałabym zapytać, bo wie pan, przyjechałam do Warszawy jakieś dwa tygodnie temu, właściwie to prawie trzy, w sumie to nie ma znaczenia, ale jestem po lalkach, to znaczy po wydziale lalkarskim i jakby... Czy nie potrzebuje pan aktorki? – wydusiłam wreszcie. W słuchawce panowała jednak głucha cisza. – Halo?

– Tak, słucham panią.

– No właśnie, bo ja się chyba nie przedstawiłam?

– Chyba nie.

– Nazywam się Katarzyna Zalewska. Pracuję, to znaczy pracowałam w Białymstoku w teatrze Złota Ważka, ale teraz grałam w serialu, taka tam mała rólka, nic ważnego, właściwie statystowałam…

– Mogłaby pani przyjechać?

– Dokąd?

– Do teatru.

– Ale ja… Znaczy nie rozumiem… Pan mnie zaprasza? Kiedy?

– Choćby zaraz.

– Tak, pewnie, będę za godzinę, wystarczy?

– W zupełności.

Ogarnęła mnie panika. Drżącymi rękoma poprawiałam makijaż, próbowałam z jednej pary spodni, dwóch bluzek i żakietu wyczarować jakąś ekstracałość, żeby rzucić dyrektora …szewskiego na kolana. Trzy kwadranse później stanęłam pod teatrem. Chodziłam w tę i z powrotem ulicą, a minuty płynęły niemiłosiernie wolno. Przez ten czas przeprowadziłam z dyrektorem dziesięć rozmów, w których to rzucałam go na kolana, to wypraszano mnie za drzwi. Wreszcie weszłam do budynku.

– Dyrektor czeka na panią. – Sekretarka uśmiechnęła się ciepło, słysząc moje nazwisko.

Pan …szewski okazał się zażywnym dżentelmenem pod pięćdziesiątkę z ujmującym uśmiechem i sympatycznym spojrzeniem.

– Tak myślałem – powiedział, podając mi rękę na powitanie.

– Słucham?

– Widziałem, jak pani wyciera zelówki, tam na ulicy.

Spojrzałam przez okno. Miał mnie na widelcu.

– Zależy pani na tej pracy. To dobrze. Moja propozycja ma nietypowy charakter. Kilka aktorek uciekło mi do telewizji. To istna plaga. Wolą statystowanie w serialu niż główną rolę w teatrze. Za parę dni dajemy premierę *Kopciuszka*, bilety sprzedane, a ja nie mam obsady. Jednym słowem proponuję pani nagłe zastępstwo.

– Znam tę sztukę. Mieliśmy ją w repertuarze.

– To świetnie, świetnie, ale czy pani zdąży? To bardzo dużo tekstu. A widzi pani, projekt jest ciekawy, żywy plan, żadne tam lalki, nie schowa się pani za parawanem...

– O jakiej roli mówimy?

– To zależy tylko od pani – odparł i podał mi egzemplarz. – Zapraszam jutro na próbę.

51

Naprawdę powiedział: „To zależy wyłącznie od pani"? Byłam taka podniecona! Dostałam swoją szansę! Bez protekcji, bez niczyjej łaski. Sama sobie wszystko załatwiłam. Jeśli się świetnie przygotuję i jutro nie pożre mnie trema, jeżeli uda mi się olśnić zarówno dyrektora, jak i reżysera, może to oznaczać mój *come-back*. Wprawdzie nie tak spektakularny jak w filmie, nie oszukujmy się, to wciąż tylko teatr lalkowy, mimo iż w stolicy. Ale najbardziej liczył się fakt, że wreszcie zrobiłam coś na własną rękę.

W taksówce wertowałam egzemplarz, przypominając sobie białostocką inscenizację i to wszystko, co mi się w niej nie podobało. Teoretycznie znałam sztukę, ale tłumaczenie brzmiało jakoś inaczej, nieco archaicznie, wręcz koślawo, tekst zgadzał się tylko miejscami. W dodatku nie wiedziałam, na jaką rolę dyrektor ...szewski ma wakat. Zresztą nieważne, muszę ją dostać. Niechby była i Dynia, trudno. Wróciłam do domu i zaczęłam wkuwać. Ponieważ nie miałam pojęcia, na którą partię mogę liczyć, musiałam nauczyć się całego tekstu.

Przeżuwając suchy chleb, wgryzałam się we wszystkie niuanse dialogów. Do wieczora zrobiłam sobie tylko dwie przerwy, na wyprowadzenie psa i telefon do domu. Powiedziałam mamie, że ostatnio miałam chandrę, ale teraz czuję się lepiej, i poprosiłam, by na nowy adres przysłała mój dyplom.

Około dziesiątej wieczorem miałam już w głowie kompletną pustkę. Potrzebowałam kogoś, kto by mnie poprawiał, kiedy będę mówiła tekst z pamięci, a Leon zasypiał przy trzecim zdaniu. W grę wchodził tylko jeden człowiek. Na szczęście trwał na posterunku. Widząc mnie z psem na smyczy, zapytał radośnie:

– Jak tam? Próbowała pani tego numeru z uciekaniem?

– Jeszcze nie, na razie szukałam pracy.

– O to teraz niełatwo...

– Ale dostałam szansę.

– Nieźle. W jakiej branży?

– W teatrze.

– Że niby jak?

– Mógłby pan mi pomóc jeszcze raz?

– Ja? A w czym?

Kiedy mu wszystko wytłumaczyłam, z namaszczeniem wyjął okulary, wziął do ręki egzemplarz i surowo na mnie spojrzał.

– Coś mi się wydaje, że z tym narzeczonym to mnie pani oszukała?

– Przepraszam, ale wtedy naprawdę nie miałam gdzie zanocować. Jestem w tym mieście sama jak palec.

– Pewnie. Inaczej by pani tu dziś nie przyszła.

– A ten mężczyzna to nie mój narzeczony.

– Komu pani to mówi?

– Ale zależy mi na nim, chociaż pewnie nic z tego nie wyjdzie.

Chyba znudziłam go tymi wynurzeniami, bo potrząsnął głową z wyraźną dezaprobatą i wskazując na tekst, zaproponował:

– Zaczynamy?

Wyszłam z akademika o wpół do czwartej nad ranem. Wlekliśmy się z Leonem prawie pustą ulicą. Od czasu do czasu minął nas jakiś samochód. Wyobrażałam sobie, że hamuje z piskiem opon, wysiada z niego Piotr Lax, uśmiecha się, rozkłada szeroko ręce i obejmuje mnie, szepcząc: „Tak bardzo za tobą tęskniłem". Dokładnie w tej kolejności. Jednak auta mijały nas i żadne się nie zatrzymało. Zresztą skąd miałby wiedzieć, gdzie mnie szukać?

O czwartej poszłam spać, nastawiwszy przezornie budzik gospodyni i alarm w telefonie, myśląc ze zgrozą, co by się stało, gdybym nie wstała na czas.

Punktualnie o dziesiątej stałam na scenie. Kolana trochę się pode mną uginały. Wiedziałam, o jaką stawkę walczę, co bynajmniej mi nie pomagało. Na widowni siedział reżyser, który miał zdecydować, czy mogę podjąć się zastępstwa. Jego strasznie ponura mina nie działała mobilizująco. Około południa było po wszystkim. Zaproszona do gabinetu dyrektora, szłam jak na ścięcie. W drzwiach minęłam reżysera. Nawet się nie uśmiechnął.

„Kiepsko!" – pomyślałam.

– Jesteśmy zadowoleni z tego, co pani zaprezentowała – oświadczył dla odmiany …szewski. – Zagra pani w tej premierze.

– Naprawdę? Ale jaką rolę? – Nie wierzyłam własnemu szczęściu.

– Główną.

Z wrażenia usiadłam, nie pytając go o pozwolenie.

– Tylko proszę mi nie uciekać do żadnego serialu! – zastrzegł szybko dyrektor. – Mam w stosunku do pani poważne plany. Zawodowe oczywiście.

Uśmiechnął się, na wypadek gdybym nie zrozumiała żartu. Nie wiedział, jak bliski jest prawdy.

Próba trwała do szóstej z przerwą na obiad, którą wykorzystałam na wyprowadzenie Leona. Wracałam wieczorem do domu w szampańskim humorze, kupiłam nawet wino, szkoda, że portiera z akademika zastępowała dziś zmienniczka. Chciałam uczcić moje zwycięstwo. Trudno, najwyżej odeśpię wczorajszą noc. Na balowanie przyjdzie czas po premierze.

Ledwo weszłam pod prysznic, usłyszałam dzwonek do drzwi. Początkowo go zlekceważyłam. Nikt mnie tu nie znał. Nikt nie znał też mojego adresu. To musiała być pomyłka.

„Ale może właścicielka sobie o czymś przypomniała?" – kombinowałam w popłochu. Klucz do skrzynki – mam, kombinacja cyfr do szyfru przy drzwiach wejściowych – znam. Postanowiłam zaczekać, może natręt sam zrozumie swoją pomyłkę. Ale dzwonek rozbrzmiał jeszcze raz i drugi.

Chyba niemożliwe, żeby mój dyplom już dotarł, nawet priorytet nie idzie tak szybko... Wyskoczyłam spod prysznica, owijając się byle jak ręcznikiem, i przyłożyłam oko do wizjera. Akurat zgasło światło na klatce, ale kiedy znów się zapaliło, osłupiałam. Za drzwiami stał Piotr Lax.

Momentalnie oblał mnie zimny pot. Skąd on się tu wziął? Jak się dowiedział? W panice zastanawiałam się, co robić. Wpuścić go czy udać, że mnie nie ma? Leon co prawda ujadał jak wściekły, ale to przecież nie znaczy, że znajduję się w środku.

„Czego może chcieć?". Walczyły we mnie dwie sprzeczne racje: chęć, by utrzeć mu nosa i kazać przyjść jeszcze raz, z pragnieniem zobaczenia go i chociażby pokłócenia się, jeśli nie mogę dostać nic więcej. Nie widziałam, żeby trzymał w ręku jakieś kwiaty, pewnie więc zjawia się oficjalnie. Tymczasem Lax znów nacisnął dzwonek.

– Chwileczkę! – krzyknęłam, rozglądając się za jakimkolwiek okryciem. Przyjmowanie go w samym ręczniku absolutnie nie wchodziło w grę.

Siłowałam się z dżinsami i usiłowałam włożyć bluzkę na gołe ciało, z przerażeniem myśląc, że nie mam czasu na wysuszenie włosów, makijaż i jakiekolwiek sprzątanie. Pokój wyglądał tak, jakby właśnie przetoczyło się przezeń tornado. Jak tu kogokolwiek przyjmować? Te meble! Ten bałagan! Totalna porażka. Co innego podejmować gości w domu przy

Malczewskiego – mieszkanie przy Puławskiej obnażało całą mizerię mojego aktualnego funkcjonowania. Byłam tu, niestety, całkowicie sobą. Nie gwiazdą serialu, Sereną, ale Kaśką z Białegostoku.

„Trudno!" – pomyślałam z rezygnacją, odetchnęłam głęboko i w końcu otworzyłam mu drzwi.

52

– Co ty do cholery wyprawiasz?! – rzucił Lax, stojąc na progu.

Bez powitania, namiętnego pocałunku w usta ani nawet czułego spojrzenia. Był wściekły i oschły. Ale we mnie i tak wszystko ćwierkało. Znalazł mnie! Naprawdę mnie znalazł. Stał tu i marszczył brwi, ale przecież to tylko poza. Chyba mu na mnie zależy. Inaczej nie zadawałby sobie tyle trudu.

– Dobry wieczór – powiedziałam ugodowo, myśląc: „A noc jeszcze lepsza".

– Nie za bardzo przejęłaś się swoją rolą gwiazdy?

– Wejdziesz? Czy będziemy się kłócić na korytarzu?

Stał przede mną! Miałam ochotę śpiewać ze szczęścia! Ale udawałam twardą, tak na wszelki wypadek. Piotr wszedł, rozejrzał się po mieszkaniu i skrzywił nieomal niedostrzegalnie, by znów wrócić do kazania.

– Wytłumaczysz mi wreszcie, o co chodzi?!

– Napijesz się wina? – Próbowałam rozładować atmosferę.

– Nie zmieniaj tematu! Potrafisz zachowywać się odpowiedzialnie chociaż przez tydzień czy jesteś do tego organicznie niezdolna?

– Miałam nocować na wycieraczce?! A może na ławce w parku? Serena nie dała mi wyboru. Wystawiła moją torbę na schody i tyle. Wcześniej wyśmiała mnie i wyrzuciła z planu, właściwie zwolniła. Ekipa świadkiem. Dostało się nawet reżyserowi.

– Nie obrażaj się. To cała ona. Ze swoją pozycją może sobie pozwolić na humory.

– I będzie wszystkich wokół terroryzować, bo ty się na to zgadzasz?

– Ja?!

– A kto? Jeździ sobie po ludziach, ma ich w nosie. Tylko jej głos się liczy, reszta to śmiecie. Jeszcze tydzień temu myślałam, że to ktoś, rozumiesz? Teraz wiem, że każdy z członków ekipy ma więcej kultury niż ta twoja rzekoma gwiazda! Jak ona śmiała zrobić reżyserowi awanturę na planie?! To jest… To jest…

Szukałam na tyle mocnego słowa, by wyrazić swoją dezaprobatę, ale on zamknął mi usta, nie dając nawet złapać tchu. Nasze wargi zwarły się w namiętnym pocałunku, który zacierał każde złe wspomnienie tych kilku koszmarnych dni. Wrócił Piotr, którego kochałam. Najprzystojniejszy, najseksowniejszy, najcudowniejszy facet pod słońcem.

Oddając się niewypowiedzianej rozkoszy całowania, czułam, jak wszystko we mnie mięknie. Nic nie było ważniejsze od tej chwili, od gorączki, która znów nas rozpaliła. Mogłam umrzeć w jego objęciach i naprawdę konałam. Osuwałam się w jakąś głębię, tracąc z wolna poczucie rzeczywistości. Ale jednocześnie wszystkie moje zmysły reagowały niezwykle silnie. Zapach wody kolońskiej, szorstki policzek, miękkie wargi, dotyk dłoni rozbudzały mnie, jakbym dotąd nie zaznała żadnych wrażeń. Jakbyśmy właśnie w tej oszałamiającej chwili po raz pierwszy w życiu odkrywali miłość. Kryły się w tym dziecięca ciekawość, pragnienie doznań, chęć stopienia się w jedno ciało. Nikt dotychczas nie całował mnie tak żarłocznie, nie obejmował tak zachłannie, nie rozbierał tak niecierpliwie. Ta furia, burza, tajfun porwały nas i niosły w nieznane. Nie mieliśmy siły, by im się oprzeć.

Czy istnieje na świecie coś cudowniejszego od spełnionej, szczęśliwej miłości? Od serca wypełnionego po brzegi uczuciem, które ma szansę? Pragnęłam krzyczeć ze szczęścia.

– Jak mnie znalazłeś? – zapytałam, gdy tylko zdołałam złapać oddech.

– To nie było takie trudne.

Chciałam wiedzieć, że się martwił, że szukał mnie po wszystkich hotelach, wariował z niepokoju, poruszył niebo i ziemię, zatrudnił cały sztab detektywów, którzy przeczesywali Warszawę centymetr po centymetrze, wypytywali przechodniów, pokazując moje zdjęcie, odwiedzali tajnych informatorów w zakonspirowanych melinach, wiązali, kneblowali i przypiekali pięty opornym. Że musieli wydzierać im z gardła mój adres w najbardziej nieprawdopodobnych okolicznościach.

– Twoja mama. Bardzo się niepokoi.

Tylko tyle? Wystarczył jeden telefon? Poczułam ukłucie rozczarowania. Za łatwo mu poszło. Takiego sukcesu się nie ceni.

– Co jej powiedziałeś?

– Że mam dla ciebie rolę.

Leżeliśmy nadzy. Syci, lecz wciąż gotowi na więcej. Wodziłam palcem po piersi Piotra. Zlizywałam pot z jego gładkiej, opalonej skóry, tuliłam się do niego, bo ciągle był nie dość blisko. Cóż nas obchodził świat, skoro mieliśmy siebie?

– A to prawda?

– Zależy.

Robiło się ciekawie. Więc jednak myślał o mnie. Chce mi zrekompensować te wszystkie przykrości, których doznałam od Sereny. Pragnie mieć mnie blisko siebie.

– Od czego?

– A jak myślisz? – W jego spojrzeniu kryła się rozkoszna obietnica, że już na zawsze pozostaniemy razem. Zadrżałam. Śniłam piękny sen, który się spełniał.

– Nie mam pojęcia – droczyłam się, przeczesując jego włosy palcami, całowałam dłonie, które przed chwilą dały mi nieziemską rozkosz…

– Stawiam tylko jeden warunek.

– Hmmm? Jaki? – zabulgotałam, nie zdążywszy wyjąć jego palca z ust.

– Przeprosisz Serenę.

– Ja?! Za co?! – Skrzywiłam się, jakbym usłyszała marny dowcip, o mało nie odgryzając mu palca. Zaraz będziemy się razem śmiać z tego żartu. Spojrzałam na Piotra. Nie, on nie dowcipkował, on tak myślał naprawdę! Unikał mojego wzroku, a całą uwagę skupił na kiepskiej reprodukcji *Damy z łasiczką* wiszącej na przeciwległej ścianie.

Jak mógł wyskoczyć z takim absurdem?! Nie miałam za co przepraszać Sereny! Przeciwnie, to ona powinna prosić mnie o wybaczenie. Mnie i całą ekipę, a zwłaszcza reżysera.

– Mówisz poważnie? – Dałam Piotrowi szansę, by z honorem wyplątał się z tej niedorzecznej propozycji. – Nie sądzisz, że powinno być dokładnie na odwrót?

Czekałam, aż się opamięta, uzna moje opory, zrozumie sytuację. Aż pojmie, że nie chce przecież zepsuć tego, co właśnie między nami zaszło, a co nie zdarza się ludziom codziennie.

– Nie wydaje mi się – powiedział jakoś tak głucho, jakby sam w to nie wierzył. – Musisz to zrobić.

– Co? Każesz mi ją przeprosić?!

– Nie masz wyjścia.

– Za nic nie wrócę tam jako winowajczyni!

– Zagraj to. W końcu jesteś aktorką. Co ci zależy? Wejdź na plan i powiedz, że przepraszasz, jakby to należało do roli.

– Niedoczekanie twoje! – Wściekła, wyszarpnęłam dłoń z jego włosów. Wstałam i zaczęłam się ubierać. Ręce mi się trzęsły, ciuchy plątały, wszystko było powywracane na lewą stronę. „Dlaczego? Dlaczego?" – tłukło mi się po głowie.

– Co robisz? – zapytał Piotr, jakby nie widział.

– Po co właściwie przyszedłeś? – ledwo wysyczałam przez zaciśnięte zęby.

– Kasiu… Proszę… – W końcu na mnie spojrzał, wyciągnął nawet rękę, jakby tamte słowa w ogóle nie padły!

– Czemu zawdzięczam twoją wizytę?

– Co cię nagle ugryzło?

– Nic. Tylko dotarło do mnie, jak bardzo się pomyliłam. Możesz wstać? Chciałabym pościelić łóżko.

– Posłuchaj, to jak w polityce. Nie musisz kogoś lubić, żeby z nim współpracować. Nie kocham Sereny, ale to gwiazda. Robi nam oglądalność.

– Jakoś ostatnio coraz mniejszą.

– Dzięki tobie się poprawiło.

– A teraz ona wróciła i kopnęła mnie w tyłek, urocze podziękowanie! Nie ma mowy. Nie przeproszę jej.

– Chyba nie wiesz, co mówisz. – Piotr uniósł się na łokciu.

– Potrzebujesz jej, więc bierz ją sobie. A mnie zostaw w spokoju.

– Z czego będziesz żyła? – Roześmiał się ironicznie. – Żadna telewizja nie zaryzykuje konfliktu z Sereną.

– Właśnie dostałam pracę. W Muchomorze.

– Lalki? To ma być kariera?! Gwiazdy tego pożal się Boże teatru klękają przede mną, aby zagrać w serialu jakikolwiek ogon. Ale cóż, kwestia gustu, skoro wolisz…

Jego sarkazm zadziałał porażająco. Miał gdzieś mnie i moją pracę. Podobnie jak moją główną rolę. Chodziło mu wyłącznie o dobre stosunki z Sereną. Nie kochał mnie, byłam tylko pionkiem w jego rękach. Przespał się ze mną tytułem wstępu. Z zawodowego obowiązku. Poczułam się, jakby mi napluł w twarz.

– Nie licz na to, że kiedykolwiek cię o coś poproszę! A już zwłaszcza na kolanach! Ty bezczelny, rozpaskudzony draniu z kalkulatorem zamiast serca! Pasujecie do siebie. Macie dokładnie ten sam styl gnojenia ludzi. Ale pomyliłeś adres. Nie ze mną te numery! Wypieprzaj z mojego życia raz na zawsze! – Złapałam jego rzeczy, otworzyłam drzwi i wywaliłam wszystko na korytarz.

Lax złapał w biegu mój ręcznik, okręcił się nim wokół bioder, po czym wyszedł bez słowa.

53

„Chyba mi odbiło! Zachowałam się jak ostatnia kretynka! Wszystko zepsułam. Zareagowałam kompletnie nieracjonalnie. Powinnam się wcześniej ugryźć w język!" – biegałam jak oparzona po pokoju, próbując na gorąco analizować motywy swojego wariackiego postępku. Nareszcie rozumiem, co znaczy zbrodnia w afekcie.

„To był odruch, wysoki sądzie. Czułam się oszołomiona, jakbym dostała pięścią między oczy. Ja się tylko broniłam. Proszę o łagodny wymiar kary".

Ktoś właśnie zbiegł po schodach. Lax pewnie zebrał już swoje rzeczy. Ciekawe, czy zdążył się ubrać? Nie zapomni mi tego upokorzenia do końca życia. A przecież tęskniłam za nim przez te wszystkie dni jak potępieniec. Marzyłam, by znów się pojawił, spojrzał na mnie, objął, wyszeptał coś czule. I oto przychodzi, a ja co? Wywalam jego ciuchy za drzwi! Co za debilka, wszystko schrzaniłam! To już na pewno koniec.

Teraz on i Serena zjednoczą się we wspólnym froncie przeciwko mnie, tylko pozazdrościć. Idiotka ze mnie, nie ma dwóch zdań. Chlapnę coś bez sensu, a potem ponoszę konsekwencje.

Zastanowiłam się, czy przynajmniej mi ulżyło, ale nie. Czułam się wymięta, zasmucona i wściekła na samą siebie. Czemu służył ten durny wybuch? Co pragnęłam udowodnić?

Czego się spodziewałam: że on tu przyszedł, bo się zakochał? Cholera, tak właśnie myślałam! Że zjawił się tylko dla mnie i przez ten jeden moment nic innego się nie liczyło.

Więc to krzyk rozpaczy? „Jeśli ty mnie nie pokochasz, to ja nie chcę cię znać". Chyba tak. Potwornie mnie zawiódł, bo przyznał otwarcie, a w każdym razie nie zaprzeczył, że chodzi mu przede wszystkim o Serenę i kasę. Może też trochę o seks. Ale to tylko przy okazji. A najmniej o mnie. Ja i moje uczucia, po co sobie nimi zawracać głowę? Przez chwilę łudziłam się, że mnie odszukał, bo coś dla niego znaczę. I to więcej, niżby chciał przyznać. Że jest dla mnie miejsce w jego życiu.

Zaczęłam sobie przypominać, jak zachowywał się kilka dni temu, kiedy wróciliśmy z Łazienek. Wtedy smakował mnie niczym wykwintny deser: bez pośpiechu, delektując się każdym kęsem, zupełnie jakbyśmy mieli przed sobą bardzo dużo czasu. Dziś pożerał łapczywie, niczym dziki zwierz, który bardzo długo pościł i wie, że za chwilę znów nadejdą złe czasy. Zastanawiała mnie ta różnica. Szukałam powodu zmiany i nie znajdowałam żadnego, poza powrotem Sereny. A może miał wyrzuty sumienia? To raczej mało prawdopodobne. Przypomniałam sobie wszystko, co o nim słyszałam od Adama. Niewiele tego było. Dlaczego dał się tak łatwo wyrzucić za drzwi? Nie walczył? Czemu nie chciał ze mną rozmawiać, przekonać mnie, że się mylę? Pewnie dlatego, że trafnie go oceniłam…

Zostaliśmy wrogami. Od miłości tak blisko do nienawiści. Nie mieściło mi się to w głowie. I na dodatek sama sobie zafundowałam tę rewolucję. Zachowując status quo, mogłabym przynajmniej mieć nadzieję, że coś się kiedyś zmieni. Postępując tak, a nie inaczej, zamknęłam raz na zawsze bramę, a klucze wrzuciłam do głębokiej studni.

Strasznie potrzebowałam z kimś o tym pogadać. Gdybym to wszystko z siebie wyrzuciła, może poczułabym się lepiej? Przede mną ważna próba, a ja znów się nad sobą roztkliwiam. Wzięłam do ręki egzemplarz i scena po scenie próbowałam przypomnieć sobie rolę. Czy zdołam odłożyć na bok emocje? Czy uda mi się przekuć je na życie mojej bohaterki?

I nagle doznałam olśnienia: przecież to sztuka o mnie! To ja jestem Kopciuszkiem! Adam moją dobrą wróżką, Lax księciem, Serena złą macochą. Wszystko się zgadza. Muszę tylko uwierzyć w szczęśliwe zakończenie. W to, że mój los też się odmieni.

Łatwo postanowić, trudnej wykonać. Rano jechałam na próbę, myśląc tylko o Piotrze. Muszę mu wszystko wytłumaczyć, przeprosić, może da się jeszcze coś uratować, choćby odzyskać jego szacunek. Bredzę! Mam to w nosie, chcę, żeby mnie kochał, żeby za mną szalał. Żeby o mnie bez przerwy myślał, nie mógł sobie znaleźć miejsca, nie potrafił się skupić na pracy, żeby marzył o mnie w nocy i za dnia oraz miał żal do innych kobiet, że nie są mną, żeby cierpiał tak, jak ja cierpię. Bo moje życie nie ma już sensu bez jego miłości. Żadna radość nie umywa się do radości patrzenia w jego oczy. Nie istnieje na świecie rola mogąca zastąpić mi jego pocałunki. Nie ma gaży, której nie oddałabym, by do mnie wrócił.

– Niech się pani wreszcie skoncentruje! – krzyknął reżyser, kiedy po raz piąty pomyliłam się w prostej kwestii. – Cały czas myśli pani o czymś innym.

– Przepraszam.

– Wczoraj szło pani dużo lepiej. Zaraz zacznę żałować, że to panią wybraliśmy.

Muszę wziąć się w garść. Nie tylko zostałam tego dnia kilka razy ochrzaniona podczas próby, lecz także na dodatek dyrektor wezwał mnie na dywanik. Bałam się, że to koniec, a reżyser ostatecznie zdecydował, że się nie nadaję. Jednak spotkało mnie zaskoczenie.

– Jakże się pani podoba w naszym teatrze, panno Katarzyno? – Dyrektor wydawał się inny niż zwykle, mniej oficjalny, jakby na siłę chciał się ze mną zakumplować. – Ja wiem, że to nie teatr dramatyczny, ale tu też można zabłysnąć. Mamy wierną widownię, jeździmy w teren, nasze artystki grają w telewizji. Atmosfera pani odpowiada?

– Jak najbardziej, panie dyrektorze. Wszyscy są dla mnie bardzo mili.

– Na pewno się tu pani zadomowi. Jesteśmy jedną wielką rodziną, można by powiedzieć. – Mówiąc to, musnął ustami moje ucho. Zesztywniałam i resztką silnej woli opanowałam chęć natychmiastowego dania mu w twarz. Już wiem, dlaczego wszystkie dziewczyny stąd uciekają. Co za satyr! Cholerny, obleśny zboczeniec!

– Czy to wszystko, panie dyrektorze? Trochę się spieszę. Muszę wyprowadzić psa.

– Żaden problem, z przyjemnością panią podwiozę. Gdzie pani mieszka?

– Nie, dziękuję, poradzę sobie… – Próbowałam uniknąć dalszego ciągu tych zalotów. Jeszcze wpadłby na pomysł, żeby wprosić się do mojego mieszkania. Tylko tego brakowało!

– Ależ to drobiazg, nie ma o czym mówić.

Wyszliśmy z teatru i nagle zobaczyłam czerwony kabriolet Sereny parkujący przed budynkiem. W środku siedział Marlon, pomachał mi przyjaźnie ręką, jakby na mnie czekał. Zdziwiłam się, ale co tam, wszystko lepsze od umizgów tego podstarzałego casanowy.

– Właśnie przyjechał mój narzeczony! Do widzenia! – krzyknęłam w kierunku zdumionego dyrektora i zbiegłam ze schodów. – Błagam, ratuj. O nic nie pytaj, tylko mnie pocałuj – szepnęłam do Marlona, siadając na miejscu pasażera.

Spełnił moją prośbę bez zastanowienia. Taki przyjacielski pocałunek bez konsekwencji. To byłoby całkiem przyjemne, gdybym w tej samej chwili nie otworzyła oczu i nie zobaczyła wolno przejeżdżającego obok znajomego samochodu i utkwionego we mnie zdumionego wzroku Piotra Laksa.

54

– Nie spodziewałem się aż tak czułego powitania! – zażartował Marlon, ale mnie wcale nie było do śmiechu.

– Co tu robisz?

– Tak sobie przyjechałem, po starej znajomości. Widzę, że się bardzo stęskniłaś.

– Mhm – rzuciłam, oglądając się za autem Laksa, którego Marlon nie zauważył. – Czego chcesz?

– Możemy pogadać?

– Zawsze, byle rozsądnie.

– Widzisz, Serena…

– Nie zamierzam nikogo przepraszać!

– Przepraszać? Nie… Jednym słowem, ona chciałaby się z tobą spotkać.

– Chce mi osobiście wydrapać oczy? Nie może sobie kogoś do tego wynająć, na przykład ciebie?

Marlon się roześmiał, a mnie zrobiło się bardzo, bardzo smutno.

– Ona… chyba ktoś ją do ciebie przekonał.

– Ktoś? – Serce zabiło mi mocniej. – Nie ty przypadkiem?

– Nie. Nie rozmawialiśmy na twój temat.

– Jasne, macie lepsze rzeczy do roboty.

– Ale byś się zdziwiła – stwierdził z lekką nutą żalu w głosie. – Ona ma już swoje lata…

– Podrzucisz mnie na Puławską? Leon czeka na spacer.

Marlon zapuścił silnik i ruszyliśmy.

– Nie miej do mnie żalu – powiedział pojednawczo. – Byłem wściekły, ale już mi przeszło.

– Ty do mnie też nie. Niełatwo nauczyć się wszystkich reguł w dwa tygodnie.

– To co, wpadniesz wieczorem na Malczewskiego? Przyjadę po ciebie.

– Muszę to przemyśleć. Czego ona może ode mnie chcieć?

Wysiadłam przed domem, rozglądając się, czy gdzieś może zobaczę samochód Piotra, ale nigdzie go nie zauważyłam. Ciekawe, że pojawił się przed teatrem akurat po próbie, kiedy ekipa wychodzi do domu. Może jeszcze nie wszystko stracone? Fruwałabym pod sufitem, gdyby nie fakt, że znów palnęłam głupstwo. Po co kazałam się całować?! Takie mam zasrane szczęście! I to enigmatyczne zaproszenie Sereny. Co się za nim kryje?

Walczyły we mnie dwa sprzeczne pragnienia: jedno, żeby spojrzeć Serenie w oczy i może nawet powiedzieć, co o niej myślę, drugie, by dać już sobie spokój z tym serialem, spróbować zapomnieć i zacząć budować moje własne życie, zawodowe i osobiste. Ale to ostatnie wciąż obracało się wokół Laksa, co okazało się argumentem rozstrzygającym. Wszystko, co mnie do niego zbliżało, uważałam za dobre, nawet jeśli groziło śmiercią w męczarniach.

Nie miałam żadnego planu, ale aby dotrzeć do Piotra, byłam gotowa nie tylko na wysłuchanie kilku kwaśnych uwag o moim aktorstwie. Tak więc po wieczornej próbie i krótkim spacerze z psem wskoczyłam w najlepsze ciuchy i ruszyłam na spotkanie z Sereną.

Nie spodziewałam się szczególnie ciepłego przyjęcia. W przekonaniu, że gwiazda przygotowała jakieś nieliche atrakcje, na przykład oblanie mi twarzy kwasem solnym, wbicie noża pod żebro, a w ostateczności stanowczy nakaz, abym się czym prędzej wyniosła z jej miasta, przygotowałam sobie nawet coś na kształt konspektu rozmowy. Tymczasem przy Malczewskiego czekała mnie regularna kolacja z kelnerem! Speszyłam się jeszcze bardziej.

– A oto i nasz gość! – Serena osobiście powitała mnie w drzwiach.

Była ubrana w sukienkę koktajlową, miała elegancką, ale niewyszukaną fryzurę i idealny, delikatny makijaż. W niczym nie przypominało to charakteryzacji z planu. Ona naprawdę się przygotowała na to spotkanie!

– Wejdź, proszę, moja droga!

Przekroczyłam próg. Natychmiast pojawił się kelner z tacą i podał nam aperitif. Wzięłam jeden z dwóch kieliszków, ale nie zaczęłam pić, póki ona nie umoczyła warg w swoim.

– Pani chciała się ze mną widzieć?

– Zacznę od tego, że nie chowam do ciebie urazy.

O mało się nie zachłysnęłam. Co za wielkoduszność! Serena w swoim najlepszym wydaniu. Dokładnie taka, jaką kochają miliony: wielka pani z manierami księżnej. Szkoda, że nie dam się nabrać. Ale postanowiłam wspiąć się na podobne wyżyny dobrych manier. Też byłam Sereną.

– Dziękuję bardzo.

– Niewykluczone, że pomyliłam się co do ciebie… – zastanawiała się na głos, uważnie śledząc reakcję na mojej twarzy. Słuchałam i nie wierzyłam! Szukałam podstępu, bo to nie mogła być prawda. Pewnie zatruła ten aperitif! Koszmarnie gorzki! – Ale zamierzam naprawić swój błąd, jeśli tylko zechcesz mi pomóc.

Z ust Sereny ściekała lepka słodycz, a ja wciąż miałam się na baczności. Gospodyni wskazała mi miejsce przy stole. Usiadłyśmy. Nakryto go na dwie osoby. Nasze spojrzenia skrzyżowały się i nikt nie padł trupem.

Kelner podał przystawki.

– Boże, ależ ty jesteś młoda! – Serena westchnęła z żalem.

– Czy ja wiem? Skończyłam trzydziestkę. – Nie uważałam się już za smarkulę.

– Wszystko da się kupić, tylko czas nie ma ceny. Zaprosiłam cię tu, żeby przedstawić ci pewną, jak mniemam atrakcyjną, ofertę.

– Słucham.

– Nieźle wywiązałaś się ze swojego zadania.

– Dziękuję.

– Potrafiłaś też godnie reprezentować mnie w towarzystwie.

– Mam nadzieję.

– Kiedy osiąga się popularność, następuje taki moment, że wszyscy cię chcą, a ty nie możesz i nawet nie masz ochoty być wszędzie. – Przerwała, dając znak kelnerowi. Prawie nie jadła, więc i ja udawałam obojętną na menu, choć dania wyglądały pysznie, a mój żołądek po całym dniu zadowoliłby się nawet trawą.

– To zrozumiałe.

– Wtedy ktoś podobny, powiedzmy dublerka, okazuje się niezwykle przydatny. My, aktorzy, nie możemy jak popularni pisarze zatrudniać murzynów. Trochę ryzykuję, ale przy odrobinie szczęścia obie będziemy w stanie żyć tym życiem. Zaszczytów wystarczy dla ciebie i dla mnie.

– Czego pani ode mnie oczekuje?

– Nudzą mnie te wszystkie premiery, promocje, uroczyste otwarcia. Gdybyś chciała kontynuować to, co z takim powodzeniem robiłaś do tej pory… Teraz mamy w planach sesję zdjęciową do reklam nowych odcinków serialu. Interesowałoby cię to?

– Nie wiem, czy to nie będzie kolidowało z moimi obowiązkami zawodowymi.

Serena nabrała szybko powietrza i przemilczała mocne słowo, które cisnęło jej się na usta. Nadal grała damę, nie jadła i ledwie maczała usta w kieliszku. Patrzyłam na nią i uczyłam się.

Obserwowałam pomarszczone ręce gwiazdy i choć twarz zrobiona była perfekcyjnie, rozumiałam, co miała na myśli. Czasem sukces przychodzi za późno.

– Zgadzam się – powiedziałam nieoczekiwanie dla siebie samej, choć wietrzyłam w jej słowach jakiś podstęp.

55

Potrzebowałam pomocy. Nie mógł mi jej udzielić nikt poza Adamem. Tylko on jako tako orientował się w mojej idiotycznej sytuacji. Ryzykując starcie ze Złotowłosym, prosto od Sereny pojechałam do jego ulubionego klubu, tego samego, w którym czekałam na pociąg do Białegostoku, uciekając przed swoim przeznaczeniem. Liczyłam na szczęśliwy traf i odciągnięcie Adama od ukochanego. Przyczaję się przy barze, może jakoś wywabię go na zewnątrz.

Ale jeśli sądziłam, że wejście do klubu w pojedynkę okaże się równie proste jak w towarzystwie Adama, to bardzo się myliłam. Musiałam przez pół godziny błagać na bramce, żeby mnie wpuścili. I kiedy ostatecznie straciłam nadzieję, zupełnie nieoczekiwanie dostałam się do środka z jego przyjacielem, którego poznałam tej feralnej czy też szczęśliwej nocy.

Adam siedział przy barze. Sam, z opuszczoną głową. Wyglądał jak kupa nieszczęścia. Ścisnęło mi się serce. Usiadłam na stołku obok. Nawet na mnie nie spojrzał.

– Guinnessa i likier miętowy proszę – rzuciłam kelnerowi z uśmiechem.

– Porzygasz się – rzucił, wciąż nie patrząc w moim kierunku. – Ale zasługujesz na to.

– Nie bardziej od ciebie.

– Gdzieś ty się, do cholery, zaszyła?! Myślałem, że na zawsze wyjechałaś do tego swojego Pcimia.

– Tęskniłeś?

– Jak za opryszczką – odparował, nie mrugnąwszy okiem.

– Warszawa bez ciebie znów stała się przewidywalna. Ty burzysz cały jej misterny porządek.

Trochę mnie tym zezłościł, chociaż nie wiem, czy to nie był ukryty komplement. Jednak koniecznie chciałam też mu dogryźć, i to tak, żeby popamiętał. Ale jak zwykle w takich przypadkach nie miałam absolutnie żadnego pomysłu.

– Powiedz, ale przynajmniej raz absolutnie i do bólu szczerze…

– Co?

– Skąd ty właściwie pochodzisz?

Wreszcie na mnie spojrzał.

– Z Hajnówki – rzucił mi tym samym obojętnym tonem. Sekundę później obydwoje ryczeliśmy ze śmiechu.

– Nie pieprz! – Nie mogłam uwierzyć. – Ty?! Mój idol? Mój przewodnik po stolicy? Ekspert od warszawki? Mój guru? Arbiter elegancji z prowincjonalnego grajdołu, gdzie psy dupami szczekają?! Półbóg półświatka filmowego pochodzi z Hajnówki?! A mówią, że sprawiedliwość nie istnieje!

– Odwal się! – rzucił mi niby to naburmuszony. Powoli znów łapaliśmy trans. – Gdzie cię wcięło?

– Tu i tam. – Uśmiechnęłam się tajemniczo. – Lepiej powiedz, gdzie przepadł Złotowłosy? Rozglądam się dookoła w strachu o własne życie, bo obiecał oblać mnie kwasem przy pierwszej nadarzającej się okazji.

– Nie ma go tu.

– Więc mogę spokojnie zamówić jeszcze jedno piwo z likierem?

Adam pstryknął na barmana, ten kiwnął głową i nalał mi coś z shakera. Adam sięgnął po swój kieliszek i z grymasem sztucznej radości zaproponował toast:

– Za nowe otwarcie!

Wypiliśmy.

– Znaczy co? W końcu jesteś do wzięcia? Wrota czasu się otworzyły i to jest dokładnie ta chwila, kiedy znów mogę ci się oświadczyć?

– Nie ryzykowałbym na twoim miejscu. Mam strasznego doła.

– Chybabym na to nie wpadła.

– Czuję się jak zbity pies – ciągnął Adam, nie zwracając na mnie uwagi. – Nic mi się nie chce. Czasem też myślę, dość niezobowiązująco co prawda, o skoczeniu z mostu. W sumie dobrze, że przyszłaś.

– Mam interes.

– A ta znowu swoje! – rzucił teatralnie. Widziałam jednak, że powoli odzyskuje nastrój. – Odrobinę empatii. Trochę myślenia o bliźnich.

– A co to takiego empatia?

– To uczucie, jakiego doznajesz, kiedy siedziałaś całą noc u fotografa, który robił zdjęcia do portfolio twojej przyjaciółce, a ona rano wychodzi bez jednego słowa i nie bierze fotek, jakby się na ciebie obraziła. Co wtedy czujesz?

– Totalny wkurw?

– Nieźle.

– Więc moja płyta nie zginęła? Prawdę mówiąc, myślałam, że to Złotowłosy ją zwinął. Masz ją może przy sobie?

– Czy ci do reszty odbiło?! Przecież wyjechałaś!

– Jak widzisz nie.

– Dobra, co to za interes?

– Chodzi o Serenę… – zaczęłam bez wstępu.

– Nie wolno ci tego zrobić! – Adam krzyknął przerażony, kiedy opowiedziałam mu o swoim spotkaniu z Sereną.

– To może być bardzo zabawne.

– Wy tam, na Wschodzie, macie dziwne poczucie humoru.

– Chciałeś powiedzieć: my tam, na Wschodzie? Zresztą i tak już się zgodziłam.

– Idiotka!

– Menda!

– Zadzwonisz do niej i powiesz, że przemyślałaś sprawę. To była w gruncie rzeczy dość niemoralna propozycja. Bardzo w stylu Sereny. Nie zdziwi się, że jej odmawiasz.

– Dlaczego to zrobiła?

– Bo niemoralne propozycje to jej specjalność? Pewnie chodzi o trzymanie cię w cieniu, żebyś nie odzyskała własnej twarzy.

– Ale mnie się to udało, czy się komuś to podoba, czy nie! Mam angaż w teatrze!

– Nie gadaj! W którym?!

– W Muchomorze.

– Jeżeli to można w ogóle nazwać teatrem…

– Owszem, tak!

– Załóżmy. Więc niby jej nie zagrażasz, bo zabunkrowałaś się wśród lalek. W sumie bardzo dobrze. Lepiej byś się mogła ukryć tylko w kopalni.

– Adam!

– Ja ciebie nie oceniam, to twoje życie. Jedyne, jakie masz. W każdym razie na pewno nie stanowisz dla niej niebezpieczeństwa. Szkoda, że nie wróciłaś do Białegostoku, ale z Warszawy nikt rozsądny nie wyjedzie. Ona się domyślała, że zechcesz zostać i zawalczyć o swoje, na przykład na własny rachunek zagrać w filmie. Co wtedy?

– Zrobi wszystko, żeby do tego nie dopuścić?

– Po co kombinować, do czego jesteś zdolna, i jeszcze psuć sobie opinię u innych producentów, knując przeciwko tobie? To mogłoby wywołać komentarze. Pytanie, dlaczego taki ktoś zajmuje się takim nikim, wybacz.

– Nie ma sprawy. To prawda. – Wzruszyłam ramionami.

– Lepiej po prostu zatrudnić cię i mieć stale na oku. Skoro do tej pory bez jej udziału tak dobrze to wychodziło, dlaczego nie ma się sprawdzić teraz? Bardzo wygodna sytuacja. Nie da rady sama obsłużyć wszystkich imprez, zresztą ma to w nosie. Czasami jednak trzeba się gdzieś pokazać, bo bez tego twarz, nawet taka jak Sereny, wypada z obiegu. Ale nic nie zmieni faktu, że to propozycja korzystna tylko dla niej, ty nic nie zyskujesz.

– Dlatego była taka miła, żeby uśpić moją czujność?

– Udawała dobrą ciocię, a chce cię zmonopolizować. Zagarnąć tylko dla siebie jak zabawkę albo służącą. Będzie ci mówić, dokąd masz iść i co powiedzieć. Wyśle cię na sesję zdjęciową, bo to potwornie męczące, a ty masz lepsze ciało. Osiągnęła wiek, kiedy najprzyjemniej siedzi się z gazetą w fotelu, a ludzie oczekują, żeby, jak na gwiazdę przystało, woziła się z Marlonem albo innym Orlandem tą śmieszną furą, żeby o niej pisały „Skandale" i „Firmament", żeby miała bajecznie bogate życie osobiste, a jednocześnie codziennie o ósmej wieczorem ma się pojawić w telewizji nowy odcinek *Życia codziennego*. A to przecież fizycznie niewykonalne. Wypijmy za jej marzenia!

Wypiliśmy.

– Dam jej tę szansę – powiedziałam znienacka.

Adam spojrzał na mnie wzrokiem pełnym grozy.

– Nie wolno ci!

– Muszę.

– Chrzanić Serenę i cały ten bajzel! Zabraniam ci mieszać się w jej sprawy!

– Dotyczą nie tylko jej.

– Bzdury opowiadasz! Zagrałaś parę dni zdjęciowych i tyle. Uciekaj, ratuj swoją skórę! – uciął nieco bełkotliwie.

Zaczynaliśmy mieć lekko w czubie. Zastanawiałam się, czy powiedzieć mu o Laksie, ale alkohol rozwiązał mi język.

– Nie chodzi ani o nią, ani o mnie. I właśnie dlatego to jest takie straszne!

– Masz rację. Albo ona, albo ty. Jedna musi wyeliminować drugą. Czyń swoją powinność. Ja dam ci alibi.

– Łaskawca! – Wykrzywiłam wargi. – Kto da się na nie nabrać?

Przez chwilę wpatrywaliśmy się w swoje kieliszki. Nikt nic nie mówił, tylko muzyka wypełniała ciszę.

– Może rzeczywiście przesadziłem. W każdym razie oświadczę, że feralnego dnia w chwili popełniania zbrodni widziałem cię oddającą krew w Mobilnym Centrum Krwiodawstwa imienia Jana Pawła II, to chyba wystarczy? Gadaj, do cholery, co ty właściwie kombinujesz?!

– Muszę to zrobić ze względu na Piotra.

– A co to znowu za jeden?

– Lax. Nazywa się Lax – rzuciłam najobojętniej w świecie. Adam w jednej chwili wytrzeźwiał.

– Powiedz, że żartujesz! Natychmiast!

Bez słowa pokręciłam głową. Czułam się skarcona.

– Nie rozumiem. W jakim sensie? Gadaj wreszcie! – gorączkował się. – Jak to: ze względu na niego? Poprosił cię? Spada mu oglądalność czy jak?

– Chyba się zakochałam.

– Ale sobie faceta znalazłaś! Co on ma takiego w sobie? W dodatku jest dla ciebie za stary! – prychnął.

– Adam!

– W sumie to dopiero teraz nic nie rozumiem. Chcesz zostać niewolnicą Sereny, żeby się przypodobać Laksowi? To się kupy nie trzyma! Niech sobie sama odwala pańszczyznę.

Nie było innego wyjścia. Musiałam mu opowiedzieć wszystko od początku.

– Lax romantycznym kochankiem? W życiu mnie na to nie nabierzesz! Kakao w Łazienkach? Miał na ciebie ochotę, to wszystko. Do głowy mu nie przyszło, że mogłabyś się opierać.

Fuknęłam ze złością.

– Nie obrażaj się, chcę ci tylko otworzyć oczy na pewien aspekt sprawy. Z romantyzmem jest jak z wietrzną ospą. W jego wieku ma się to już za sobą.

– To znaczy, że nie można mnie kochać?

– Owszem, ale po co takie tanie chwyty, ile ty masz lat?

– Odwal się!

– Zakochała się w Laksie! To jakby zadurzyć się w aligatorze albo w pytonie plamistym! Opamiętaj się, póki czas!

– Już za późno.

– Ale numer z ciuchami na słomiance był niezły! Majtki też ma jedwabne?

– Przestań!

– Zapunktowałaś u mnie. Masz styl, kobieto! – Adam śmiał się do rozpuku. – Nie będzie się na tobie byle kto woził. Dobra, śmiało, czego chcesz?

– Pomóż mi.

– Jak?

– Nie wiem… Powiedz, co mam zrobić, żeby do mnie wrócił.

– Co masz na myśli? Przespał się z tobą dwa razy, o ile dobrze pamiętam. Do czego tu wracać? – Naprawdę tak powiedział! I dlatego dostał po głowie torebką z wielkim pękiem kluczy w środku. Chyba zabolało, bo masował czaszkę skrzywiony. – Ty i ten twój temperament!

– Przepraszam… – Zrobiło mi się głupio. Może nie powinnam go uderzyć? Ale nerwy miałam napięte jak postronki.

– Sprałbym cię po tyłku. Twoje szczęście, że mi się nie chce. Nie uczyli cię w dzieciństwie grzeczności dla starszych?

– Adasiu, błagam, zrób coś, bo rzucę się pod pociąg.

– Mogłaś go nie wyganiać! Moim zdaniem miał prawo się na ciebie obrazić. Niewykluczone, że teraz nie chce cię znać. Upokorzyłaś go. Tego prawdziwy facet nie zapomni nigdy.

– Nie wiem, jak to się stało, słowo honoru!

– Gdybyś przynajmniej robiła to dla kariery.

– Chcę dać mu jeszcze jedną szansę.

– Żeby znów sobie po tobie pojechał? A jeśli zrobił to tylko dla sportu? I w ogóle cię nie kocha?

– Niech mi to powie prosto w oczy.

56

– Pomożesz mi? – Znów spojrzałam błagalnie na Adama i chyba do reszty zmiękczyłam jego opory.

– W sumie kto ma lepiej ode mnie wiedzieć, jak poderwać faceta? – Zaśmiał się gorzko.

– Ale to gość nie w twoim typie, prawda?

– Daj spokój, kto by chciał przespać się ze skorpionem?!

– Ja.

– Jest przystojny, bez dwóch zdań, co nie zmienia faktu, że wolałbym, byś to robiła z wyrachowania. Dla kariery, dla szmalu, zrozumiałbym. Przyłożyć rękę do cudzego szczęścia to spora frajda. Jeśli on nam ulegnie, to super, ale co potem? Ile czasu mam robić za twoją niańkę? Tydzień? Miesiąc? Rok? A jak nie wyjdzie? Nie, ja się na to nie piszę! Nie zniósłbym kolejnej porażki.

– Musisz! Ty mnie w to wpakowałeś, zapomniałeś już?!

– Ale nie kazałem ci się w nikim zakochiwać!

– Smęcisz jak starzec. Zróbmy to! Zgadzam się na przygodę. Niech będzie tydzień. Bylebym miała przez resztę życia co wspominać. A potem mogę wracać do Białegostoku. Założę rodzinę, nauczę się gotować kartoflankę i nigdy o mnie nie usłyszysz.

– Debilka.

– Jakiś pomysł?

– Nie! Jeszcze nigdy nie instruowałem żadnej dziewczyny w sprawach podrywania! Jeśli chcemy osiągnąć sukces, trzeba do tego podejść konstruktywnie. – Podrapał się po czole i zamyślił.

Zamówiłam nowe drinki. Adam milczał skupiony. Patrzyłam na niego w napięciu, ale nie odzywał się ani słowem. Nagle w jego oczach dojrzałam błysk.

– Idziemy na spotkanie z przeznaczeniem! – Rzucił na ladę baru banknot, wziął mnie za rękę i uśmiechając się tajemniczo, ruszył w kierunku drzwi.

– Dokąd idziemy?

– Zobaczysz miejsca, w których pewnie nigdy nie byłaś. Trochę się rozerwiesz. Takiej wieśniaczce jak ty też przecież należy się coś od życia.

– *Warsaw by night*? Zgoda. Jakoś do tej pory nie miałam zbyt wielu okazji, żeby poszaleć.

– I teraz właśnie to nadrobimy. Hurtem. Twoje szczęście, że mnie wszędzie znają.

– Jako dziewczyna nie robię ci dobrej prasy, co?

– Niezbyt. Sam nie wiem, co mi strzeliło do głowy. Niańczenie dzieci nigdy nie było moim powołaniem.

– Ale za to obiecuję, że będę bardzo grzeczna! – powiedziałam, a on spojrzał na mnie z udawaną dezaprobatą.

– Ale masz być niegrzeczna. Najbardziej, jak zdołasz.

Minęliśmy tłumek kłębiący się przed wejściem do jednego z klubów. Adam, lekceważąc kolejkę, ciągnął mnie wprost do drzwi. Na jego widok selekcjoner kiwnął głową i uśmiechnął się, wpuszczając nas do środka. W środku panowała jeszcze większa ciemność niż na ulicy. Na prawie pustym parkiecie kręciło się kilka par.

Adam, niczego nie tłumacząc, zawinął mną dookoła siebie. Zaczęliśmy tańczyć. Więc na tym polegał ten plan? Dziwne. Po kilku kawałkach podeszliśmy do baru. Zamówił dla nas wodę.

– Polska młodzież bawi się bez alkoholu!

– No co ty?!

Wypiłam i poszłam do toalety. Kiedy wróciłam, Adam zapłacił i wyszliśmy.

– Wracamy? – zdziwiłam się.

– Oj, Kaśka, jak ty mało jeszcze wiesz o życiu!

Po kolejnym kwadransie staliśmy przed drzwiami kolejnego klubu i Adam znów pociągnął mnie na parkiet. Wszystko przebiegało jak poprzednim razem, tylko już nie chodziłam do toalety. Zauważyłam natomiast, że Adam bacznie się rozgląda. Ale i tak wyszliśmy po upływie pół godziny.

– Średnia ta zabawa.

– Wymyśl lepszą.

– Nie podobało się nam? – Chciałam cokolwiek zrozumieć.

– Nie ma powodu zarzucać wędki, jeśli w stawie nie ma ryb, prawda?

– Z jakiego filozofa ta sentencja?

– Nieźle tańczysz jak na pensjonarkę. – Nagle zmienił temat.

– Jak na kogo?!

– Twoje szczęście, że go tam nie było. Ugryź mnie w ucho, zawiń swoją nogę na moim udzie, patrz na mnie zmrużonymi oczami. Zapomniałaś już, jak to się robi?

– Po co? W tej ciemności i tak niczego nie widać.

– Nie udawaj mądrzejszej, niż jesteś. I zdecyduj: albo robimy przedstawienie, albo nie.

– O czym ty mówisz?

– Grasz zakochaną kobietę. Całkiem niedawno miałaś okazję poznać to uczucie, prawda?

– Adam! Ty jesteś gejem!

– Wtedy ci to nie przeszkadzało.

– Ale teraz tak!

– Czy jeśli grasz, że umierasz, to naprawdę musisz konać?

Znów trafiliśmy do jakiegoś ciemnego pomieszczenia. Ciaśniejszego i bardziej wypełnionego dymem niż poprzednie. Ale kiedy weszliśmy na parkiet, zrobiło się całkiem luźno. Inne pary stanęły dookoła i patrzyły na nas. Adam tańczył świetnie. Fantastycznie się bawiliśmy. Wprowadziłam jego uwagi w życie. Ktoś, kto nas nie znał, mógł pomyśleć, że naprawdę jesteśmy parą. Po pięciu albo sześciu kawałkach poszliśmy odpocząć. Napiliśmy się i wróciliśmy na parkiet.

– Zostajemy? – zapytałam zdziwiona.

– A co? Nie jest przyjemnie?

– Jest. Czy w tym stawie są ryby?

– Mnóstwo płotek i jeden bardzo zły rekin.

– Widzisz go?

– Siedzi z jakimś towarzystwem, ale już nas zauważył.

– Powiesz mi, kto to?

– Nie rozglądaj się, bo wszystko popsujesz! Pamiętaj, to mnie kochasz! Patrz na mnie, jakbym był nim, a jeśli nie potrafisz, wyobraź sobie, że uczestniczysz w castingu do *Tańca z gwiazdami*. No, mała, ruszamy!

Wypiłam ostatni łyk wody i poszłam za Adamem na parkiet. Świadomość, że wielki rekin obserwuje nas z cienia, podziałała jak spięcie ostrogą.

Zanim skończył się trzeci taniec, Piotr Lax wyszedł z klubu.

57

– Chyba nas nie zauważył – stwierdziłam rozczarowana, kiedy sylwetka Laksa zniknęła w ciemnościach korytarza.

– A założysz się?

– I co teraz?

– Pora na jego ruch: albo nie zareaguje, w co nie wierzę i co by znaczyło, że dupa ze mnie, nie psycholog…

– Albo?

– Albo się odsłoni i wtedy my przejdziemy do kontrataku! Zaczyna mi się to podobać! Napijmy się za sukces operacji „Uwodzenie”.

Podeszliśmy do baru i zamówiliśmy drinki. Potem następne i kolejne. Alkohol plus pewność wygranej w potyczce z Laksem wywołały u nas niekontrolowane wybuchy śmiechu. Nawet nam do głowy nie przyszło, że zareaguje zgoła inaczej, niż oczekujemy.

W domu pojawiłam się akurat na poranny spacer Leona. Patrzył na mnie podejrzliwie, a w jego wzroku kryła się nagana za niemoralne prowadzenie. Próbowałam mu wytłumaczyć, że pozory mylą, bo uczestniczyłam w bardzo ważnym spotkaniu w sprawach osobistych, ale jego sceptyczna mina świadczyła o wykryciu kłamstwa. Nic dziwnego, w mojej krwi krążyło bardzo dużo alkoholu i język trochę mi się plątał.

Przespałam prawie całą niedzielę. Wieczorem zadzwoniła Serena, że ma dla mnie zlecenie na poniedziałek: pokaz mody jakiegoś obiecującego młodego projektanta. Akurat miałam wolne, pasowało mi. Do obgadania zostały tylko szczegóły techniczne: peruka, ciuchy i towarzystwo. Umówiłyśmy się na poniedziałek po południu, bo tego dnia ekipa *Życia codziennego* też wyjątkowo nie miała zdjęć. Serena była ciepła i urocza, pomyślałam nawet, że dobrze zrobiłam, godząc się na tę współpracę. Trochę życia towarzyskiego w stolicy, gdzie nie znam nikogo poza Adamem, z pewnością mi nie zaszkodzi. Miałam też nadzieję, że niby przypadkiem wpadnę podczas pokazu na Laksa.

Postanowiłam wykorzystać niedzielę, aby doprowadzić się do porządku. Zrobiłam sobie maseczkę, ponad godzinę relaksowałam się przy zapalonych świecach w kąpieli z olejkami eterycznymi. Dotleniłam siebie i psa podczas długiego spaceru. Wcześnie poszłam spać, by następnego dnia mieć ładną cerę i wypoczęte oczy.

W poniedziałek rano, zanim jeszcze zdążyłam na dobre się obudzić, zadzwonił zdenerwowany Adam.

– Cholera, nie wiem, śmiać się czy płakać! Zwolnił mnie! Rozumiesz?! Ze skutkiem natychmiastowym!

– Kto?

– Lax!

– Możesz powtórzyć?

– Wywalił mnie z roboty!

– Z mojego powodu?

– Masz swoje zabawy w uwodzenie! Stary jestem, a dałem się podpuścić jak uczniak!

– I co teraz?

– Co? Nic. Poszukam czegoś innego.

– Ale on nie może ci tego zrobić!

– Niby dlaczego?

– Bo to nie fair.

– A myśmy się mogli bawić jego kosztem?

– Tylko że to strzelanie z armaty do wróbli!

– Marlona też zwolnił. Może dla niepoznaki, w każdym razie to już było kompletnie pozbawione sensu.

Zrobiło mi się gorąco. Nie tłumaczyłam Adamowi, jak bardzo zwolnienie Marlona pasowało do sytuacji. W końcu Lax widział nas wtedy w samochodzie. Kurczę, to działo się tego samego dnia, święty by nie wytrzymał! Więc on jednak coś do mnie czuje?

– W dodatku dostałem zakaz wstępu na bankiet z okazji nakręcenia dwutysięcznego odcinka serialu! Wyobrażasz sobie? Ja, który wystylizowałem Serenę od a do zet! Cholera, czuję się, jakby mi ktoś w pysk napluł! Co planujesz na wieczór?

– Zdzwonimy się, dobrze? Mam pewien pomysł! – krzyknęłam do słuchawki.

Adam zdążył powiedzieć tylko:

– Kaśka, błagam cię…

Wiedziałam, że będzie chciał wyperswadować mi, co miałam zamiar i co musiałam zrobić. Nie mogę pozwolić, żeby dwóch niewinnych ludzi przeze mnie cierpiało! Jeśli już musi, niech mści się na mnie. Proszę bardzo, jestem do dyspozycji! I tak bardzo chciałam go znów zobaczyć!

Pół godziny później siedziałam w taksówce. Wtedy mi się przypomniało, że Adam mówił coś o bankiecie. Mnie też nie zaprosili, ale to szczegół. Teraz liczyło się tylko jedno: przekonać Laksa, że popełnił fatalny błąd.

Ten biurowiec ze szklaną windą dziwnie na mnie działa. Czuję się w nim taka malutka. Mój bojowy nastrój też zaczął się szybko ulatniać. Gdy stanęłam na wprost panienki w recepcji, nic po nim nie zostało.

– Katarzyna Zalewska do pana Laksa.

– Czy jest pani umówiona? – zapytała tamta zaczepnie.

– Nie, ale to bardzo ważna sprawa, dlatego nie wyjdę, dopóki pan Lax mnie nie przyjmie! – oświadczyłam i usiadłam na kanapie, ostentacyjnie zakładając nogę na nogę.

Mijały kwadranse dłuższe od tysiącleci i nic się nie działo. Nikt nie wchodził ani nie wychodził. Panienka łączyła co prawda jakieś rozmowy, ale przecież musieli tam też pracować inni. Wreszcie koło drugiej, to znaczy w trzeciej godzinie mojego oczekiwania, kiedy z biura zaczęli wychodzić jacyś ludzie, wskazała mi drzwi gabinetu szefa i powiedziała:

– Pan Lax przyjmie panią.

Wstałam i momentalnie zapomniałam piękną przemowę, którą przez cały ten czas tworzyłam. W dodatku Lax stał odwrócony tyłem i patrzył w okno, co mnie dodatkowo speszyło. Nie spodziewałam się takiego chamstwa. Tkwiłam przy drzwiach, czekając, aż się odwróci. Wreszcie chrząknęłam znacząco.

58

– Czym mogę pani służyć? – zapytał, odwracając się w moją stronę. Gdybym była Adamem, powiedziałabym, że nam się udało.

– Dlaczego pan to zrobił?!

– Co takiego?

– Zwolnił ich pan! Obydwu!

– O kim pani mówi?

– Proszę nie udawać! Doskonale pan wie!

– Myli się pani. Co nie znaczy, że zmienię decyzję.

– To chore! Gorzej, to głupie! Co może pan zarzucić Adamowi albo Marlonowi?! W obydwu przypadkach chodziło o żart. Ale pan nie lubi takich dowcipów, prawda? Wszyscy z ekipy są pana niewolnikami. Na planie i poza nim. Ich czas wolny też do pana należy?

– Nie obchodzi mnie, co robią poza planem, liczy się tylko fachowość i lojalność.

– Więc niech pan to udowodni i przyjmie ich z powrotem!

– To niemożliwe.

– Czy przypadkiem nie dlatego, że właściwie nie ma pan do nich nic poza własnymi uprzedzeniami?

– Absurd!

– Proszę mi wybaczyć, ale całą winę ponoszę ja. Tylko że mnie nie uda się panu zwolnić, bo znajduję się poza zasięgiem, prawda? Więc urwijmy głowę komukolwiek, tak dla zabawy, dla czystej przyjemności! Wie pan, jak na pana mówią? Wcale nie „rentgen", to niezasłużony komplement. Nazywają pana „skorpion"! Wydawało mi się, że przesadzają, ale to i tak zbyt łagodne określenie! Jest pan okrutnym szefem i cieszę się, że zakończyliśmy naszą współpracę, bo po tym, co się stało, nie wytrzymałabym ani dnia dłużej! Siedzi pan w tej swojej wieży z kości słoniowej i bawi się cudzym życiem. Kto panu dał do tego prawo? Jak pan może pozbywać się ludzi tylko dlatego, że zrobili jeden fałszywy krok? Nie pracowali dla pana lojalnie przez tyle lat? Więc tamto się już nie liczy?! Czy nikt pana w dzieciństwie nie kochał, że teraz nie umie pan wznieść się ponad swoje urazy?!

Gadałam i gadałam, a on stał i milczał. Wreszcie zrozumiałam, że nic nie wskóram.

– Przyjmie ich pan z powrotem?

– Ci panowie nie należą już do ekipy – odparł zimno. – Pani wybaczy, ale nie byliśmy umówieni…

Nie odpowiedziałam. Odwróciłam się na pięcie i wyszłam. Pojechałam prosto do Sereny po perukę i ciuchy. Miałam nadzieję, że Lax nie wie o naszej cichej umowie i żeby ewentualnie uprzedzić jego sprzeciw, zabrałam rzeczy, zapisałam sobie w notesie najbliższe terminy imprez i czym prędzej się zmyłam.

Jednak do wieczora Serena nie zadzwoniła, że odwołuje nasze ustalenia, więc nabrałam przekonania, że to jej osobista i niezależna inicjatywa.

Podczas pokazu opowiedziałam Adamowi o swojej nieudanej misji. Nie zdziwił się specjalnie.

– Ale ja się zemszczę! Popamięta mnie pan Lax na długo! – odgrażałam się.

– Daj spokój. Możesz sobie tylko zaszkodzić. Jakoś sobie poradzimy.

Miał rację, ale ogarnięta żądzą zemsty uważałam, że Lax musi odpowiedzieć za swoje postępowanie. W gruncie rzeczy Piotr mógłby sobie zwolnić dziesięciu Adamów i w ogóle by mnie to nie obeszło, ale sprawa Adama i Marlona była jedyną nicią, która mnie z nim jeszcze łączyła. I teraz, kiedy nadzieja na miłość rozwiała się jak jaki sen złoty, pozostała mi tylko opcja wiecznej wojny.

Ale Piotr Lax i moje szalone uczucie nie były jedynymi powodami do zmartwień. We wtorek odbyła się pierwsza próba generalna. Zajęta przede wszystkim swoim rozpalonym do białości sercem, grałam fatalnie. Plątałam się w roli, zapominając całe długie fragmenty tekstu, co przyprawiało o oczopląs Bogu ducha winną suflerkę. Nie wchodziłam z kwestiami na czas i co chwila się zamyślałam. Najwyraźniej nie potrafiłam odłożyć swoich spraw osobistych nawet na cztery godziny próby.

– Ona nam rozłoży tę premierę! – załkał reżyser do dyrektora przy wszystkich. Poczułam, że się czerwienię. Niestety miał rację. Na szczęście było zbyt późno, aby szukać zastępstwa. To mnie uratowało. Muszę się jednak szybko opamiętać. Nie mogę stracić roli i jedynej szansy na pozostanie w Warszawie. Chyba nie chcę znowu pracować jako przedszkolanka.

W domu wzięłam zimny prysznic. Miałam dużo czasu na przeczytanie i przemyślenie roli od nowa. Otworzyłam scenariusz i strona po stronie przepowiadając na głos swoje kwestie, długo w noc pracowałam w pocie czoła. Kiedy poczułam się znów Kopciuszkiem i uznałam, że podczas jutrzejszej próby potrafię udowodnić to reżyserowi oraz kolegom, wzięłam psa na długi spacer po Polu Mokotowskim.

Starałam się nie myśleć, że w hotelu Bristol kończą się przygotowania do wielkiego bankietu, na który mnie nie zaproszono. Poczułam smutek i ból. Bardzo tęskniłam za Piotrem i chciałam go zobaczyć choćby z daleka. Nie wiem, co mnie podkusiło, ale nie zastanawiając się nad konsekwencjami, przebrałam się i pojechałam tam, gdzie pod żadnym pozorem nie powinnam się pojawić.

59

– A ja to panią skądś znam! – zagadał taksówkarz, zerkając w lusterko wsteczne.

– Eee… Chyba nie… Nie sądzę… – wyraziłam uzasadnione powątpiewanie. Bo niby gdzie moglismy się spotkać? Prawie nie jeździłam taksówkami.

– Tak, tak! Może już kiedyś panią wiozłem?

– Zapewne – skwapliwie potwierdziłam, chcąc zakończyć dochodzenie.

Nie chciało mi się gadać. Wydarzenia ostatnich dni kompletnie mnie wyczerpały, wolałam wyglądać przez okno, ale taksówkarz znów się ożywił.

– Przecież to pani jest ta Pamela!

– Słucham?

– Ja to mam jednak oko do twarzy!

– Pamela?

– Moja żona nie przepuściła ani jednego odcinka! Da mi pani autograf?

– Kiedy nie mam na czym…

– Znajdzie się, chociażby na planie Warszawy. O, widzi pani, tu już mi jeden z telewizji podpisał. Pogodę zapowiada.

Taksówkarz pogrzebał w schowku i podsunął mi pod nos mocno zużyty plan miasta. Spojrzałam na autograf, ale nie zdołałam rozszyfrować nazwiska. W ten sam sposób, zamaszysty, ale mało czytelny, złożyłam swój podpis. To chyba nie jest karalne.

Kierowca poczuł się na tyle dowartościowany, że nie zatrzymał się kilkadziesiąt metrów od hotelu, jak prosiłam, żebym kryjąc się za plecami przechodniów, mogła z daleka obserwować główne wejście.

– O nie! Nie ma mowy, żeby gwiazda na własnych nogach taki kawał szła!

– Poradzę sobie, naprawdę – oponowałam, ale on ani myślał zwalniać. Zatrzymał się dopiero tuż przy czerwonym dywanie.

Byłam ugotowana. Zanim zdążyłam powiedzieć, żeby dał gazu i uciekał stamtąd, co sił, obstąpili nas fotoreporterzy, którzy pstrykali wszystkie znane twarze. Wiadomo, że czytelnikom kolorowych tygodników z całej ekipy znani są tylko aktorzy. Reżyser miałby szansę przemknąć niezauważony, ja absolutnie nie. Ktoś otworzył drzwiczki do taksówki, usłyszałam krzyki:

– Serena! Serena przyjechała!!!

W jednej chwili wokół mnie zrobiło się ciasno. Jak spod ziemi wyskoczyli dziennikarze z mikrofonami, rzucając setki pytań, na które nie miałam ochoty odpowiadać. Rozglądałam się zrozpaczona w poszukiwaniu jakiejś luki pomiędzy nimi, ale ludzka rzeka płynęła nieuchronnie kierunku wejścia do hotelu.

Pięć sekund później znajdowałam się w środku. Bez zaproszenia, ale jakoś nikt mnie w tej sprawie nie nagabywał. Zaraz pojawił się kelner z szampanem. Tłumek gości powoli gęstniał, a co bardziej spostrzegawczy już zaczęli mi się przyglądać. W panice szukając sposobu na ucieczkę, usłyszałam za plecami natrętny klakson samochodu. Obejrzałam się i zobaczyłam czerwony kabriolet Sereny, torujący sobie drogę wśród dziennikarzy i gapiów próbujących mimo braku zaproszeń sforsować wejście.

Na widok gwiazdy tłum rozstąpił się nieco, a flesze rozbłysły jeszcze gęściej. Boy hotelowy otworzył drzwiczki i złapał w powietrzu rzucone przez Serenę kluczyki. Obserwowałam to wszystko z przerażeniem. Wiedziałam, że zaraz spadnie na moją głowę topór kata. Ale czułam, że nogi wrosły mi w ziemię i nie zdołam zrobić ani kroku. Stałam i czekałam, aż mnie ktoś zastrzeli, usuwając z pola widzenia fotoreporterów, bo mieli w kadrze nas obie, co wydawało się nie lada gratką. Wymarzony temat na pierwszą stronę każdego plotkarskiego tygodnika.

„Sensacja! Serena sklonowana! Która z nich dwóch jest prawdziwa?" – oczyma duszy widziałam już te nagłówki.

Nie miałam pojęcia, jak się zachować. Patrzyłam z otwartymi ustami na Serenę. Jej wzburzenie nie uszło mojej uwagi, ale jako profesjonalistka momentalnie przybrała swój firmowy zwycięski wyraz twarzy i z triumfalnym uśmiechem wyciągnęła do mnie ręce. Nie pozwoliła sobie na jeden moment zdumienia. Wzięła mnie pod rękę i ucałowała w policzek.

– Co ty wyprawiasz?! Po coś tu przyszła?! – zasyczała mi w ucho. – Czyj to pomysł? Piotra? Dlaczego mnie nie uprzedził? – zapytała, myśląc oczywiście, że jestem za głupia na tak grubą prowokację. – Mam nadzieję, że wie, co robi – powiedziała i pociągnęła mnie za rękę.

Stanęłyśmy przodem do fotoreporterów, robiąc słodkie miny.

– Niech mają, padlinożercy! – szepnęła mi do ucha. – Prędzej czy później i tak musiało się wydać. Lepiej pierwszemu zadać cios, niż czekać, aż wypłyną jakieś przypadkowe zdjęcia. Niech teraz kombinują, kogo zagrasz. Założę się, że wymyślą jakąś siostrę bliźniaczkę zaginioną w młodości. Bo chyba nie wrobią mnie w dzieciaka? Za stara jesteś na moją córkę!

Nie odpowiedziałam.

– Pani Sereno – krzyknął ktoś z cienia. – Jak mamy podpisać to zdjęcie?

– Jak chcecie, moi drodzy, jak chcecie. Przecież wy zawsze wszystko wiecie najlepiej… – rzuciła im z niewinnym uśmiechem. Punkt dla niej.

Przy wejściu znów zrobił się szum i fotoreporterzy na chwilę nam odpuścili. Producenci rzadko są znani z twarzy, ale Piotr Lax nie tylko dbał o prestiż własnej firmy, lecz także sam był marką, zwyżkującą w cenie po ostatnich artykułach, dlatego aparaty paparazzich zwróciły się tym razem ku niemu. Zwłaszcza że nie zjawił się na bankiecie sam. Gdy wysiadł z auta i otworzył drzwiczki od strony pasażera, nogi się pode mną ugięły: towarzyszyła mu jedna z trzech opisanych w ostatnim „Firmamencie" dziewczyn, wysoka blondynka o urodzie bynajmniej niepowalającej na kolana.

Facetom pewnie by się podobała: jakieś metr osiemdziesiąt wzrostu, chuda jak tyczka, długie kręcone blond włosy, duże oczy i wydęte usta. Ubrana w garnitur koloru śliwki, wgapiała się w niego tak, jak ja bym patrzyła, będąc na jej miejscu. A więc francuski dom mody ma nowego współwłaściciela? Zemdliło mnie. Wstydziłam się swoich uczuć i tego, że tu jestem. Że przyszłam tylko po to, by go zobaczyć, podczas gdy on ze mną po prostu załatwiał interesy.

Adam miał rację, dlaczego nie chciałam go słuchać? Dlaczego wbrew wszystkiemu uparcie trwałam w przekonaniu, że Piotr może mnie pokochać?! Zresztą teraz to nie ma znaczenia.

Lax zamarł, widząc mnie i Serenę w czułym uścisku. Trwało to znów zaledwie ułamek sekundy, nie pozwoliłby sobie nigdy na minę sugerującą zaskoczenie. Twarz bez uśmiechu się nie sprzedaje. Podszedł do nas, jakby wszystko grało:

– Serena, dobrze się bawisz? – Musnął ustami jej policzek, po czym, nie dokonując prezentacji, jakbyśmy obie były trędowate, minął nas i razem ze swoją francuską narzeczoną wmieszał się w tłum gości.

– Już nie żyjesz! – warknęła Serena, której to wystarczyło, by domyślić się całej prawdy, i pognała za Laksem.

Teraz się będzie tłumaczyć, głupia! Ja tam się kajać nie zamierzam. Robię swoje i niczego nie żałuję. Patrzyłam, jak Serena, klapiąc złotymi sandałkami, drepce przy Piotrze, mocno gestykulując i kręcąc głową. Czyżby się go bała? Niemożliwe! Ale widziałam to na własne oczy. Lax ledwie raczył na nią spojrzeć, a ona, ta królowa seriali, kajała się jak mała dziewczynka, która zbiła wazon!

Obserwowałam Serenę, czując jednocześnie, że ktoś mi się z boku przygląda. Gdy tylko zostałam sama, tęgawa jejmość w średnim wieku ubrana w najmodniejsze ciuchy sprzed dwóch sezonów podeszła i syknęła mi do ucha:

– Coś ty za jedna? Daję tysiaka za wywiad.

– Tylko tyle? – rzuciłam z oczami wbitymi w śliwkowy garnitur.

– Jesteś jej córką? Dwa tysiące.

Spora pokusa! Jeśli mi się wszystko wali, to niech nie zostanie kamień na kamieniu. Chyba zaczynam poważnie myśleć o zemście. Ubić ich troje jedną salwą, za którą mi jeszcze ktoś zapłaci. A potem strzelić sobie w łeb. Ponętna perspektywa.

– Obawiam się, że nie mam nic ciekawego do powiedzenia. Przebywam tu najzupełniej prywatnie. – Uśmiechnęłam się uroczo do grubaski i nie patrząc na nią, ruszyłam przed siebie, by wmieszać się w tłum gości.

60

Dlaczego ich chroniłam? Trochę reklamy nawet Laksowi nie zaszkodzi. Jednocześnie wciąż dudniło mi w uszach to „Nie żyjesz!" Sereny. Miałam przechlapane i okazywano mi to na każdym kroku. Nikt nie rzucał się na mnie z fałszywym uśmiechem, nie cmokał w powietrze obok mojego policzka. Poruszałam się w wielkim niewidzialnym balonie, a dookoła rozciągała się pustka. Nie warto się było poświęcać.

„Może siostra Sereny?", „Dublerka, ale niezdolna", „Jadła tylko tofu?", „Z Białegostoku" – słyszałam za plecami. Czułam się okropnie i gdyby nie nadzieja, że uda mi się porozmawiać z Piotrem sam na sam, na pewno dawno by mnie tu nie było. Szukałam go wzrokiem, ale bezskutecznie. Zresztą po co wbijać sobie nóż w piersi? Dla sportu? Razem z innymi poszłam więc do sali recepcyjnej, gdzie miała się odbyć oficjalna część imprezy. Tam właśnie, na zaimprowizowanej scenie, stali już reżyser i Serena w towarzystwie szefowej telewizji. Chwilę później dołączył do nich Piotr. Francuski dom mody przykleił swój kościsty tyłek do krzesła w pierwszym rzędzie i maślanym wzrokiem wpatrywał się w Laksa.

Siedziałam na samym końcu i bezskutecznie starałam się zachować do wszystkiego dystans. Ale gdy nasze spojrzenia się spotkały, znów zrobiło mi się gorąco. To trwało tylko moment i on za chwilę wrócił do przerwanego wątku, ale i tak przeszły mnie dreszcze. W jego wzroku nie dostrzegłam nienawiści. Miłości też nie. Najwyżej cierpienie. Ale może tylko mi się wydawało?

Po przemówieniach i podziękowaniach nastąpiła projekcja. Składały się na nią ścinki materiałów z *Życia codziennego*: wpadki na planie, zmyłki, przekleństwa, bardzo śmieszne, gdy się w nich osobiście nie brało udziału, mniej zabawne, jeśli przypominały koszmarny dzień z opóźnieniami, kiedy wszystko się waliło. Mnie też pokazano: jak próbuję bezskutecznie uciszyć Leona i wykrzywiam się w bufecie nad kawałkiem tofu. Więc ktoś jednak uznał mnie za członka ekipy? Od razu widać, że to nie Lax montował ten film!

Potem odbył się bankiet. Znów pospolite ruszenie rzuciło się na stoły. Czy ludzie filmu jadają tylko na przyjęciach?! Jak zwykle w takich chwilach nie czułam się głodna. Zagadałam do kilku członków ekipy, ale wszyscy usiłowali trzymać mnie na dystans, jakby czekali na oficjalny komunikat, że jestem w porządku. Tylko reżyser zagadnął od serca:

– Jakiś nowy projekt z Laksem?

– Nie sądzę. Teatr Muchomor.

Słysząc to, Henio skrzywił się, jakby go rozbolał ząb.

– Więc co tu robisz, mała?

– Psuję mu dobry nastrój.

– Jadę reżyserować do Legnicy, zawsze masz u mnie rolę.

– Dzięki.

– No dobra, pora się upić! – powiedział i odszedł.

Więc i jego wywalili? Nie musiał mówić, kto maczał w tym palce. Całe szczęście, że choć raz nie ja jestem wszystkiemu winna.

Co chwila wśród gości migała mi sylwetka Piotra. Jak ogon ciągnęła się za nim francuska sakiewka. Minę miała znudzoną. Nie dziwię się, polski to koszmarny język, nasi rodacy są nudni, szeleszczą, rozmawiają tylko o polityce i nie znają francuskiego. Po co on ją tu w ogóle zabrał? Czego się spodziewał, że będzie błyskotliwie konwersować z członkami ekipy?

On sam natomiast wciąż z kimś rozmawiał i wydawał się bardzo zajęty. Nie szukał mnie wzrokiem, nie dał mi żadnego znaku ręką, jednym słowem, kompletnie mnie ignorował. Czy to takie dziwne? Potrafiłam przecież jednym zgrabnym ruchem zburzyć to, co budował przez lata, i nieważne, że nieświadomie. Liczył się efekt. Teraz znów może mieć z mojego powodu problem. Ale mimo wszystko wolałabym, żeby mnie nienawidził, niż ignorował.

Trzymając się na uboczu, czekałam, by choć raz spojrzał w moją stronę zza pleców tej swojej francuskiej laski. Na próżno. Niepotrzebnie tu przyszłam, ośmieszyłam się tylko. Dochodziła północ. Kopciuszku, czas do domu! Książę już z tobą nie zatańczy.

Wychodząc z Bristolu, znów natknęłam się na paparazzich. Chyba już wiedzieli, że jestem nikim. Ktoś z rozpędu zrobił mi jeszcze zdjęcie, ale bez tego charakterystycznego rozpychania się, bez natręctwa. Doskonale zdawali sobie sprawę, że na mnie nie zarobią. Odzyskałam wolność. Na co mi ona teraz?

Szłam pustą ulicą i cierpiałam. Kochałam faceta, dla którego nie istnieję. Gorzej, który mną gardzi. Bzyknął mnie, będąc w związku z tą bagietką. Pewnie mu teraz głupio. Musiał czuć się niezręcznie, kiedy pchałam się mu pod sam nos.

Ależ jej zazdrościłam! Nawet zdradzana, miała przecież Piotra na wyciągnięcie ręki. Tęskniłam do niego każdą komórką ciała. Pragnęłam, żeby zrywał ze mnie ubranie, dotykał mnie, pieścił, drżałam na wspomnienie jego zamglonego wzroku. Umierałam na myśl, że go nigdy nie zobaczę. Świadomość, że znajduje się tak blisko, a jednocześnie pozostaje całkowicie dla mnie nieosiągalny, sprawiała mi nieopisany ból. Tymczasem jedyna rzecz, jaką mogłam zrobić, to zapomnieć. Zabić tę miłość, zdusić w zarodku. Wiedziałam, że zanim to się stanie, wyleję morze łez. Na szczęście miałam przed sobą premierę i dużo pracy, inaczej spakowałabym manatki i uciekła gdzie pieprz rośnie.

Udowodnienie Laksowi, że bez jego protekcji też potrafię osiągnąć sukces, stanowiło część mojego planu. Mizerny to był plan, bo nie sięgałam myślą poza najbliższe trzy dni: byle do premiery, byle się udało. Potem pojadę na urlop. Sama. W jakieś ciche i puste miejsce, gdzie mogłabym chodzić po pustej plaży, czytać książki i powoli zapominać. Tu nawet powietrze przesiąknięte jest Piotrem. To nieznośne.

Wieczorem w łóżku długo kręciłam się z boku na bok. Kiedy jakimś cudem wreszcie udało mi się zasnąć, miałam takie koszmary, że nie wytrzymałby ich nawet schizofrenik. Spóźniałam się na pociąg, tonęłam, spadałam w zerwanej windzie, goniły mnie potwory, zbyt okrutne nawet dla Stephena Kinga.

Około trzeciej nad ranem czyjś telefon litościwie przerwał moje męki. Dzwoniła Serena. Trochę bełkotała, pewnie miała nieźle w czubie:

— W tym mieście jesteś skończona, rozumiesz?! S k o ń -
c z o n a! Raz na zawsze! Możesz już się pakować i wracać
tam, skąd na moje nieszczęście przyjechałaś.

— Kto mówi?

— Ty cholerna intrygantko! Po coś przylazła na ten bankiet?! Ktoś cię prosił?!

— To był przypadek...

— Kogo chcesz nabrać?! Skompromitowałaś mnie, żeby
wskoczyć w moje role? Sprytne, nie powiem. Ale za kogo
się, do cholery jasnej, uważasz, żeby próbować zawłaszczyć
moją pozycję?!

— Pani się myli.

— Ja się nigdy nie mylę! I nie miej nadziei, że uda ci się załatwić coś z Laksem za moimi plecami. Nieważne, że masz
dziesięć lat mniej, to ja jestem gwiazdą, a ty tylko marną dublerką i tak pozostanie. Rozumiesz?! Więc dla swojego dobra
nie próbuj żadnych sztuczek, bo na własnej skórze poznasz
moje długie ręce. W tym mieście nie ma miejsca dla nas obu.

Przerwałam połączenie i przekręciłam się na drugi bok.
Może do rana zdoła mnie pożreć jakiś litościwy potwór?

61

Kiedy zlana potem wreszcie się obudziłam, zegar wskazywał szóstą. Wciąż żyłam, niestety. W obawie, że znając swoje szczęście, nie usłyszę dziś dzwonka i w dodatku spóźnię się na próbę, nie poszłam już spać. Ranek był słoneczny, ale zimny. Nawet Leonowi nie bardzo chciało się wychodzić o tej porze. Kupiłam mleko i wróciliśmy do domu. Ponownie przejrzałam egzemplarz *Kopciuszka* i pojechałam do teatru.

Zastanawiałam się, czy nie robię Muchomorowi niedźwiedziej przysługi. A jeśli okaże się, że macki Sereny sięgają aż tutaj? Jeśli pojawi się na premierze i zrobi skandal? Albo zorganizuje klakierów, którzy będą buczeli i nie dadzą nam powiedzieć ani słowa? Moja wyobraźnia pracowała na najwyższych obrotach.

W teatrze niby nikt nic nie mówił, ale niedomówienia wisiały w powietrzu. Wszyscy byli dziwnie spięci. Co chwilę ktoś na mój widok zawieszał głos, ktoś inny nie kończył zdania. Czyżby już wiedzieli?

Dziś próbowaliśmy w pełnych dekoracjach i kostiumach. Bogate, stylizowane na rokoko, żadnych drutów, umowności, sztuki nowoczesnej. Kareta miała być ciągnięta przez prawdziwego konia. Do tego kryształowe kandelabry i lustra. Dzieciom na pewno się spodoba. Grało mi się dobrze, choć czułam, że stać mnie na więcej. Reżyser nie wyglądał na szczęśliwego, ale nie przerywał. Na koniec rzucił kilka uwag, które dotyczyły głównie kwestii technicznych, wejścia muzyki i zmiany świateł.

Po próbie dyrektor wezwał mnie do swojego gabinetu. Siedziało tam kilka nieznanych mi osób.

– Droga koleżanko, czy zechciałaby pani, że tak powiem, dać twarz w celu zareklamowania naszego przedstawienia?

– Oczywiście. – Zdziwiłam się, że mnie w ogóle o to pyta.

I wtedy zauważyłam na jego biurku najnowsze wydanie „Codziennika" i wielki tytuł nad zdjęciem przedstawiającym mnie i Serenę:

KIM JEST TAJEMNICZA NIEZNAJOMA?

Zastanawiałam się, czy przyznać się do prawdziwych stosunków z gwiazdą seriali. Wiele ryzykowałam, nic nie mówiąc, ale zabrakło mi odwagi. A zresztą czy można przygotować się do wszystkiego, co ona była zdolna wymyślić?

Po próbie generalnej pobiegłam poszukać najbliższego kiosku. Kupiłam wszystkie szmatławce. Ich lektura mnie poraziła. Dowiedziałam się, że na pewno jestem ukrywaną córką Sereny. Autorce dużo miejsca zajęło śledztwo, gdzie gwiazda mnie do tej pory przetrzymywała i dlaczego tak nagle wyszłam z cienia. Twierdziła, że studiuję za granicą. Podobno zgłębiam tajniki biologii molekularnej w Stanach, konkretnie na Uniwersytecie Iowa, a do Warszawy wpadłam tylko na chwilę załatwić niezbędne formalności związane ze zmianą obywatelstwa, bo rzekomo wylosowałam zieloną kartę. Bardzo się z Sereną kochamy, nie potrafimy po prostu żyć bez siebie i przy każdej okazji odwiedzamy się nawzajem. Mam chłopaka w Stanach, ale ciemnoskórego i tylko na tym tle między mną a kochaną mamusią pojawiają się czasami kontrowersje. Ona jednak traktuje mnie z wyrozumiałością, wie, że jestem rozsądna, dobrze ułożona i na pewno poradzę sobie w życiu.

Kto im naopowiadał tych bzdur? Serena? A może redaktorkę bolały w nocy zęby i pisała, co jej przyszło do głowy? Jeżeli reszta artykułów o gwiazdach trzyma podobny poziom, zaczynam rozumieć miłość idoli do prasy brukowej.

Wróciłam do teatru. Powoli stawało się jasne, dlaczego dyrektor to wszystko wymyślił. Niech piszą bzdury, byle wzbudzali zainteresowanie. Każda okładka to darmowa reklama, na której opłacenie teatr lalek nigdy nie mógłby sobie pozwolić.

Wypiłam szybko kawę, bo zaraz zaczynała się sesja zdjęciowa. Odbyła się na scenie i trwała cztery godziny. Bardzo dobrze, przynajmniej nie musiałam truć się przypuszczeniami, co teraz robią Serena i Lax, a właściwie Lax i Piękna Marsylianka. Fotograf pstrykał w najlepsze, a ja myślałam o biednym Leonie wyskakującym przez otwarte okno z pierwszego piętra, żeby ulżyć swoim potrzebom fizjologicznym. W związku z tym robiłam chyba za mało oryginalnych min, bo wciąż na mnie pokrzykiwał:

– Marzysz o lepszym życiu. Jesteś smutna, bo nie zabrali cię na bal. Pomyśl o księciu, czy on cię kiedykolwiek odnajdzie? – Facet nie miał pojęcia, że trafia w samo sedno.

Potem zwolnili mnie do domu. Dotarłam na miejsce o dziewiętnastej! Wyprowadziłam Leona i padłam na łóżko. Na szczęście nie zaplanowano wieczornej próby, mogłam więc odespać koszmarną minioną noc.

Obudził mnie dzwonek komórki.

– Czy zastałem tajemniczą nieznajomą?

– Halo, kto mówi? – Przez chwilę łudziłam się, ale niepotrzebnie.

– Facet, którego skazałaś na bezrobocie.

– Adam! Nigdy nie dzwoń do mnie w środku nocy! Pod żadnym pozorem! – odpowiedziałam, zerkając jednym okiem na zegarek. – Wpół do siódmej rano?! Co bezrobotni robią o takiej porze?

– Łażą po śmietnikach, żeby ubiec konkurencję. Zgadnij, na co patrzę.

– Na puste puszki po piwie? Niedopalone pety? Nadgryzione kanapki?

– Stoję na światłach i gapię się na billboard. Z tobą!

– Leży na śmietniku?

– Kaśka! Billboard! Taka duża reklama. Ogromna, gigantyczna reklama.

– Co zachwalam? Karmę dla kotów, podpaski czy klej do protez?

– Przedstawienie w Muchomorze.

– To piękny sen, pozwól, że też jeszcze pośpię.

– Twój billboard! Na skrzyżowaniu Alej Jerozolimskich z Marszałkowską! Nie ma lepszego miejsca w tym mieście!

– Wygrałeś. Opowiadaj dalej te bajki. – Otworzyłam drugie oko.

– Jest podpisany: „Tajemnicza nieznajoma: Kopciuszek".

– Bredzisz. Dopiero wczoraj robili zdjęcia! – Usiadłam na łóżku i już się zastanawiałam, czy dziś rano będzie tamtędy przejeżdżał Piotr Lax. – Jak wyszłam?

– Koszmarnie!

– Po czterech godzinach pozowania?! Nie mogli wybrać jednej przyzwoitej fotki? – Udało mi się w końcu ostatecznie dobudzić. – Gadaj, co widzisz!

– Teraz to już nic, bo stoję na następnych światłach, ale wyszłaś nieźle.

– Podobna do Sereny?

– Trochę, tak jak zwykle. Ale widać, że nie jesteś nią.

– Bogu dzięki! Dobry fotograf.

– Kto ci to załatwił?

– Chyba dyrektor?

– Uważaj na niego!

– Przyjdziesz pojutrze na premierę? Pewnie nie zagram zbyt dobrze, ale przynajmniej scenografia jest przepiękna.

– Przekonałaś mnie. Zdrzemnij się jeszcze, *ciao*!

Dobre sobie! Jak mam spać, kiedy w samym centrum Warszawy wisi billboard ze mną?! Natychmiast pojechałam go zobaczyć.

Stałam pod hotelem Novotel i wpatrywałam się w olbrzymie zdjęcie przedstawiające mnie w roli Kopciuszka, umieszczone na ogromnej tablicy po przeciwnej stronie ronda. Naprawdę tam było! Musieli je przykleić w nocy! Dyrektor Muchomora to kompletny wariat! Zrobiłam zdjęcie telefonem i wysłałam MMS do mamy. I tak nie będzie umiała odebrać. Usiadłam w pobliskim barku przy kawie i przez okno patrzyłam, jak przechodnie, myśląc o swoich sprawach, obojętnie mijają moją podobiznę. Pięć minut później zadzwoniła mama.

– Kasiu! Co to za zdjęcie?

– Pojutrze mam premierę! Główna rola w Warszawie, wyobrażasz sobie?! Może byście przyjechali? Zobaczylibyście, jak mieszkam. Stęskniłam się za wami!

– Kochanie, tak się cieszę!

– Zamówić hotel?

– Może za tydzień albo dwa? Tata miał ostatnio skoki ciśnienia. Wzywałam pogotowie w nocy.

– Leży w szpitalu?

– Nie, ale powinien się oszczędzać.

– To zdzwonimy się później, dobrze?

Wyłączyłam telefon i spojrzałam na billboard. Wydał mi się mniejszy. I co z tego, że od mojego przyjazdu do Warszawy minęło zaledwie parę tygodni? Ktoś inny mógłby to uznać za przejaw efektownej kariery. Mnie samej chciało się tylko płakać. Bałam się, że za kilka dni z powodu interwencji Sereny i tak wszystko obróci się wniwecz.

Serena. Wszystko jej zawdzięczam i wszystkiemu jest winna. Dzieliłam z nią życie i niezauważalnie dla siebie samej stałam się nią na jakiś czas. A teraz od niej uciekam. Udając przyjaciółkę, chciała mnie w ten sposób kontrolować. Wejść w moje myśli, posiąść tajemnice, poznać kompleksy. A teraz ta idiotyczna adopcja! Zastanawiam się, do czego jej to potrzebne, skoro to ja grałam ją, a nie ona mnie?

A swoją drogą, co za durne imię! Nie do uwierzenia, że jest prawdziwe! Zawsze mi się wydawało, że to pseudonim, ale skoro tak – myślałam – dlaczego nie zmieniła też nazwiska? Serena Lipiec brzmi przecież jak kiepski żart.

Tymczasem słaby dowcip okazał się prawdą. Tak bywa w życiu.

62

Kiedy charakteryzowałam się przed próbą, do garderoby wpadł szalenie podniecony dyrektor.

– I co?! Widziała pani?!

– Wydał pan chyba mnóstwo pieniędzy.

– Ale to się opłaci, opłaci! W dzisiejszych czasach trzeba działać niekonwencjonalnie. Z nieba nam pani spadła, panno Kasiu! Teraz tylko dobrze zagrać premierę i mamy repertuar na rok! – Zatarł ręce. – A tak całkiem między nami… Naprawdę nie jest pani jej córką?

– Nie.

– Szkoda… Też mi się pani wydawała do kogoś podobna. Cały czas mnie to nurtowało.

– Mam rysy ojca. To zbieg okoliczności.

– Ale dobry dla nas, bardzo dobry, bardzo – westchnął i wyszedł uszczęśliwiony.

Powiedział: „Na rok"?! Jakoś o tym nie pomyślałam, planując spóźniony urlop nad morzem. Przebierałam się w kostium i czułam, że zaczynam się bać. Serena zatruła każdą moją myśl. Na ulicy oglądałam się za siebie, sprawdzając raz po raz, czy kogoś na mnie nie nasłała. Siedziałam w garderobie i wsłuchiwałam się w kroki na korytarzu. Idąc na scenę, próbowałam przeniknąć wzrokiem ciemne teatralne zakamarki.

Znów nie potrafiłam się skupić. Bez sensu patrzyłam do góry, czy nic nie spada mi na głowę, wzdrygałam się na nagłe ruchy kolegów. W pierwszej części sztuki jakoś to uchodziło, choć i tak reżyser raz po raz zrywał się z miejsca i chodził wzdłuż sali, łapiąc się za głowę. Nic nie mówił, ale dało się zauważyć, że jest nie mniej przerażony ode mnie. Drugi akt okazał się kompletną porażką.

„Gdyby nie ten billboard! – myślałam. – Wszystko odbyłoby się po cichu, nikt by niczego nie zauważył. Mogłabym sobie egzystować w cieniu Sereny. Dla mnie to i tak nie lada osiągnięcie. Ale ta plansza wszystko zmieniła i teraz ona na pewno przejdzie do ataku. Nawet jeśli ją przeoczyła, ktoś życzliwy bez wątpienia doniesie. Takiego policzka nie może zlekceważyć!".

– Sprzedaliśmy ostatnie bilety na premierę! – oznajmił po zakończeniu próby uszczęśliwiony dyrektor. – Zaraz wyprzedamy październik, a już mamy zapisy na listopad!

Wyraźnie zdziwił się, nie słysząc aplauzu.

– Co tu tak cicho? – zapytał.

– O ile premiera w ogóle dojdzie do skutku – westchnął zrezygnowany reżyser. – Ona jest jakaś porąbana! Chce mnie do grobu wpędzić! Jednego dnia gra jak złoto, drugiego jak kompletna amatorka! Wahania hormonalne czy co?

– Zamknij się! – Macocha wzięła mnie w obronę. – Dziewczyna przeżywa stres, nie rozumiecie tego?! I tak pięknie i w ekspresowym tempie weszła w zastępstwo. A że jej nie za każdym razem wychodzi? Tobie też nie zawsze się udaje!

Ze względu na osobę reżysera koledzy powstrzymali się od śmiechu, ale kobieta najwyraźniej wiedziała, o czym mówi. Nie spodziewałam się takiej obrony. Macocha była sympatyczna, ale nie narzucała się z przyjaźnią, zresztą prawie się nie znałyśmy. Nie chciałam, żeby z mojego powodu wybuchały w teatrze jakieś awantury.

– Dajcie spokój, koledzy! – Dyrektor nie dawał się wprowadzić w przedpremierową psychozę. – Przecież nie od dziś wiadomo, że po kiepskiej generalnej świetna premiera! I tak będzie! Nie ma innego wyjścia!

– Bardzo przepraszam. Nie wiem, co mi się stało – wyszeptałam.

– Lepiej, żebyś się dowiedziała! – Reżyser nie ustępował. – Jak rozwalisz spektakl, to cię osobiście uduszę! Gdybyś nie miała talentu, powiedziałbym: trudno. Ale możesz, do licha! Potrafisz! Więc się skoncentruj i nie zawal mi premiery, jasne?

– Tak…

Pokręcił tylko głową i zapadł się w fotelu.

Zmywałam makijaż, myśląc o tym, w jaki sposób przynajmniej na czas premiery pozbyć się myśli o Serenie i jej długich rękach. Jak zagrać choćby poprawnie, by Muchomor miał swój sukces, a ja pracę na rok? Dlaczego to wszystko musiało stać się właśnie teraz, nadając mojej karierze smak goryczy? A jeśli Serena zerwie premierę? Jeśli przyjdzie na przedstawienie i usiądzie w pierwszym rzędzie? Mam iść i powiedzieć o wszystkim dyrektorowi? Przecież podpisałam zobowiązanie! Prawnicy Laksa zaraz by mnie dopadli.

Zresztą nie wiem nawet, jak mielibyśmy się przygotować. Z drugiej strony, jeśli narobię rabanu, a Serena o niczym nie wie, wyjdę na idiotkę i intrygantkę.

Poczułam, że mnie mdli. Zaczynałam lubić Muchomora, powoli stawał się moim teatrem. Musiałam tylko czekać.

Wróciłam do domu po czwartej, zwinęłam się w kłębek i zasnęłam. Byle nie myśleć, bo bałam się, że zwariuję. Obudziłam się w środku nocy i wstałam tylko po to, żeby wyprowadzić Leona. Teraz nie mogłam nawet zadzwonić do Adama. Czułam tak straszną potrzebę pogadania z kimś życzliwym, że kupiłam w nocnym sklepie butelkę wina i poszłam do akademika. Mój ulubiony cieć drzemał. Cicho zapukałam w okienko kantorka. Starszy pan otworzył jedno oko.

– Myślałem, że o mnie zapomniałaś.

– Skądże! A właściwie jak pan ma na imię?

– Zenon, Zenek.

– Przyniosłam coś, niech się pan napije za moje zdrowie.

– Sam? Do żarówki? Właź na plebanię!

– Nie mogę. Jutro mam premierę i muszę się wyspać. Chociaż nie wiem, czy uda mi się zmrużyć oko, bo narobiłam kupę głupstw.

– Dobrze będzie! – powiedział i zachrapał przeciągle.

Nie zdążyłam mu nawet podać butelki.

Kiedy nadzieja na rozmowę z sympatycznym portierem ostatecznie się rozwiała, stało się oczywiste, że poza Leonem mam tylko siebie i że sama muszę stawić czoło tej idiotycznej sytuacji. W dodatku łapałam chyba jakieś przeziębienie, bo cała się trzęsłam, czułam mdłości i bolała mnie głowa. A może to objawy zwykłej nerwicy przedpremierowej?

Wszystko albo nic, jutro o tej porze już będę wiedziała.

63

Premiera to zawsze szczególny dzień w życiu aktora. Jeśli w dodatku gra on główną rolę, dzień ten jest podwójnie szczególny. Od rana próbowałam myśleć tylko o rzeczach miłych i radosnych. Żadnych destrukcyjnych i szalonych refleksji, żadnych Seren, Laksów, żadnych zmyłek w tekście, żadnych potknięć o rąbek sukni. Znam swoją rolę, umiem ją doskonale, świetnie sobie poradzę. Niestety afirmacji wystarczyło mi zaledwie do południa. A premierę zaplanowano na piątą! Jak to wytrzymam? Znów zaczęłam się trząść, miałam zimne ręce i sucho w ustach.

O trzeciej pojechałam do teatru, wcześniej łyknąwszy jakieś środki na uspokojenie. Wóz albo przewóz. Albo dziś zwyciężę, albo skończy się moja warszawska przygoda.

Ubrana i umalowana, wdychałam tę szczególną woń teatru, trudny do podrobienia zapach kurzu, szminki, kostiumów, drewna, farb i płótna. Takiej atmosfery nie ma żaden film. Koledzy przychodzili do mojej garderoby, żeby mi dodać otuchy. Wpadł też na chwilę Adam:

– Masz pełną widownię! I duże zainteresowanie mediów... – rzucił tajemniczo.

– Jak to? – ledwie zdołałam wykrztusić.

– Co chcesz? Po takiej reklamie?

– Jak mnie znów ochrzczą córką Sereny, to chyba się zabiję!

– Póki budzisz ich zainteresowanie, nie narzekaj. Udziel wywiadu, daj się zaprosić na sesję, bądź dla nich miła, choć to niełatwe. Nie obrażaj się nawet, jeśli opiszą cię jako etiopską księżniczkę. W gruncie rzeczy oni pracują dla ciebie.

– Tak strasznie się boję!

– Trema tylko cię zmobilizuje.

– Mam przeczucie, że Serena chce mi zaszkodzić.

– Przesadzasz.

– Zadzwoniła pijana, straszyła mnie. Po alkoholu zawsze mówi się prawdę.

– Nie ryzykowałaby kariery.

– Niedobrze mi!

– Uspokój się! W końcu to nie pierwsza twoja premiera.

– Łatwo ci mówić! Zawsze stoisz z boku!

– I dlatego to nie mnie potem zazdroszczą. Trzeci dzwonek. Odwróć się, kopnę cię na szczęście.

Poszedł sobie. Za chwilę zgasną światła na widowni i nadejdzie chwila prawdy.

Stałam w bocznej kulisie, kiedy podniosła się kurtyna, i usłyszałam stłumiony okrzyk zachwytu. Dzieciaki to wdzięczna widownia, wspaniale reagują, spontanicznie śmieją się i biją brawo, kiedy coś im się podoba. Zawsze są szczere i niczego nie udają. Kiedy wyszłam na scenę, odebrałam masę dobrej energii. Aktor czuje publiczność, choć jej nie widzi. Dziś mieliśmy mnóstwo życzliwości i pełne zaufanie. To dodało nam skrzydeł.

Pierwszy akt zakończyliśmy bez żadnych zgrzytów. Szczęśliwy dyrektor przybiegł w przerwie do mojej garderoby:

– Mówiłem, że będzie dobrze! O, przepraszam – powiedział, widząc mnie w bieliźnie, bo właśnie przebierałam się w strój balowy. – Tak trzymać, koleżanko Zalewska! I z seksem! Niech się pani nie boi uwodzić Księcia. Dzisiejsze dzieci już i tak wszystko widziały w telewizji!

Potem zjawił się reżyser. A po nim Adam. Wszyscy uważali, że dobrze idzie.

– Głupio się czuję! Z jednej strony małolactwo, z drugiej strony małolactwo, a w środku ja, stary gej – marudził Adam. – To nie uchodzi! Gdzieś ty mnie zwabiła, świntucho jedna!

– Poczekaj na drugi akt. Zobaczysz Księcia! – zażartowałam. Uznałam, że kolega grający ukochanego Kopciuszka ma u Adama pewne szanse.

– Tak mówisz? – Adam zajrzał do programu. – Nieznalski? Nie kojarzę. Kiepskie nazwisko dla aktora. Trema ci już chyba całkiem minęła?

– Staram się o tym nie myśleć. Tylko mi żal, że rodzice nie mogli przyjechać.

– Jeszcze będziesz miała wiele premier.

– Jeżeli przeżyję tę pierwszą…

– Spadam przetrzeć szkiełka w lornetce, skoro mówisz, że Książę taki ponętny! Trzymaj się!

Odetchnęłam trzy razy i odważnie spojrzałam w lustro. Wtedy zaczęłam myśleć, że może się uda? Drugi akt jest piękny, wzruszający, jeśli tylko damy radę przytrzymać uwagę publiczności, sukces mamy gwarantowany. Poczułam, że zupełnie się uspokoiłam i zagram, choćby nie wiem co!

Nie do wiary! Żadnego czarnego kota? Żadnego pożaru w teatrze? Nikt nie klaskał, nie pozwalając dokończyć kwestii? Miałam wrażenie, że drugi akt naprawdę nam wyszedł! Zapłakany reżyser biegał za kulisami, całując, kogo popadnie, i dziękując wszystkim, od aktorów po maszynistów. Finałową piosenkę śpiewaliśmy cztery razy! Owacja na stojąco trwała kwadrans. Byłam szczęśliwa, że brałam w tym udział. Potem dostaliśmy mnóstwo kwiatów, nawet ja, chociaż miałam tylko jednego swojego widza! Myślę, że to dyrektor kupił dla mnie ten ogromny bukiet orchidei. Premiera w teatrze, czy można wyobrazić sobie coś równie ekscytującego?

Adam przybiegł do mojej garderoby, nim zdołałam zdjąć z siebie suknię balową.

— Od początku wiedziałem, że ci się uda! Byłaś świetna!

— Dziękuję, ty moja dobra wróżko!

— Jestem z ciebie taki dumny! A wiesz, ten Książę rzeczywiście wart grzechu. Przewidujecie jakiś bankiet?

— Nie wiem, chyba tak.

— Czuję się zaproszony.

— A potem pójdziemy na piwo.

— Niczego nie obiecuję… A jak tam Lax? Dał jakiś znak życia?

– Kiedyś, kiedy już będziemy na emeryturze, wszystko ci opowiem. Może wtedy się pośmiejemy, teraz nie ma szans.

– Ja też mogę się mylić, prawda?

– Najważniejsze, że dziś nam wyszło. Bałam się, że sobie nie poradzę. Jeszcze nigdy nie czułam takiej tremy. I ta świadomość, że tyle ode mnie zależy. Jestem wypompowana!

Poszliśmy do sali prób, gdzie dyrekcja zorganizowała przyjęcie. Kiedy weszłam, koledzy przywitali mnie kolejną owacją. Popłakałam się. Udzieliłam kilku krótkich wywiadów. Niczym zaklęcie powtarzałam, że moje podobieństwo do Sereny to przypadek, że nie mamy ze sobą nic wspólnego, nie znamy się, nigdy się nie widziałyśmy poza tym jedynym spotkaniem w Bristolu, a nasze pozowanie w uścisku to medialny żarcik. Dziennikarzom niezbyt podobała się ta wersja. Przyszedł też przedstawiciel jakiejś agencji aktorskiej z propozycją reprezentowania moich interesów. Jakby było co reprezentować… Nawet nie miałam wizytówki.

A potem przeszłam ze wszystkimi kolegami na „ty" i chociaż piłam tylko łyk wina na osobę, język zaczynał mi się powoli plątać. Uznałam, że pora zbierać się do domu. Dałam znak Adamowi, ale nie zwrócił na mnie uwagi, bardzo zajęty rozmową z kolegą Nieznalskim. Postanowiłam więc wymknąć się po angielsku. Zabrałam swoje orchidee i wyszłam z teatru prosto w chłodny, rozgwieżdżony wieczór. Kręciło mi się w głowie i byłam prawie szczęśliwa. Postanowiłam się trochę przejść, żeby ochłonąć.

Wygrałam. Udało się! Miesiąc temu znalazłam się przypadkiem w tym mieście, dziś mam tu pracę, mieszkanie i życie, które wygląda jak bajka. Jedyna czarna chmura na tym pogodnym niebie to moje zdeptane uczucia. Ale i tak jest wspaniale. Wreszcie poczułam się dorosła, zrozumiałam, że choć pewnie nieraz jeszcze palnę jakieś głupstwo, to jednak kiedy trzeba, potrafię wziąć się w garść i zawalczyć o swoje.

Idąc pustawą ulicą, usłyszałam za plecami stukot kopyt. Odwróciłam się, zaintrygowana. W moim kierunku zbliżała się dorożka zaprzęgnięta w białego konia. Dokładnie taka jak ta z przedstawienia! Siedzący na koźle fiakier wydawał się dziwnie znajomy. Serce zabiło mi mocniej, a on zatrzymał swój pojazd tuż przy mnie, podniósł cylinder i z cudownym uśmiechem zapytał:

– Może gdzieś panią podwieźć?

Wyciągnął do mnie rękę, a ja podałam mu dłoń, weszłam na stopień i usiadłam obok, myśląc: „Trwaj, bajko, jesteś piękna!".

64

Ale tandeta, co? Marzenia jak z cholernej telenoweli! Najwyraźniej przesiąkłam nią na wylot. Może jeszcze Lax siedział w tej karecie? I orchidee też pochodziły od niego? W ogóle tylko czekał, żeby podrzucić na samolot do Paryża swoją francuską żabę i wpaść w moje szeroko otwarte ramiona, zachwycony, że okazałam się taka zdolna i dzielna, że tak sobie świetnie poradziłam w tym świecie kanibali, nie wchodząc w żadne układy i nie kupcząc sobą ani swoimi ideałami?

Tere-fere. To akurat najmniej ważne. Jeśli się stawiasz, dostajesz łatkę wroga do usunięcia i tyle. Tylko ktoś niespełna rozumu podziwia swoich nieprzyjaciół, zamiast ich zwalczać. Podlaska słoma mi z butów wyłazi, skoro myślę tak kompletnie od czapy.

A zresztą, czy naprawdę radziłam sobie świetnie? Z białostockiej perspektywy pewnie tak. Mimo oszołomienia sukcesem swojej pierwszej głównej roli i bankietowym winem jasno zdawałam sobie sprawę z tego, że batalia o Warszawę dopiero się zaczyna. Czy pozostanę „dobrze ukryta" w teatrze lalkowym, jak nie bez racji nazwał moje skromne aspiracje Adam, czy też ujawnię się i podbiję stawkę?

Zdjęcie z Sereną tylko mi się przysłużyło. A zwłaszcza billboard, nawet gdyby go jutro zdjęli. Stało się jasne, że jest nas dwie. Teraz numer z dublerką by nie przeszedł. Gdyby nie ten bankiet w Bristolu, pozostałyby mi promocje, reklamy, pokazy mody i uroczyste premiery kinowe. Chodziłabym tam oczywiście tylko i wyłącznie jako Serena. Fajna sprawa, nie powiem, wiele dziewczyn chętnie by w to weszło, ale ja już nie. Przecież nie byłoby to moje, tylko jej życie. Pracowałabym na cudze konto. Pewnie po kilku miesiącach wróciłabym załamana do Białegostoku, może nawet do Złotej Ważki?

I jak tu nie wierzyć w przeznaczenie? Taksówkarz nie zatrzymał się tam, gdzie prosiłam, zupełnie jakby realizował jakiś cel. Podwiózł mnie pod sam czerwony dywan. To jemu zawdzięczam, że wbrew sobie znalazłam się na bankiecie w Bristolu i dziś jestem Tajemniczą Nieznajomą.

Ale co z tego? Wciąż pozostaję Nieznajomą. Wracam do pustego mieszkania, w którym nikt poza psem na mnie nie czeka. Tak naprawdę, choćbym nie wiem jak zaprzeczała, w tej chwili zależy mi tylko na miłości. Feministki by na mnie napluły. W nosie z nimi. Idę sama ulicą, a chciałabym frunąć przy Nim. W powiewnej sukience uśmiechać się, pleść bzdury, potem pójść do jakiejś zacisznej knajpki na wino i kochać się do białego rana.

I tu się kończy moja wyobraźnia. On nawet w marzeniach nie zostaje na śniadanie. Co się dzieje? Czego mi brakuje? Dlaczego muszę być taka cholernie dzielna? Dawno, dawno temu żyła sobie w pięknym zamku z dala od traktów handlowych Dzielna Księżniczka. To on tak mnie nazwał…

Zmęczona długim dniem rozejrzałam się w poszukiwaniu taksówki, a gdy rozsiadłam się na tylnym siedzeniu, poprosiłam o zawiezienie na Puławską przez rondo, które wkrótce będzie nosiło nazwę Tajemniczej Nieznajomej. Czy istnieje gdzieś w świecie skrzyżowanie o równie poetyckiej nazwie?

– Jednak tu wysiądę – rzuciłam taksówkarzowi, widząc, że znajdujemy się już na rondzie.

Szukałam w portmonetce drobnych. Miałam ochotę usiąść na chwilę w barku kawowym i popatrzeć z lubością na billboard, napawając się wdziękiem Tajemniczej Nieznajomej, zanim panowie w granatowych kombinezonach przykleją jej na twarzy reklamę nowego modelu skody albo szamponu przeciwłupieżowego.

Nagle poczułam szarpnięcie, które rzuciło mnie do przodu, usłyszałam pisk hamulców i stuk zderzenia. Walnęłam głową w fotel, bo oczywiście nie zapięłam pasów, a przez myśl przemknęło mi, że zaraz się dowiem, czy istnieje życie po życiu, światło w tunelu i tym podobne. Próbowałam szybko zrobić bilans swoich dobrych i złych uczynków, ale kiepsko radziłam sobie z księgowością.

– Co za palant! – darł się kierowca. – Gdzie on się gapi! Cud, że przed nami nikt nie jechał! Miałbym przód i tył do wymiany!

Wrzucił kierunkowskaz i zjechał na wysepkę pośrodku ronda. Kręciłam głową we wszystkie strony, żeby sprawdzić, czy przypadkiem w wyniku wypadku nie kwalifikuję się do hospitalizacji. Ale na razie nie czułam żadnego bólu. Nie pocieszajcie mnie, że doznałam szoku i że efekty takich urazów z reguły ujawniają się później. Wysiadłam z samochodu i naprawdę się przestraszyłam. Najwyraźniej coś mi się porobiło z oczami, bo sprawca wypadku za bardzo jak na mój gust przypominał Piotra Laksa.

– Gdzie masz oczy, tumanie?! – wrzeszczał taksówkarz.

– Przepraszam – wymamrotał skruszony winowajca głosem Laksa, po czym zapytał, żeby mnie całkiem dobić: – Kasia? To pani? Nic się pani nie stało?

Nic! Niestety, byłam cała i zdrowa. Nawet guza sobie nie nabiłam na cholernym oparciu pasażera. Ani kropla krwi nie leciała mi z nosa. Krótką chwilę rozważałam, czy przypadkiem nie zemdleć, ale to by wyglądało na jawną prowokację.

– Jak nie?! – oburzył się kierowca taksówki. – Biedaczka tak rąbnęła w zagłówek, że na pewno trzeba zrobić prześwietlenie. Z kręgosłupem nie ma żartów.

Od dziś będę uroczyście obchodzić Dzień Taksówkarza.

– Kasiu? Jak się pani czuje? – zapytał Lax troskliwie.

Chciałam czuć się źle. Pragnęłam mieć wstrząs mózgu, złamaną rękę albo chociaż podbite oko, żeby mnie musiał natychmiast zawieźć do szpitala. A potem żeby siedział całą noc przy łóżku, zwilżał mi usta szpatułką zanurzoną w wodzie, karmił łyżeczką i mówił jak do dziecka. Oraz jako najbliższa rodzina opiekował się mną podczas rekonwalescencji i uczył mnie na nowo chodzenia. Jednym słowem, żeby rzucił dla mnie wszystko.

– W porządku – powiedziała ta idiotka. W p o r z ą d-k u ? ! W jakim języku to znaczy: „Zaopiekuj się mną na zawsze?!". W suahili?!

– Ja tam uważam, że to trzeba prześwietlić. – Przynajmniej kierowca zachował zdrowy rozsądek.

Lax wyjął wizytówkę i dał ją taksówkarzowi.

– Ma pan może druk oświadczenia? Wiem, że to moja wina, zagapiłem się. Podpisałbym panu, a resztę załatwilibyśmy jutro. – Do wizytówki dodał dwa banknoty stuzłotowe. – To na wypadek gdyby dziś musiał pan wezwać pomoc drogową. Kasiu? Nie ma pani zawrotów głowy? – znów zwrócił się do mnie.

– Nie wiem – powiedziałam na wszelki wypadek. – Chcę do domu.

– Jest w szoku. Normalka. Jak moja żona, kiedy...

Zgadza się, to szok. Nagle odpłynęło ze mnie zdenerwowanie wszystkich poprzednich dni. Czułam się bardzo zmęczona, chciało mi się spać. I co z tego, że Lax tu stoi? Że w poczuciu winy proponuje mi podwiezienie do szpitala? Nie chcę się dłużej mamić złudną nadzieją. Znowu przez chwilę będzie miło, nabiję sobie głowę bzdurami, a potem wyjdzie na jaw smutna prawda, że pochodzimy ze zbyt odległych gwiazdozbiorów.

Co za okrutna złośliwość losu, że wciąż na siebie wpadamy w tym wielkim mieście. Jak teraz, na rondzie Tajemniczej Nieznajomej. Kopciuszek i jej Książę z Bajki. Szkoda, że bajki są tylko ironicznym odbiciem rzeczywistości.

– Nic mi się nie stało, naprawdę – rzuciłam niechętnie i rozejrzałam się, szukając sposobu, by z wysepki przedostać się przez trzy wciąż zajęte pasy ruchu na chodnik i dotrzeć do przystanku autobusowego. A policjanta oczywiście ani śladu! Uznałam, że nie będę robić do Laksa słodkich oczu. Musi mu wystarczyć ta jego Francuzka. Jako dzielna księżniczka nie potrzebuję do szczęścia dzianego faceta. W sumie w ogóle żadnego.

– Nigdzie nie pójdziesz! – twardo zakomenderował Lax.
– Siądź w moim samochodzie, dobrze? Zaraz cię odwiozę
do domu.

Na to jedno mogłam się ostatecznie zgodzić. Wcisnę mu
jeszcze do ręki smycz, w ramach zadośćuczynienia wypro-
wadzi Leona na spacer. Potulnie weszłam do auta Piotra,
z rezygnacją oddając swój los w ręce przeznaczenia.

65

Milczałam. Cała ta sytuacja kompletnie mnie przybiła. Lepiej by się stało, gdybyśmy się w ogóle nie spotkali. W dodatku zostawiłam w taryfie swoje kwiaty. Nie co dzień dostaje się ogromny bukiet orchidei. Trudno, najwyżej żona taksówkarza się ucieszy. Albo zrobi mu awanturę, posądzając o najgorsze, kobiety są nieprzewidywalne.

– O czym myślisz? – zapytał Piotr.

– O żonie taksówkarza.

– Tego naszego taksówkarza?

– Zastanawiam się, czy zmyje mu głowę za moje kwiaty.

– Zostawiłaś w taksówce kwiaty?

– Ogromny bukiet orchidei.

– Może po niego wrócimy?

Co on taki uczynny? Wolałabym, żeby zapytał, kto mi je dał.

– Nieważne – rzuciłam, robiąc przy okazji grymas, jakbym codziennie dostawała kosz storczyków.

– Jakaś specjalna okazja? Może i ja powinienem zatrzymać się przed kwiaciarnią?

– Nie, to sprawa osobista.

– Bardzo osobista?

– Wystarczająco! – odparłam z naciskiem sugerującym podtekst, którego nie było. Zresztą kto powiedział: „Lalki to kanał!"? Nie mogłam znów dać mu okazji do wyśmiewania mojego skromnego dorobku.

– Taki ogromny bukiet? Nie wystarczyłaby jedna gałązka? Ktoś się wykazał kompletnym brakiem gustu.

No proszę, a nie mówiłam? I tak sobie poradził!

– Mnie się podobał.

– Daje ogromny bukiet orchidei i nie odwozi cię do domu? Dziwne.

– Ciebie też nikt nie prosił. Najpierw narzucasz się ze swoją opieką, a potem prawisz morały. Odpuść sobie, nie jesteś moim ojcem.

– Mówię, co myślę.

– To rób to ciszej.

– Chyba nie ucierpiałaś zbytnio w wypadku, jesteś tak samo złośliwa jak zawsze.

– Taki mój urok.

Dojechaliśmy. Otworzyłam drzwiczki i wystawiłam nogę na chodnik. Zastanawiałam się, czy nie powinnam zaprosić Piotra na górę, ale nie miałam ochoty przyjmować go w moim wiecznym bałaganie, który tak różnił się od uporządkowanego świata, gdzie on obracał się na co dzień. Zresztą już opanowywała mnie złość, bo znów niczego się nie domyślał, nie mówił, jak bardzo cieszy go to spotkanie, nie o mnie zwierzał się w tajemnicy „Firmamentowi". Zamierzałam go za to wszystko ukarać.

– Co słychać u Leona? – zapytał, jakby chciał mimo wszystko podtrzymać konwersację.

– Żyje.

– Pozwolisz mi go wyprowadzić?

– Posłuchaj, nic mi się nie stało. Nie potrzebuję konsultacji na ostrym dyżurze, dam sobie radę. Dzięki za podwiezienie. Sorry, że cię nie zapraszam, ale była premiera i nie posprzątałam, w lodówce nie ma kawioru ani szampana, a ja mam na dziś dość wrażeń.

– Rozumiem.

„Idioto! Nic nie rozumiesz! – pomyślałam i trzasnęłam drzwiczkami. – W przeciwnym razie nie przestraszyłbyś się nieporządku, nie zniechęciłoby cię moje zmęczenie. Wiedziałbyś, że to tylko gra, udawanie, zasłona dymna. Że nigdy nie powiem ci prawdy po tym, co między nami zaszło i co wiem o tobie oraz o twoich zobowiązaniach. Nie dam sobą pomiatać. Godność to jedyne, co mi pozostało, więc nie będę się uganiać za facetem, który publicznie opowiada o swoich niezliczonych narzeczonych, jedyny zaś sposób, by się od nich odróżnić, to nie zostać jedną z nich".

Ale wbrew wszystkiemu tliła się we mnie nadzieja, że kiedy zejdę z Leonem, Lax będzie wciąż czekał w samochodzie. Że weźmie ode mnie smycz i pójdziemy na długi, cudowny spacer, podczas którego wyjaśnimy sobie wszystko, odbudowując raz na zawsze naszą bliskość.

Wbiegałam radośnie po schodach, ręce mi się trzęsły, klucze plątały. Zapięłam psu obrożę i po chwili stanęliśmy na dole. Ale Laksa już nie było. Odjechał! Rozejrzałam się: może zaparkował w innym miejscu i stoi gdzieś ukryty w ciemnościach, ale nie. Naprawdę zniknął.

Dlaczego nie domyślił się prawdy? Dlaczego tak łatwo dał się zniechęcić? Wlokłam się za Leonem od trawnika do trawnika, wściekła na samą siebie. Nie potrafiłam zrozumieć, czemu znów zepsułam taką okazję?! Na co liczę? Na kolejny wypadek? Piotr na pewno odetchnął z ulgą, że nie musi się mną zajmować. W końcu to ja powinnam go przeprosić za kilka ostatnich wyskoków: za jego ciuchy na wycieraczce, za zabawę z Adamem w klubie tuż pod jego nosem, za pozowanie do zdjęć z Sereną. Sporo tego. I pomyśleć, że chciałam, by mnie wciąż lubił. Czy nie przesadzam z oczekiwaniami?

– Dobra, Leon, idziemy do domu. Może nam się to wszystko przyśniło?

Wróciłam i w pierwszym odruchu miałam ochotę zadzwonić do Adama. Co mógł robić o tej porze? Albo był zajęty wiadomo kim, więc nie odbierze, albo siedział gdzieś zły, że mu nie wyszło, i jeszcze mi dowali swoich problemów. Usiadłam na łóżku i bezmyślnie zagapiłam się w telewizor. Nie chciało mi się nawet rozebrać.

Gadające głowy coś mamrotały o Polsce, a ja usiłowałam wybaczyć sobie karygodne zachowanie i znów się choć trochę polubić. W końcu nie da się żyć z wiecznym poczuciem winy. Jestem, jaka jestem. Coś palnę bez zastanowienia, potem cierpię, bo to się zawsze obraca przeciwko mnie. I najgorsze, że nigdy nie wyciągam wniosków na przyszłość, a już na pewno nie udaje mi się do nich zastosować. Tym razem też tak będzie.

Westchnęłam, wyobrażając sobie, co mogłoby się zdarzyć, gdybym tak nie folgowała swojemu niewyparzonemu językowi. Snułam marzenia piękniejsze od hollywoodzkich komedii romantycznych, dałam się im prowadzić w świat, gdzie nie istnieją francuskie narzeczone, gdzie dziewczyny z prowincji zawsze dostają swoją szansę, gdzie pewien przystojniak o imieniu Piotr nieprzytomnie kocha się w Pięknej Nieznajomej i mimo piętrzących się na ich drodze przeciwności widzowie wierzą niezachwianie w szczęśliwe zakończenie. I co najdziwniejsze, dostają to, na co liczą, bo reguły gatunku nie znają wyjątków.

Obudziła mnie cisza. Pomyślałam, że powinnam wstać i przynajmniej wyłączyć światło, zrzucić z siebie ciuchy oraz zamknąć drzwi, bo skoro ostatni politycy wyszli już ze studia, musi być naprawdę późno. Makijażowi tym razem odpuszczę.

Pierwsze, co mi się rzuciło w oczy, to telewizor. Wyłączony! Po chwili zauważyłam na stole mój bukiet orchidei. Jakim cudem się tu znalazł?

– Piotr? – zawołałam i pobiegłam do kuchni, ale w mieszkaniu nie było nikogo.

Nalałam wody do plastikowego wiadra i wstawiłam kwiaty. Nie umiałam tego wszystkiego ogarnąć. Przecież taksówkarz nie znał mojego adresu. Zamówiłam co prawda kurs na Puławską, ale chyba nie podałam numeru domu, a już na pewno nie mieszkania! Więc Piotr go odnalazł? Może tamten zadzwonił, że w aucie został mój bukiet, miał przecież wizytówkę Laksa.

Spojrzałam jeszcze raz na kwiaty. Te same orchidee, bez wątpienia, ale zaraz… Moje miały różową wstążkę, a te niebieską! Co za sens miałoby zmienianie przybrania? To niedorzeczne. Chyba że… Chyba że to nie jest mój popremierowy bukiet! Że to całkiem inne kwiaty! Ale skąd Lax wiedział, jak wyglądały tamte? Przypadek czy poprzednie również były od niego? Przecież taka wiązanka musi kosztować fortunę! Czy dyrektor szarpnąłby się z chudego teatralnego funduszu reprezentacyjnego na taki szalony wydatek?

I jeszcze ta męka, że Piotr jednak nie odjechał, że wrócił, kiedy spałam, zostawił bukiet i wyszedł bez słowa! Gdybym nie zasnęła, kto wie, co by się zdarzyło… Z kolei gdybym wykazała się większą ostrożnością i zamknęła drzwi na zasuwę, jak mnie zawsze uczyła babcia, nie czułabym teraz tego cudownego podniecenia, że on… że jednak… że może…

Miałam kompletny mętlik w głowie i niczego nie wyjaśniła mi wizytówka zostawiona przez Laksa wśród kwiatów.

66

W roli Śpiącej Królewny jesteś równie dobra!
p.

– napisał na odwrocie. Teraz to na pewno nie zasnę przez całą noc! Więc on tu był?! Stał i patrzył na mnie? Na mój rozmazany makijaż, pogniecione ubranie, mieszkanie, które wygląda jak pobojowisko? Wszedł ot tak, jak do siebie? Dlaczego Leon, ten zdrajca, nie zareagował?!

Więc były dwa bukiety storczyków?! Lax wiedział, że mam dziś premierę? Skąd? Od kogo? Co znaczy „równie dobra"? Widział przedstawienie? Był w Muchomorze? Co powinnam w tej sytuacji zrobić? Udać, że niczego nie zauważyłam? Zadzwonić z wylewnymi podziękowaniami? Nie ma sprawy, gdybym miała choć blade pojęcie, dlaczego to zrobił, jaki miał cel. Wszystko się znów potwornie pogmatwało. Wolałabym trochę pocierpieć, zapominając o nim w końcu, niż utwierdzać się w złudnej nadziei, że może jednak coś do mnie czuje.

Ale kłamię! Przecież chcę wierzyć, że to, co się nam zdarzyło, to nie przypadek. Pragnę, by mnie kochał. Chcę śnić na jawie najpiękniejszy sen o dwojgu ludziach, którzy mimo wielu perypetii odnajdują wreszcie drogę do siebie i choć nikt im nie dawał szansy, bo więcej ich dzieli, niż łączy, są ze sobą bardzo szczęśliwi.

Niemal fizycznie czułam, jak w moim wnętrzu toczy się walka serca i rozumu. Wciąż naiwnie wierzyłam w cudowną przyszłość, ale jednocześnie ta druga, mądrzejsza część mojej psychiki tak bardzo bała się kolejnego rozczarowania, że zatupywała marzenia, studziła rozpalone uczucia, rzekomo dla mojego dobra. Najgorsze, że żadna ostatecznie nie zwyciężała. Tkwiły we mnie obydwie, każda szarpała w swoją stronę, co tylko pogłębiało straszliwy dylemat. Jedynie Piotr mógł przywrócić mi spokój.

Wierzyłam, że coś do mnie czuje, i choć jeszcze niedawno oddałabym wszystko za każdą spędzoną z nim chwilę, dziś myślałam, jak zakląć ten moment, by nie okazał się jednorazowym uniesieniem. Czy miałam na to jakąś radę? Nie. Nie znałam sposobu, by uniknąć rozczarowań. Pozostawało rzucić się głową w dół w nadziei, że się nie zabiję.

W gruncie rzeczy bohater moich marzeń był kimś zupełnie innym niż człowiek z opowieści Adama. A przecież to jeden i ten sam Piotr Lax, fascynujący, przystojny mężczyzna z osobowością i charakterem. Wiedziałam, co ludzie by o nas pomyśleli, podejrzewałam, że nie traktuje mnie poważnie, a mimo wszystko ciągnęło mnie do niego jak ćmę do światła. Zastanawiałam się, dlaczego wcale nie zależy mi na tym, co zaoferowałby mi na gruncie zawodowym. Nie tego oczekiwałam.

Powoli i z oporami, ale chyba zaczynałam wierzyć w siebie. Ten wyjazd mnie odmienił, wydoroślałam, dojrzałam. Spalała mnie ta warszawska intensywność, ale przecież dopiero tutaj naprawdę poczułam, że żyję! To znaczy chyba znów trochę ściemniam. Gdyby Piotr zaproponował mi główną rolę w serialu pod moim nazwiskiem, oczywiście nie odmówiłabym. Niechby mnie nawet porównywali z Sereną. Ale jeśli warunkiem jego powrotu miałaby być nasza rozdzielność zawodowa, też nie zawahałabym się ani chwili. Nie chcę wspinać się po facecie do kariery. Prawdziwą radość daje sukces, na który zapracowało się samemu. Ale rzucam złotymi myślami po mojej pierwszej głównej roli! Dlaczego tak nie uważałam, pracując w Złotej Ważce? I ciekawe, co powiem w dniu, kiedy znów zaproponują mi ogon.

Zostałam sama ze sobą i niezliczonymi wątpliwościami. Tłukłam się po domu z kąta w kąt, zaczęłam wielkie sprzątanie, chociaż minęła druga w nocy, byle dać zajęcie rękom i myślom. Nadzieja to budziła się, to gasła, a mój nastrój falował niczym sinusoida na wykresie w pracowni matematycznej. Mówiłam sobie: „Tak!" i czułam zapach bzu po majowym deszczu, a potem coś we mnie krzyczało: „Nie!", budząc lęk i ból, jakby mi wyrywali ząb. Usnęłam po piątej.

Obudziłam się o szóstej, rześka jak śpiew skowronka, i od razu wzięłam się do mycia okien. Wyraźny znak, że dzieje się coś niedobrego. Zamiast spać do południa, po godzinnej drzemce miałam ochotę odnowić mieszkanie! Leon mnie całkowicie zlekceważył, odwrócił się do ściany i pochrapywał ostentacyjnie. W przeciwieństwie do mnie nie czekał na telefon, nie przyklejał ucha do drzwi, gdy tylko ktoś wchodził po schodach, nie szykował się do skoku przez okno za każdym razem, kiedy usłyszał parkujący samochód.

Ale im bardziej czekałam na Laksa, tym bardziej go nie było. Dzięki niemu nareszcie zrozumiałam, na czym polega teoria względności. Czas jakby zastygł, godziny się wlokły, miałam coraz mniej do zrobienia. W końcu ile można sprzątać trzydziestometrowe mieszkanie? Nikomu rozsądnemu nie zajmie to więcej niż kwadrans. I tak nadeszła pora śniadania: chrupiących bułeczek, białego sera, dżemu, kawy i gazetowych plotek. Zasłużyłam chyba na mały relaks?

Nie pamiętam, kiedy ostatnio tak długo szykowałam się na spacer z psem. Ale mogłam przecież spotkać przed domem, zupełnie przypadkowo oczywiście, paparazzich, tłum przedszkolaków żądny moich autografów lub, w co najbardziej chciałam wierzyć, Piotra Laksa z kolejnym bukietem w dłoni. Skoro dla mnie ósma rano nie stanowiła problemu, dla niego nie powinna tym bardziej. Ale widać się myliłam. Na podwórku nie zaczaił się żaden wielbiciel. Dzień jak co dzień. Obeszliśmy z Leonem te same drzewka i trawniki, a kiedy przywiązałam go do barierki przy sklepie, w którym każdego ranka robiłam zakupy, weszłam do środka i stanęłam przy ladzie, dotarło do mnie, co znaczy suspens.

– Czym mogę służyć, pani Kasiu? – zapytała ekspedientka.

Nie zamieniłam z nią dotąd ani jednego zdania poza: „Dzień dobry, trzy bułki proszę", skąd u licha znała moje imię?! Może ma małe dziecko? Nie, raczej wnuczka. Ale nie wyglądała na bywalczynię teatrów, nawet lalkowych. Kiedy

zrobiłam zakupy, rzuciłam okiem na stojak z gazetami i za-
marłam:

PO CO CI TO BYŁO, KASIU?!

– krzyczały największą czcionką „Nowiny". Żeby nie było wątpliwości, o kogo chodzi, napis umieszczono na tle mojej twarzy w charakteryzacji Kopciuszka. Czerwieniąc się po
koniuszki uszu, kupiłam gazetę. Może kogoś w nocy zamor-
dowałam i nic o tym nie wiem? Ale przecież znałam te me-
tody. Łudząc się, że przeczytam kolejną bajkę o córce Sereny,
która najwyżej mnie rozśmieszy, otworzyłam pismo.

67

Katarzyna Zalewska mogłaby uchodzić za sobowtóra Sereny Lipiec. Dlatego zapewne przyjechała do stolicy. Łudzące podobieństwo do największej polskiej gwiazdy postanowiła zdyskontować na planie filmowym. Ale być podobną do Sereny a mieć jej talent to dwie zupełnie różne rzeczy. Zalewska pojawiła się w Warszawie zaledwie kilka tygodni temu i już zagrała główną rolę: Kopciuszka w teatrze Muchomor.

Oglądając premierowe przedstawienie, nie ulega jednak wątpliwości, że obie panie dzieli klasa aktorska. Trzeba stwierdzić z żalem, że w spektaklu zaprezentowanym w Muchomorze zabrakło głównej roli. Naiwnych recytacji panny Kasi nie sposób przecież uznać za pełnowymiarową kreację. Jej Kopciuszek, poznawszy Księcia, nie staje się księżniczką, dalej tkwi w manierze służki, niepotrafiącej wysłowić się po polsku. Kasiu, po co ci to było? Oszczędź sobie wstydu i wracaj do domu!

Przeczytałam miażdżącą recenzję z przedstawienia i zrobiło mi się niedobrze. Czułam, jak serce mi wali, a uszy płoną ze wstydu. Miałam wrażenie, że przechodnie przyglądają mi się karcąco, że wszystko wiedzą, jakbym miała na czole wypisany całkowity brak talentu. Z oczami wbitymi w chodnik wlokłam się pełna mdlącego poczucia winy. Jestem beznadziejną aktorką! Przyniosłam wstyd Muchomorowi.

Jeszcze wczoraj moje zdjęcie z dumą reklamowało spektakl. Dziś pewnie je zdejmują w poczuciu totalnej klęski. Właściwie od dawna się tego spodziewałam. Komuś takiemu jak ja nigdy nie trafi się główna wygrana. Nie jestem Sereną. Czego ja się spodziewałam? Że świat nagle padnie do moich stóp? Że mając do wyboru mnie i ją, wskaże na mnie? Życie to nie bajka. Tu się takie rzeczy nie zdarzają, a moje nadzieje nikogo nie obchodzą. Osoba popularna będzie jeszcze sławniejsza, a kto nie ma twarzy, zgnije na prowincji. Świat to pole bitwy. Jakie to banalne!

Na schodach się poryczałam. Wszystko mi się zawaliło. Zrozumiałam, że Lax nie jest i nigdy nie będzie tym, za kogo go uważałam. Wymyśliłam sobie faceta idealnego. Ulepiłam go z marzeń i nie dopuszczałam do siebie myśli, że rzeczywistość wygląda inaczej. Ideały w przyrodzie nie występują.

Zamknęłam drzwi na wszystkie zamki, wyłączyłam telefony, zwinęłam się w kłębek na łóżku i postanowiłam, że gdy tylko trochę się prześpię, nieodwołalnie wracam do domu. Najchętniej nie obudziłabym się wcale. Gdyby apteczka gospodyni zawierała coś więcej niż rywanol i węgiel, może bym sobie pomogła. Na odkręcenie gazu nie zdecydowałabym się ze względu na Leona.

Trudno o coś gorszego niż upokorzenie. Teraz, kiedy zostałam publicznie napiętnowana, nie miałam siły zostać w Warszawie i ze spokojem patrzeć ludziom w oczy. Nawet jako kelnerka lub ekspedientka w supermarkecie, zawsze będę tylko sobowtórem Sereny, któremu się nie udało.

Wygrała. Czy sprawy mogły potoczyć się inaczej? Ostrzegała mnie przecież, czemu jej nie uwierzyłam? Łudziłam się, że mnie oszczędzi? Niby w imię czego? Jestem skończona w tym mieście, dokładnie jak to przepowiadała. Moje podobieństwo do niej stało się przekleństwem. W każdym innym zawodzie wzbudzałabym życzliwe zainteresowanie. Jako aktorka nie mam żadnych szans. Za chwilę tygodniki przerobią mnie na krwawą miazgę. Skąd mam wziąć siłę do codziennego wyjścia przed publiczność? Cały czas będzie mnie ścigać jej potępienie. Recenzenci, niczym wysłannicy złych mocy, dopadną mnie wszędzie. Zdepczą i przekręcą wszystko, co kiedykolwiek spróbuję zagrać. To takie łatwe: po mnie można jeździć, ile wlezie. O niej nikt nie ośmieli się napisać prawdy. Stoi na swym pomniku, jakby ją przyspawali.

A może słusznie wytyka mi się brak talentu? Przecież wszystko sprawdziło się co do joty. Pieprzona intuicja. Miotam się jak mucha złapana w sieć, a im bardziej się szarpię, tym bardziej mnie pęta. Dziś pozostała mi tylko ucieczka, inaczej Serena naprawdę mnie zniszczy. „A gdyby tak Londyn…?" – pomyślałam w ostatnim przebłysku świadomości i usnęłam.

Sen miałam litościwy. Jeszcze raz przeżyłam wszystkie miłe chwile mojej warszawskiej przygody: Adam w pociągu, casting, Marlon i dwa kieliszki szampana, nocny spacer z Laksem, jego oczy z nutką melancholii. Gdzie ukryję się przed tymi wspomnieniami? Czym je zabiję, żeby nie wyć po nocach? To miasto mnie zainfekowało jakimś nieuleczalnym wirusem. Muszę stąd uciec, żeby go zwalczyć. Dłużej nie dam rady. Czuję się wyczerpana, całkowicie u kresu sił.

Dziś nie ma przedstawienia, ale dyrektor na pewno siedzi w teatrze. Pojadę i złożę wymówienie. Trzeba ostatecznie zamknąć ten etap. Za dziesięć druga weszłam do budynku. Sekretarka trochę zdziwiła się na mój widok. Rozumiem, bo eufemistycznie rzecz ujmując, wyglądałam raczej nieszczególnie.

– Coś się pani stało? – zapytał z troską dyrektor.

– Chciałam złożyć wymówienie… – powiedziałam, nie patrząc mu w oczy.

– Nie przyjmuję tego do wiadomości! Pani mi obiecała! Nie może pani tego zrobić! Dlaczego? Dlaczego teraz, kiedy wszystko zaczęło się tak pięknie układać?! Co, podkupili panią? Kto? Niech mi pani powie, co proponują, ja podwoję gażę! A swoją drogą to niemoralne! Nie zgadzam się! Nie i koniec! – Usiadł zmęczony i patrząc w okno, bębnił palcami.

– Chciałabym, żeby pan coś wiedział…

– Nic mnie to nie obchodzi! Ale coś pani powiem na odchodnym: w życiu nie widziałem takiej chimerycznej aktorki! Pani ma muchy w nosie! Uważa się pani za gwiazdę? Pani się jeszcze musi dużo uczyć i myśmy dali pani szansę, tylko pani uważa, że nasze progi są za niskie! Proszę, niech pani pisze to wymówienie! – Z wściekłością rzucił mi czystą kartkę i długopis.

Napisałam krótką oficjalną formułkę i zostawiłam papier na biurku. Wstałam i wyszłam do sekretariatu. Dlaczego nie zapytał, co się właściwie stało? Dlaczego z góry znał odpowiedź? Przecież musiał zauważyć, że coś ze mną nie tak. Nie rezygnuje się z głównej roli dzień po premierze!

Stałam przed teatrem, znów całkiem wolna. Zastanawiałam się, co teraz zrobić. Żałowałam, że nie otacza mnie wianuszek przyjaciółek, gotowych w każdej chwili służyć radą, że muszę wszystkie dylematy rozwiązywać na własną rękę. Samotność tak szybko się nudzi! Było mi źle, czułam się przybita, nie wiedziałam, jak rozwikłać moje problemy. Miałam jechać do domu i oświadczyć w drzwiach: „Hej, to ja! Rzuciłam Warszawę, bo dostałam złą recenzję! Mogę się znów wprowadzić do mojego pokoju?".

Pytania, na które musiałabym po takim tekście odpowiadać, ciągnęłyby się latami i żadna odpowiedź nie byłaby satysfakcjonująca. Mam przechlapane. Do własnego domu też nie mogę wrócić. Właśnie zrozumiałam, że osiągnęłam dorosłość. Fajnie.

68

Od dawna marzyło mi się jakieś kompletne zadupie: Jastrzębia Góra albo Krynica Morska po sezonie. Zachody słońca, plaża, długie spacery. Teraz wreszcie mogłam sobie na to pozwolić. Odsapnę trochę od tego medialnego szumu. A może zostanę tam na zawsze? Małe miasteczka nie są takie złe. Zna się wszystkich, gwiazdy bywają tylko latem, a do tego czasu wiele może się zdarzyć. Pojechałam na Centralny i kupiłam bilet na nocny pociąg do Jastrzębiej Góry. O świcie staniemy z Leonem na klifie, odetchniemy morską bryzą, spojrzymy na wszystko z boku, a właściwie z lotu ptaka.

I tak się właśnie stało. Po koszmarnej podróży, bo pośpieszny dojeżdżał tylko do Gdyni, dalej musiałam złapać osobowy do Władysławowa i jeszcze autobus do Jastrzębiej, z samego rana ja i Leon stanęliśmy na wysokim brzegu Bałtyku. Było dokładnie tak, jak chciałam: piękna pogoda, ostre powietrze, żadnych znajomych.

Wynajęłam jakąś kwaterę, wypiłam kawę, zjadłam rogalik, dałam psu parówkę i po schodach zeszliśmy na plażę. Szliśmy przed siebie, z rzadka spotykając innych ludzi. Leon szalał, jakby nigdy nie widział wody, chlapał na wszystkie strony i otrząsał się prosto na mnie. Rzucałam mu patyki, które rozgryzał z zapalczywością. Powoli ogarniał mnie spokój, jakiego nie zaznałam od lat. Nareszcie nic nie muszę, nie mam terminów, nikt mnie nie goni, na nic nie czekam. Płynę z prądem. Kilka dni takiej medytacji i zrozumiem sens istnienia.

Ale chyba nie tylko ja go tu poszukiwałam. W oddali przede mną kilkuosobowa grupa ludzi wykonywała na piasku jakieś dziwne ewolucje. Stali na mojej drodze, postanowiłam obejść ich bokiem. Plaża, wyjątkowo szeroka w tym miejscu pozwalała mi nie zakłócać ich zajęć. Kiedy podeszłam bliżej, zrozumiałam, że ktoś tu kręci film. Dwójka młodych aktorów w strojach sugerujących środek lata, otoczona ekipą w kurtkach, *script*, operator, szwenkier, reżyser.

Jaki ten świat mały...! Nie zwracali na mnie uwagi i ja nie przyglądałam im się zbyt nachalnie. Miałam nadzieję, że kiedy będę wracała, skończą ujęcie i zejdą z plaży. Na pewno tak by się stało, gdyby Leon akurat nie szczeknął, domagając się kolejnego patyka.

– Zabrać tego psa! – krzyknął ktoś z ekipy, zapewne reżyser.

– Leon, do mnie! – zawołałam, odbiegając.

– Leon? – usłyszałam za plecami. – Kaśka?

Przez chwilę nie chciałam uwierzyć, ale pies już gnał co sił w kierunku filmowców, a w moim kierunku biegł Adam!

– Co ty tu, do cholery, robisz?! – wrzeszczał z radością pomieszaną ze zdumieniem.

– Nie widać?

– Nie grasz w tej reklamówce!

– Ani w tej, ani w żadnej.

– Skończymy koło czwartej. Potem posiedzimy jakąś godzinkę w Kredensie, przyjdziesz?

– Dobra – odpowiedziałam, wzruszając ramionami, jakby to spotkanie nic mnie nie kosztowało. – To na razie!

– I uważaj na ludożerców! – krzyknął za mną Adam i pocwałował w kierunku planu, a mój dobry humor szlag trafił.

Nie to, że nie cieszyłam się na jego widok, ale przecież chciałam uciec, odseparować się od tego świata, a Adam stanowił jego część. To on był sprawcą, dał wszystkiemu początek. Przez chwilę rozważałam nawet, czy nie zmienić miasta, ale słońce pięknie świeciło, a ja czułam się zmęczona po całonocnej podróży.

Odwróciłam się w nadziei, że wszystko mi się przywidziało, że to fatamorgana, skutek przemęczenia, projekcja wyobraźni. Ale nie, cała ekipa stała na swoich miejscach, a Adam pomachał mi ręką. Dobrze, że to nie omamy, ale fatalnie z drugiej strony. Wiem, co mi powie: „Koniec tych głupot! Wracaj, wariatko, do Warszawy!". Będę mu się musiała tłumaczyć, a chyba mi się nie chce. Z drugiej strony Adam to moja najlepsza przyjaciółka, to on udziela mi rad i pełni funkcję *cicerone*. Może zresztą nie będzie o nic pytał, po prostu chce mi opowiedzieć o własnych podbojach? Coś mu przecież jestem winna. Przecież nie będą tej reklamówki kręcić w nieskończoność. Dzień, dwa góra. Jakoś to zniosę. W imię przyjaźni.

Do Kredensu szłam jak na pierwszą randkę. Dziwne. Musiałam się mocno sprężyć, żeby nie zjawić się tam godzinę przed czasem. Na szczęście wzięłam tylko parę dżinsów i dwa swetry na krzyż, nie dałam więc rady za bardzo się odpicować. I dobrze, nie spędzaliśmy soboty w klubie, a Adam nie był moim facetem.

– Co u ciebie? – zapytałam zmęczona. Niczego nie oczekiwałam, niczego się nie spodziewałam, ale i tak to spotkanie dużo mnie kosztowało.

– Bartek jest cudowny! – W oczach Adama zapłonął nieskrywany zachwyt.

– Kto to Bartek?

– Bartek Nieznalski!

– Wybacz. Nic do mnie nie dociera.

– Co tu w ogóle robisz?

– Przyjechałam na urlop.

– Gadasz! Nie jedzie się na wczasy następnego dnia po premierze.

– Może uciekam...? Może się wyciszam...?

– Nie mam zamiaru wciskać ci głodnych kawałków o odpowiedzialności, bo duża z ciebie dziewczynka. Ale czuję przez skórę, że coś poszło nie tak.

– Nie, wszystko gra – tłumaczyłam ze sztucznym uśmiechem, a broda zaczynała mi się trząść. – Tylko nie chcę już być aktorką.

– A kim?

– Emerytką? – rzuciłam coś, co akurat przyszło mi do głowy. – Ona wciąż dyszała mi do ucha.

– Kto? Serena?

– Na każdym kroku. Nie mogłam tego znieść. Recenzenci mnie zjechali. Nie wracam.

– Cholera! Aż tak?

– Nie mogę. Wyskoczę z okna albo co… Tylko Leon mnie trzyma przy życiu.

– Nie wiem, co powiedzieć.

– Najlepiej nic. Dlatego wybacz, ale nie ucieszyłam się na twój widok tak, jak by należało. Chcę coś zmienić, może gdzieś uciec? Nerwy mam w strzępach, boję się, że zwariuję.

– Nie powinnaś być teraz sama.

– Mam psa.

– To za mało. A ja muszę dziś wracać do Warszawy.

– Nie bój się, dam sobie radę.

– Zadzwonisz?

– Zobaczę.

– Gdzie się zatrzymałaś?

– W jakimś pensjonacie. Chyba Podkowa? A ty, co tu robisz?

– Taką chałturę… Reklamówkę telefonów. Już zresztą skończyliśmy. Masz do mnie żal?

– O co?

– Więc dlaczego, patrząc na ciebie, czuję się podle?

– Sam musisz sobie odpowiedzieć.

Prosto z Kredensu wróciłam do Podkowy. Leon leżał oczywiście na tapczanie. Usiadłam obok niego i nie wiadomo kiedy zapadłam się w czarną dziurę.

69

O trzeciej nad ranem wciąż miałam na sobie dżinsy, buty, sweter i kurtkę, a pies nadal leżał na łóżku. Od początku umiał się ustawić. Ale koniec tego dobrego. Zgoniłam go i chociaż to było kompletnie pozbawione sensu, zdjęłam ubranie i wyjęłam pościel. Kogo obchodziło, czy śpię po bożemu, czy jak skaut? I w ogóle co się ze mną dzieje? Nikogo. Ta świadomość podziałała na mnie przytłaczająco. Pragnęłam, by sen zassał mnie jak najprędzej, chciałam uciec czarnym myślom, które jak wygłodniałe sępy wciąż krążyły w pobliżu.

Smaczne śniadanie w pensjonacie trochę poprawiło mi humor. Świeżość poranka i słoneczna pogoda dawały nadzieję na przepiękny spacer. Postanowiłam dojść aż do Karwi, jeśli ją oczywiście rozpoznam, nie schodząc z plaży. Kupiłam parę rogalików i butelkę wody, po czym ruszyliśmy tą samą drogą co wczoraj. Szłam, a za mną niczym cienie ciągnęli się wszyscy, których spotkałam w ciągu ostatniego miesiąca. Wolałabym wyłączyć świadomość, ale im bardziej usiłowałam nie myśleć o niczym, tym nachalniej stawali mi przed oczyma: Bogna, reżyser, długonoga *script*, Ziuta z baru, cieć z Riviery, dyrektor Muchomora.

Po godzinie lub dwóch zauważyłam, że powoli odpadają z peletonu. Wyciszałam się, pozwalałam im odejść wraz z moim dawnym życiem. Powikłanym, nieuporządkowanym, zmierzającym donikąd. Teraz też idę bez celu, ale z moich poskręcanych myśli wyłaniała się nadzieja, że w końcu dokądś dotrę. Nic mnie nie goni, mam czas. Dużo czasu. Przede mną całe życie i jeszcze będę szczęśliwa. Tak jak Leon teraz.

Usiadłam na zwalonym pniu i patrzyłam w morze, na niczym niezakłóconą linię horyzontu. Fale szumiały kojąco i czułam, że zaczynam się robić głodna. Ruszyliśmy w drogę powrotną. Dobra kolacja w Kredensie, jakieś włoskie danie z czerwonym winem. A jutro pojedziemy do Władysławowa. Kupię sobie fajną książkę do łóżka…

– Leon! Chodź tutaj! – krzyknęłam, bo pies biegł prosto na jakiegoś spacerowicza. – Stój!

Ale ten ani myślał zawrócić. Zaraz się będę tłumaczyć. Poślini faceta, a ja będę świecić oczami. Powinnam go prowadzić na smy… O, Boże! Przecież nie gram w cholernej komedii romantycznej! To… Lax…?

Pies dopadł Piotra i wdzięczył się do niego, a ja stałam jak wryta. Patrzyliśmy na siebie z daleka. Bałam się ruszyć w jego kierunku. Obawiałam się, że kiedy zrobię kilka kroków, okaże się, że to tylko ktoś bardzo do niego podobny. Stałam więc w bezpiecznej odległości, a Lax bawił się z psem. I nagle stało się coś dziwnego – Piotr zrobił krok, potem drugi i trzeci i już oboje biegliśmy jak oszalali ku sobie, już padliśmy sobie w ramiona, już całowaliśmy się, jakbyśmy za moment mieli wydać ostatnie tchnienie.

Bałam się cokolwiek powiedzieć, żeby nie płoszyć chwili. Mogła przecież prysnąć jak bańka mydlana, a ja znów obudziłabym się na samym dnie rozpaczy. Ale gdzieś w środku ocknęła się już mała księgowa, która domagała się niekończących się kolumn słów, mnóstwa żarliwych, pełnych patosu zapewnień o miłości, najlepiej w stylu Janusza Leona Wu.

– Szukałem cię! – powiedział Piotr. Punkt.

– Ale jakim cudem tutaj? Chyba nie Adam…?

– Powiedział mi, że zrobiliśmy ci krzywdę i że się boi, bo jesteś kompletnie sama.

– Więc przyjechałeś, żeby zobaczyć, czy jeszcze żyję? A może chcesz nakręcić reality show o samobójstwie aktorki?

– To drugie brzmi obiecująco. Byłabyś zainteresowana główną rolą?

– Wolę szczęśliwe zakończenia.

– Jak wszyscy.

– Szkoda tylko, że w życiu prawie się nie zdarzają.

– Prawie nie znaczy nigdy. W końcu istnieją wyjątki…

– Nawet widziałam taki jeden, tam, w Bristolu. Wykwintny francuski wyjątek od praśnej polskiej reguły.

– Jesteś zazdrosna?! – krzyknął ubawiony.

– Ja? Żartujesz chyba! O kogo?

– Nie udawaj. Przyznaj się.

– Do czego?

– Chodzi ci o Nicole.

– Nie rozśmieszaj mnie. Dlaczego miałabym być o nią zazdrosna?

– To dlaczego się ze mną całowałaś?

– Ja?! Z tobą?! Bo wyglądałeś, jakbyś tchu nie mógł złapać. Zrobiłam ci tylko sztuczne oddychanie.

– Zjesz ze mną obiad? Chciałbym ci się jakoś odwdzięczyć.

– Proszę bardzo.

– I opowiesz mi wszystko, dobrze?

– Nie ma mowy. Żadnych zwierzeń. Zresztą i tak byś nie uwierzył.

Wpółobjęci szliśmy plażą. Leon plątał się nam pod nogami. Chciałam zatrzymać wspomnienie tej chwili na zawsze.

Nie każcie mi mówić, co było dalej. Jeszcze nikomu nie udało się opowiedzieć o szczęśliwej miłości.

Warszawa, lipiec 2005 – październik 2006

Wydawnictwo NASZA KSIĘGARNIA Sp. z o.o.
02-868 Warszawa, ul. Sarabandy 24 c
tel. 22 643 93 89, 22 331 91 49,
faks 22 643 70 28
e-mail: wnk@wnk.com.pl

Dział Handlowy
tel. 22 331 91 55, tel./faks 22 643 64 42
Sprzedaż wysyłkowa: tel. 22 641 56 32
e-mail: sklep.wysylkowy@wnk.com.pl
www.wnk.com.pl

*Książkę wydrukowano na papierze
Ecco Book Cream 60 g/m² wol. 2,0.*

Redaktor prowadzący *Anna Garbal*
Opieka redakcyjna *Joanna Kończak*
Redakcja *Ewa Ressel*
Korekta *Magdalena Szroeder, Paulina Martela, Malwina Łozińska*
Opracowanie DTP, redakcja techniczna *Agnieszka Czubaszek*

ISBN 978-83-10-12175-2

PRINTED IN POLAND

Wydawnictwo „Nasza Księgarnia", Warszawa 2012 r.
Druk: Nasza Drukarnia